배신 기사의 유쾌한 신의 20

초판 1쇄 발행 2024년 12월 17일

지은이 ı 가언
발행인 ı 최원영
편집장 ı 이호준
편집디자인 ı 박민솔
영업 ı 김민원 조은걸

펴낸곳 ı ㈜ 디앤씨미디어
등록 ı 2002년 4월 25일 제20-260호
주소 ı 서울시 구로구 디지털로32길 30 코오롱디지털타워빌란트 1301-1308호
전화 ı 02-333-2513(대표)
팩시밀리 ı 02-333-2514
E-mail ı seed_dnc@dncmedia.co.kr
블로그 ı blog.naver.com/gnpdl7

ISBN 979-11-6145-670-6 04810
ISBN 979-11-6145-506-8 (SET)

※ 저자와 협의하여 인지는 붙이지 않습니다.
※ 이 책은 ㈜ 디앤씨미디어(시드북스)가 저작권자와의 계약에 따라 발행한 것으로 본사와 저자의 허락 없이는 어떠한 형태나 수단으로도 내용을 이용할 수 없습니다.

배신기사의 유쾌한 신의
20

가언 판타지 장편소설

SEEDBOOKS FANTASY NOVEL

1장. 최악의 상황이라고 지껄일 수 있다면 · 7

2장. 저랑 약속한 게 있거든요. · 45

3장. 은혜로운 밤 · 95

4장. 친히 판을 깔아 주겠다니 · 147

5장. 정당한 거래도 나쁘지 않죠. · 197

6장. 후회하지 않습니다. · 291

7장. 후회하셔야 할 겁니다. · 341

1장. 최악의 상황이라고 지껄일 수 있다면

최악의 상황이라고 지껄일 수 있다면

"아렌트! 무사해? 들리면 대답해!"

어디서 그런 힘이 나왔는지, 입에서 고함 소리가 터져 나왔다.

"르웰린 님!"

"왕자님! 위험합니다!"

뒤에서 세일럼과 다이아나가 소리 질러 부르는 것도 무시한 채, 르웰린은 쓰러진 시체를 아무렇게나 지나쳐 생활관 문에 손을 뻗었다.

손끝이 채 닿기도 전, 문고리에서부터 섬뜩한 냉기가 느껴졌다.

"……!"

한순간 멈칫한 르웰린은 문틈에도 흰 서리가 앉아 있다

는 걸 깨달았다.

품을 파고드는 한기 때문에 등줄기가 오싹해졌다.

아무 소리도 들리지 않았다.

하다못해 전투하는 기척조차도 느껴지지 않았다.

한층 더 마음이 급해진 그가 문을 힘껏 밀었다.

콰아아앙!

"야, 뭐라 말이라도……."

로비에 펼쳐진 광경을 발견한 순간, 르웰린은 아렌트를 부르는 것도 뚝 멈추고 말았다.

"……."

마치 설원을 고스란히 옮겨 놓은 것 같았다.

절규하는 모양새로 얼어붙은 구울들은 일제히 한곳을 향해 손을 뻗고 있었다.

새하얀 서리 감옥에 갇힌 괴물들의 두려움 섞인 시선이 모여든 곳에는 전신이 새하얀 청년이 우뚝 서 있었다.

아렌트였다.

그의 발아래에는 열 개가 넘는 마정석들이 빛을 잃고서 아무렇게나 나뒹굴고 있었다.

탈색된 듯 새하얀 세상에 유일하게 색을 가진 것은 그의 황금색 눈동자뿐이었다.

"……."

르웰린은 선뜻 움직이지 못했다.

검을 아래로 툭 늘어뜨린 채 천장을 올려다보며 숨을

고르는 모습이 어째서인지 비현실적으로 느껴진 탓이었다.
 의외로 먼저 움직인 쪽은 아렌트였다.
 그는 비척비척 몸을 돌려 르웰린을 마주 보았다.
 황금색 눈동자가 피로 때문에 텅 비어 있었다.
 "야."
 "어, 어?"
 잠시 후.
 아렌트에게서 평소와 다를 바 없는 목소리가 흘러나왔다.
 "멍청하게 보고만 있지 말고 부축을 하든가……. 힘들어 뒈지겠네. 뭐 하느라 이렇게 늦었냐?"
 순간 르웰린은 얼빠진 표정을 짓고 말았다.
 "뭐?"
 갑자기 꿈속에서 현실로 돌아온 것 같았다. 한동안 멍청히 있던 르웰린이 헛웃음을 터뜨렸다.
 "뒈질 고생해서 꺼내 줬더니, 말하는 싸가지 하고는."
 그제야 잔뜩 긴장했던 어깨에서 힘이 빠졌다. 하지만 그것도 잠시.
 챙그랑!
 손에서 검을 놓친 아렌트가 현기증을 느낀 듯 균형을 잃고 크게 휘청였다.
 "야……!"

퍼뜩 정신을 차린 르웰린이 급하게 달려가려던 찰나.

덥석.

우악스러운 손길이 아렌트의 뒷덜미를 잡아챘다. 글렌이었다.

"이 망할 새끼, 우리까지 얼려 죽이려고 작정했냐?"

사납게 으르렁대는 그 역시 썩 멀쩡한 몰골은 아니었다. 제복은 피로 얼룩져 엉망이었고, 뼈가 드러날 정도로 깊은 상처에서는 아직도 피가 뚝뚝 떨어지고 있었다.

게다가 서리 어린 손길의 여파로 몸 곳곳에 서리가 앉아 있었다.

"유감이네요……. 냉동 멧돼지도 나쁘지 않을 것 같습니다만……."

글렌의 손에 붙잡혀 축 늘어진 아렌트가 중얼중얼 헛소리를 지껄이는 와중, 라이더가 소파 뒤에서 덜덜 떨면서 밖으로 기어 나왔다.

"와, 얼어 뒈지는 줄 알았네."

그 역시 당장 움직이는 게 신기할 정도의 상처를 줄줄 달고 있었다. 물어뜯긴 자국이 선명한 어깨에서는 여전히 피가 뚝뚝 떨어졌다.

비척비척 몸을 일으킨 라이더가 아렌트에게 힐난의 시선을 보냈다.

"야, 이 자식아. 아무리 그래도 그렇지 이건 너무 심한 거 아니냐……?"

"꼬우면 선배가, 콜록, 콜록, 선배가 먼저 움직였어야죠. 늘 말하는 거지만."

피가 섞인 잔기침을 토하면서도 아렌트는 말대꾸를 멈추지 않았다.

어처구니가 없어져, 르웰린은 허공을 보며 헛웃음을 터뜨렸다.

구울의 시신이 굴러다니고, 십여 체나 되는 구울들이 발버둥 치는 모습 그대로 얼어붙은 살풍경 한가운데에서, 당장 죽지 않는 게 신기할 몰골을 한 채 헛소리를 지껄여 대는 꼴이라니.

"그냥 갇혀 있게 내버려두는 건데. 라이오스 단장이나 도우러 갈 걸."

"그러게나 말입니다."

옆에서 슬그머니 고개를 내민 세일럼이 맞장구쳤다.

물론 본심은 아니었다.

내부가 어떤 상황이었는지는 주변을 한 번 둘러보기만 해도 알 수 있었다.

몇 번 더 기침을 뱉은 아렌트는 글렌의 손을 탁 쳐내곤 다시 제 발로 비척비척 중심을 잡고 섰다.

"바깥 상황은?"

"구울들이 기습적으로 소환됐어. 아직 난전 중이야. 그리고 지금 호문쿨루스 한 체가 소환되어서 라이오스 단장이 막는 중이고……."

무심코 대답하던 르웰린이 얼굴을 와락 구겼다.
"야, 설마 더 싸울 생각은 아니지?"
"아니겠어?"
아렌트는 들은 척도 하지 않은 채 허리를 숙여 검을 주웠다.
"넌 내 방에라도 들어가서 기다려. 설마 거기까지 밀고 들어오지는 않겠지."
"미쳤어요? 지금 서 있는 게 고작이잖아요! 당장 기절하지 않는 게 신기할 지경인데, 싸우긴 뭘 더 싸워요?"
세일럼이 기함을 터뜨렸지만, 아렌트는 태연하게 어깨를 으쓱일 뿐이었다.
"아닌데. 멀쩡한데."
"헛소리하지 마, 좀!"
버럭 고함을 내지른 르웰린이 라이더와 글렌을 보았다.
"글렌 경, 라이더 경! 너희들도 저 놈 좀 말려……."
하지만 그는 채 말을 끝마칠 수 없었다.
두 사람 역시 검을 점검하며 재차 싸울 채비를 하고 있던 탓이었다.
얼빠진 표정을 하던 르웰린이 황당하게 되물었다.
"……다들 미쳤어?"
싸우기는커녕 한 발짝 떼는 것도 힘들어 보였다. 하지만 세 사람은 전혀 물러설 생각이 없었다.
"황궁이 위협받는 상황에 가만히 쉴 수는 없습니다."

"지금은 전쟁 중이니까요."

글렌의 말에 뒤이어 라이더가 담백하게 덧붙였다. 입을 달싹이던 세일럼이 겨우 한 마디를 꺼냈다.

"도대체 왜 이럴 때만 기사인 척하시는 겁니까?"

"……세일럼 님, 저희 원래 기사 맞습니다."

라이더가 어색하게 대답하자 세일럼이 버럭 소리를 질렀다.

"평소 본인들 행동부터 좀 돌아보세요!"

"애써 포장하지 말고 까놓고 말씀하시죠."

아렌트가 옷을 툭툭 털며 시큰둥하게 덧붙였다.

"남의 생활관을 엉망으로 만든 놈들 때문에 열받아서 돌아가시겠으니, 화풀이라도 좀 더 해야겠다고……. 콜록!"

마른기침을 뱉은 아렌트가 덧붙였다.

"근데 그거 아십니까? 괜히 화풀이하겠다고 나대다가 뒈지면 그것만큼 쪽팔리는 일이 없다는 거."

"시끄러, 새끼야. 그 말 고스란히 반사다. 뭐가 됐든 너보다는 오래 살 자신 있어."

사납게 쏘아붙인 라이더가 주변을 휘휘 둘러보더니 손을 뻗어 커튼을 부욱 찢었다. 그리고는 서툰 솜씨로 피가 뚝뚝 흐르는 상처를 동여매기 시작했다.

"진짜 독한 새끼들……."

르웰린이 탄식을 흘린 것과 동시에, 세일럼이 한숨을

푹 내쉬었다.

"기다리세요. 응급 처치라도 해 드릴 테니까."

그제야 당장이라도 뛰쳐나갈 듯하던 세 사람이 멈칫했다.

"레이, 루나!"

세일럼의 부름에 밖에서 노닐던 정령들이 포르르 날아들었다.

"저 망할 기사님들한테 마력 좀 나누어 줄 수 있겠어? 저러다 죽어 버리면 괜히 내 꿈자리만 사나워질 것 같아."

레이와 루나가 불만스럽게 고개를 갸웃거렸다. 하지만 이내 두 정령은 기사들 쪽으로 날아갔다.

아렌트의 머리 위에 척 안착한 루나가 머리카락을 마구 물어뜯었다.

하지만 아렌트는 그를 쫓을 기력도 없는 듯, 그냥 주저앉은 채 가만히 정령의 만행을 받아 주고 있을 뿐이었다.

그들을 지켜보는 르웰린의 눈에도 그림자가 드리웠다.

태연한 척하고 있었지만, 아렌트를 포함한 모두가 심신이 지친 상태였다.

그럼에도 그들은 쉴 수 없었다. 편하게 기절할 수도 없는 게 현실이었다.

얼마나 큰 부상을 당했다고 한들, 움직일 수 있다면 싸워야 했다.

'어설픈 각오로는 버틸 수 없어.'
이곳은 전장 한가운데니까.

* * *

황궁에서의 싸움은 처참한 결과를 낳은 채 가까스로 마무리되었다.

불시에 소환된 구울 때문에 희생당한 이들의 수는 수십 명에 달했다.

황궁에 남아 있던 시종들과 하인들, 도망치지 않고 남아 있던 귀족들까지.

적들과 맞서 싸우던 근위병과 병사들은 물론이고, 심지어는 1, 2기사단에서도 전사자가 발생했다.

3기사단에서는 전사자가 없는 대신 제법 많은 수가 중상을 입었다.

전쟁이 발발한 이래 사상 초유의 사태였다.

"……황궁 외부까지 피해가 번지지 않았다는 게 불행 중 다행이군. 전사자들은 최고의 예우를 대해서 장례를 준비해. 유족들에게 위로금도 넉넉히 전달하고."

자세한 보고를 들은 칸타레스가 가장 먼저 꺼낸 말이었다. 제레온이 덤덤하게 고개를 끄덕였다.

"그리하겠습니다."

"렉시온 님은 아직 돌아오시지 않았다고."

관자놀이를 꾹꾹 누르며 칸타레스가 말을 이었다. 그러자 집무실 소파에 웅크리고 있던 아렌트가 입을 열었다.

"안 돌아오신 게 아니라, 못 돌아오신 거겠죠."

"……."

칸타레스는 눈동자만을 굴려 그를 힐끗 보았다.

가관이 따로 없었다.

3기사단 생활관은 초토화가 되었고, 치료실도 당장 부상자를 수용할 만한 상황이 아니었다.

그래서 급한 환자들은 본궁에 머물도록 했으나…….

중환자 중 한 명인 아렌트는 어떻게든 회의에 끼어들겠다고 자리를 차지하고 있었다.

여기저기 붕대며 반창고를 붙인 꼬락서니야 익숙했다. 동상 때문에 손끝이 새파랗게 질린 것도 넘길 수 있었다.

하지만 별로 춥지도 않은 날씨에 벽난로 앞에 바싹 다가가 앉아, 두꺼운 이불을 덮고 웅크려 앉은 채 덜덜 떠는 꼴은 도무지 봐 줄 수가 없었다.

결국 보다 못한 칸타레스가 입을 열었다.

"너 그냥 들어가면 안 되냐? 방도 준비해 뒀다니까?"

"싫어요."

이불 더미에 파묻힌 은발 어딘가에서 잔뜩 쉰 목소리가 돌아왔다.

고개를 절레절레 내저은 제레온이 어디선가 담요 하나를 더 들고 와 그 위에 덮어 주었다.

그리고 라이오스 역시 한숨을 푹푹 내쉬며 제 망토를 벗어 겹겹이 쌓인 이불 위에 둘러 주었다.

"란슬롯 공작님. 부상은 괜찮으십니까?"

라이오스가 집무실 한쪽에 앉은 란슬롯 공작에게 물었다. 공작 역시 한쪽 팔에 두껍게 붕대를 감은 상태였다. 급하게 움직이다 넘어진 탓에 골절상을 입은 거였다.

"괜찮네. 자네들 앞에서 이것도 상처라고 부르기엔 부끄러울 지경이군. 헬렌 경에게 감사 인사 전해 주게, 다이아나 단장. 그녀 덕분에 무사할 수 있었으니."

"헬렌 경에게 전달하겠습니다. 그녀 역시 공작님을 보조할 수 있어서 영광으로 여길 것입니다."

다이아나가 가볍게 묵례했다.

"그것보다 바깥에서 알아내신 바가 있으시다고 들었습니다."

"자세한 설명을 부탁드립니다."

"물론입니다, 전하."

칸타레스의 청에 란슬롯 공작이 무겁게 고개를 끄덕였다.

"바이트 백작은 제가 오랜 시간 곁에 두고 함께 일하던 자였습니다. 최근에도 그는 맡은 바 소임을 다하며 신임을 쌓아 왔지요. 그러니 그가 갑자기 변심해 배신했을 것 같지는 않았습니다."

마른침을 한 번 삼킨 란슬롯 공작이 말을 이었다.

"그 이외에도 이상한 점은 여럿 있었습니다. 황궁의 경비와 렉시온 님의 감각마저도 속이고 대량의 적이 황궁 내부에 유입되었다는 점 자체도 이해할 수 없었으니 말입니다."

기존에 사용되던 소환석 등이었다면 황궁 내에 반입되기도 전 발각됐을 게 틀림없었다.

"그래서 황궁을 탈출해 헬렌 경과 그의 자택에 가장 먼저 찾아갔지요."

"뭔가 발견하셨습니까?"

켄드릭 단장의 물음에 란슬롯 공작이 잠깐 뜸을 들이다 괴롭게 대답했다.

"……바이트 백작의 시신이 있더군. 바꿔치기 당한 게야."

"……."

"그의 가솔들과 저택에서 일하는 일꾼들도 모두 처참히 살해당한 채였네. 그리고……."

가만히 듣던 이들의 표정이 굳었다. 란슬롯 공작은 동요한 마음을 숨기려는 듯, 천천히 말을 이었다.

"바이트 백작은……. 이렇게 말하면 백작에게 너무나도 미안한 노릇이지만."

하지만 그 노력이 무색하게도, 공작은 한 번 더 뜸을 들일 수밖에 없었다.

"……가죽이 벗겨져 있더군."

"예?"

순간 그의 말을 제대로 이해하지 못한 다이아나가 되물었다. 란슬롯은 착잡한 시선을 들어 그녀를 마주 보았다.

"말 그대로야. 적들은 바이트 백작을 죽여 겉모습을 취한 걸세."

바이트 백작은 뼈와 근육을 고스란히 드러낸 채 숨져 있었다.

마치 잘 손질된 고깃덩어리처럼.

* * *

황태자가 그 말을 제대로 이해하기까지는 다소 시간이 걸렸다. 잠깐 멍하니 있던 칸타레스가 더듬더듬 물었다.

"가죽이 벗겨졌다는 건……. 도대체 무슨 말씀이십니까?"

"말 그대로입니다, 전하. 피부가 완전히 벗겨져 있었습니다. 자세한 방법은 모르겠으나……. 그것을 이용해서 겉모습을 위장해 황궁 내부로 숨어든 것이겠지요."

란슬롯 공작이 침착하게 대답했다.

"사태가 진정된 후 개인적으로 조사를 좀 해 보았는데……. 황성 인근에서 비슷한 시신이 여러 구 발견되었습니다. 아무래도 다른 피해자들 역시 바이트 백작과 같은 방식으로 바꿔치기 당한 듯합니다."

젊은 시종과 귀족, 상인 등등 황궁에 드나드는 이라면 가리지 않았다. 켄드릭이 신음처럼 중얼거렸다.

"바꿔치기라……. 렉시온 님의 경계를 피할 수 있었던 까닭이 그것이군요. 마법을 사용한 것도 아니니……."

"굳이 신관들이 자결하는 식으로 구울들을 쏟아 낸 것도……."

덜덜 떨리는 담요 더미, 아니, 아렌트가 입을 열었다.

"……렉시온 님을 의식한 거겠네요. 소환석을 들려 보냈다면 황궁에 발을 들이기도 전에 들켰을 테니까. 아니지."

난로에 좀 더 가까이 붙으며 아렌트가 덧붙였다.

"애초에 소환석을 이용해서 공격한 것부터가 함정이었던 겁니다."

"뭐? 그건 왜?"

"지금 와서는 단지 추측에 불과하지만요."

다이아나의 질문에 아렌트가 담요를 조금 걷어 내고 고개를 들었다.

"황궁 입구를 지킬 때, 우선적으로 고려했던 게 그거잖아요."

창백하게 질린 낯이 상관들을 훑어보았다.

"……그랬지."

그와 눈을 마주친 라이오스가 침음을 흘렸다.

"소환석을 반입하지 못하게 몸수색을 하고, 짐을 검사하는 데에 집중했으니."

"사람이 바꿔치기 당할 가능성도 충분히 고려했지만······. 적 측에서 호문쿨루스나 신관을 위장시켜 잠입해 오는 것만 경계했지."

켄드릭 역시 굳은 얼굴로 중얼거렸다.

설마 목숨 그 자체로 소환석 역할을 할 거라곤 추호도 예상치 못했다.

얼굴을 한 차례 쓸어내린 다이아나가 짧게 말했다.

"결국 다 마력 감지를 피하기 위해서였군요."

실력자들을 폴리모프시켜 황궁에 들여보내면 금세 들킬 게 분명했다.

삼엄한 경계 탓에 소환석을 몰래 들여보내는 것도 불가능했다.

그래서 피해자들의 피부를 취해 위장하는 방법을 선택한 것이다.

아렌트는 다시 얼굴을 무릎에 파묻었다.

속에서 끼쳐 오는 한기가 도무지 견디기 힘든 탓이었다.

"콜록, 콜록. 그리고 하나 더······. 마법진의 형태가 지금까지와는 좀 달랐습니다. 소환이 아니라 텔레포트에 더 가까워 보였거든요. 마법에는 문외한이라 뭐였다고는 정확히 설명 못 하겠지만."

"······자네는 정말."

그를 딱하게 보면서도, 란슬롯 공작은 혀를 내둘렀다.

"갇힌 상태로 구울들을 상대했다면서. 그런 와중에도

잘도 마법진을 살폈군."

"할 일은 해야죠. 콜록. 어쨌든, 이번에는 놈들이 소환에도 완전히 다른 방식을 썼다는 것만은 확실해요. 제 추측으로는……."

다시 얼굴을 내민 아렌트가 말을 이었다.

"구울 목장 같은 곳이 있는 거예요. 거기에서 텔레포트를 이용해서 황궁으로 옮긴 거고요. 소환 마법과는 본질이 다른 거예요. 아마 이것도 우리 눈을 속이려는 거였겠죠."

지금껏 그들은 소환 마법만 경계해 왔으니까. 아렌트가 짜증스럽게 한 마디 덧붙였다.

"한 마디로……. 뒤통수를 제대로 처맞은 거예요."

그를 물끄러미 지켜보던 칸타레스가 꺼림칙하게 말했다.

"……너는 이제 그만 말해라. 보는 나까지 덜덜 떨리려고 하니까."

"그거 듣던 중 반가운 소리네요. 나 혼자만 덜덜 떠는 게 억울해서 짜증 나려던 참이었거든요."

"환장하겠네. 라이오스 단장, 저 자식 입 좀 막아 봐."

이런 와중에도 헛소리를 멈추지 않는 놈 때문에 골치가 아파 죽을 지경이었다.

라이오스가 착잡하게 대답했다.

"일단 노력은 해 보겠습니다."

"그리고 호문쿨루스 말인데요. 아까 단장님의 말씀대로라면, 콜록, 콜록!"

그러거나 말거나, 아렌트는 제 할 말만 이어 갈 뿐이었다.

"어느 시점부터 놈들이 체르니온 신을 모방하는 것 같은데……. 이 점도 신경 쓰인단 말이죠."

"……그건 또 무슨 말이지? 악신의 모습을 본떠 만든 건 이번이 처음 아니었나?"

켄드릭이 살며시 인상을 찌푸리자 아렌트가 구시렁대듯 대꾸했다.

"지난번, 에버란 왕국에서 마주쳤던 호문쿨루스도 그랬어요. 신과 닮은 모습이었습니다."

"뭐?"

모두에게서 얼빠진 소리가 튀어나왔다.

아렌트는 담요를 더욱 여미며 언짢은 표정으로 말을 이었다.

"그때는 저도 단순히 우연이라고 생각했어요. 단지 호문쿨루스를 만드는 데 신성력을 많이 사용해서, 신의 모습과 닮게 되었을 뿐이라고요."

하지만 오늘 생각이 조금 달라졌다.

"어쩌면 놈들이 의도했을지도 몰라요."

아렌트가 인상을 찌푸리며 시선을 아래로 내리깔았다.

"전투용 호문쿨루스와는 다른 종류의 호문쿨루스를 만

들어 내려고 했던 게 아닐까요? 에버란 왕국에서 소모한 것들은 그 과정에서 나온 실험체들이고……."

거기까지 말한 아렌트가 잠깐 뜸을 들였다.

"하지만 지클린은 제 호문쿨루스가 신을 닮았다는 사실은 몰랐을 겁니다. 아마 성녀가 시킨 대로 했을 뿐이겠죠."

세 사람의 공격 때문에 반쯤 제압당했던 호문쿨루스는, 위기의 순간 스스로 진화를 이뤄 냈다.

아렌트를 죽이겠다는 지클린의 염원을 이뤄 주기 위해서였다.

'지클린도 예상치 못한 일이었겠지.'

바로 그 순간, 지클린은 엄청난 환희를 느낀 듯했다.

그러나 리히트의 방해 때문에 아렌트를 죽이는 데 실패하자 광분하기 시작했고.

입을 다물고 있던 켄드릭이 물었다.

"……그나저나 아렌트 경, 자네는 그게 신의 모습이라는 걸 어떻게 안 거지? 그때 나타났던 건 불완전한 모습의 괴물이었다면서."

"그것도 신의 본모습이죠."

아렌트가 스스럼없이 대답하자, 켄드릭이 입을 꾹 다물었다.

"아까 단장님이 말씀하셨잖습니까. 신의 모습이 되었다가, 이상한 괴물의 모습을 취하길 반복했다고. 양쪽 다

체르니온 신의 본모습이죠."

마치 제 몸을 껴안듯, 아렌트는 담요를 더욱 그러쥐었다.

"콜록, 콜록. 그렇다면 놈들의 목적도 대충 짐작이 가요."

"계속 말해."

칸타레스의 말에 아렌트가 눈을 흘겼다.

"말씀 안 하셔도 그럴 겁니다."

"……저 싸가지, 진짜."

"간단히 말할게요."

황태자가 추임새를 넣는 것을 가뿐히 무시하고, 아렌트가 말을 이었다.

"그 괴물 새끼, 본궁 근처 광장에서 소환됐다면서요?"

"그랬지."

라이오스가 자연스레 아렌트 쪽으로 과자 하나를 슬쩍 내밀어 주었다. 과자를 자연스레 받아 입에 쏙 넣은 아렌트가 말을 이었다.

"꽤 괜찮은 구경거리였겠네요. 단장님이랑 호문쿨루스가 싸우는 모습을 본 사람이 한둘이 아닐 겁니다."

"무슨 말이지?"

라이오스는 또다시 과자를 건네주었고, 아렌트는 이번에도 그것을 받아먹었다.

"말 그대롭니다. 건물에 숨어 있던 사람들도, 주변에서 적들을 상대하던 병사들도 전부 호문쿨루스를 목격했을 거예요."

우물우물 과자를 씹어 넘긴 아렌트가 다시 입을 열었다.

"당장 생명이 위협받는 상황이잖습니까. 라이오스 단장님보다야 괴물의 모습이 뇌리에 크게 각인됐을 거예요. 그게 체르니온 신의 모습이라는 건 이제 누구나 다 알 테고."

"그러니까……. 악신의 모습을 보여 주는 게 놈들의 목적이란 말인가?"

란슬롯 공작이 살며시 눈살을 찌푸렸다. 아렌트는 몸을 웅크리며 고개를 끄덕였다.

"정확히는 공포심을 자아내는 쪽에 더 가까울 거예요. 사람들의 머릿속에 두려운 존재로 각인된다면, 그만큼 더 강한 영향력을 미칠 수 있을 테니까요."

담백한 어조로 입에 담고 있었지만, 무시무시한 말이었다.

악신으로 몰려 잊힌 신의 힘을 이 땅 위에서 재현하겠다는 뜻이었으니까.

피와 살육으로 사람들을 제압해 체르니온 앞에 무릎을 꿇리는 것이 성녀의 궁극적인 목적일 터였다.

"……그조차도 오늘 나타난 건 미완성일 가능성이 크다는 거군."

"그럴 겁니다."

공작의 탄식에 라이오스가 차분하게 답을 내어 주었다.

"아직 적의 중진들도 모습을 드러내지 않았습니다. 오늘 공격은 단지 전초전에 불과할 겁니다."

머리를 짜증스레 긁적인 칸타레스가 툭 내뱉었다.

"진짜 환장하겠네. 어디서 어떻게 튀어나올지 알 수가 없으니……. 이래저래 최악의 상황이군."

"그리 말씀하시는 걸 보아하니, 콜록."

마른기침을 한번 뱉은 아렌트가 담요 아래에서 고개를 들었다.

"아직 여유가 있으신 모양이네요."

"뭐?"

"적이 성문을 넘자마자 튀라고 분명 말씀드렸는데……. 들은 척도 안 하시고."

칸타레스가 움찔했다. 언짢음 가득한 황금색 눈동자와 눈이 마주친 탓이었다.

아렌트는 시선을 거두고는 다시 고개를 숙였다.

"어쨌든……. 최악의 상황이라고 지껄일 수 있다면, 아직 살 만하다는 겁니다. 진짜 최악이었다면 여기에서 한숨 푹푹 내쉬고 있지도 못했겠죠. 콜록, 콜록."

중얼거리는 목소리가 점점 뭉개지기 시작했다.

"그러니까 대책이나 강구해요……. 아님 우리한테 맡겨 두고 일단 튀시던가. 지금 상황에서……. 윗대가리가 죽는 것보다 나쁜 일은 없다고요."

아렌트는 이제 무릎에 얼굴을 완전히 파묻은 상태였다.
사람보다 담요 덩어리에 더욱 가까워 보이는 몰골이었다. 그러면서도 제 할 말은 전부 지껄이는 게 웃기지도 않았다.

"도대체 성격이 얼마나 삐뚤어진 거냐고. 걱정되면 걱정된다고 말을 해. 아니면 차라리 욕을 하든가."

"어느 쪽이든 어차피 제대로 들을 생각도 없잖아요."

칸타레스가 짜증스레 대꾸하자 담요 덩어리에서 중얼대는 답이 돌아왔다.

"어쨌든……. 그 빌어 처먹을 새끼들이 도대체 뭘 하자는 건진 모르겠지만……."

아렌트의 중얼거림이 점차 작아지기 시작했다.

"우선은……. 렉시온 님 행방부터 좀 알아봐야겠어요. 이미 르웰린한테 말해 놓긴 했는데……. 황성에서 멀지 않은 곳에 있을 것 같고……."

뭐라 계속해서 이어지던 목소리는 이내 완전히 멎어 버렸다.

이상함을 알아차린 다이아나가 인상을 찌푸렸다.

"아렌트 경?"

"괜찮습니다."

라이오스가 아렌트 대신 대답했다.

도대체 뭐가 괜찮다는 건지, 다이아나는 퍼뜩 이해하지 못했다.

의아해진 것은 다른 이들 역시 마찬가지였다.

라이오스는 등 뒤에 숨기고 있던 과자 주머니를 꺼내 그들에게 보여 주었다.

아까부터 라이오스가 한두 개씩 꺼내 아렌트에게 건네주던 거였다.

"전하께서 조용히 시키라 하시기에."

"뭐, 나?"

얼떨떨하게 되묻던 칸타레스는 뭔가 깨달은 표정을 지었다.

"……야, 라이오스 단장. 그거 설마."

라이오스가 침착하게 대답했다.

"혹시나 하는 마음에 들고 왔습니다. 슬슬 필요한 논의도 거의 다 마친 듯해서 건네주었습니다."

어차피 아렌트의 고집을 꺾기란 불가능했다. 쉬러 가라고 재촉해 봤자 꼼짝도 안 할 게 틀림없었다.

그래서 라이오스는 적당히 때를 노리다 수면초 쿠키를 먹여 버린 거였다.

"……."

모두가 아연해져 할 말을 잃어버렸다.

조용해진 실내에 탁, 타닥, 장작이 타는 소리가 들려왔다.

그 위에 쿨쿨 잠든 견습 기사의 숨소리가 살며시 얹혔다.

한참 동안 이어진 침묵이 끝나고, 란슬롯 공작이 간신히 말했다.
"자네도 확실히 정상은 아니야."
저 정도는 되어야 아렌트 폰 에크하르트를 손바닥 위에 올려 둘 수 있는 걸까.
그들의 머릿속에 동시에 떠오른 생각이었다.
아니, 라이오스를 저렇게까지 망가뜨린 장본인이 바로 아렌트라고 말하는 편이 옳을지도.
어느 쪽이든 골치 아픈 일이었다.
"하아아……."
전쟁이니 뭐니 하는 일도 잠깐 잊은 채, 그들은 일제히 한숨을 푹 내쉬고 말았다.

* * *

가까스로 찾아온 휴식 시간.
그러나 달콤한 꿈 대신 심란한 침묵만이 황궁을 가득 채웠다.
누군가는 목숨을 잃은 자들을 애도하며 눈물을 떨어뜨렸고, 또 누군가는 두려움에 떨며 신께 기도를 올리기도 했다.
반대로 신을 향해 저주를 퍼붓는 자도 있었고, 그 누구도 믿지 못한 채 겁에 질려 뜬눈으로 밤을 지새우는 이도 있었다.

삼엄한 경계를 서는 이들만이 복도를 오가는 새벽.

아렌트 폰 에크하르트는 꽤 오랜만에 바다의 주인과 마주했다.

"……괜찮아?"

네레이스가 걱정이 그득한 얼굴로 조심스럽게 물어 왔다. 몇 차례 눈을 깜빡이던 아렌트가 제 머리칼을 신경질적으로 헝클어 버렸다.

"하아아……."

언제 잠든 건지도 기억나지 않았다.

다만 방금까지 온갖 악몽에 시달리던 것만은 어렴풋이 떠올랐다.

일그러진 신의 형상과 감당하기 힘든 압박감, 두고 온 것들과 잃은 것들이 그를 괴롭혔다.

그 꼴을 보다 못한 네레이스가 결국 개입해 온 것이다.

지끈대는 머리를 부여잡고 있자니, 네레이스의 목소리가 파고들었다.

"지금은 아무 생각 하지 마. 쉬어."

"그럴 때가 아냐."

저도 모르게 날카로운 대꾸가 튀어나갔다.

"무대 밖에서 유유자적 구경이나 하는 너랑 상황이 다르다고."

"……."

네레이스가 움찔 입을 다물었다. 한참이나 우물쭈물하던 그녀가 어깨를 아래로 늘어뜨렸다.

"미안. 도움이 못 되어서……."

"……."

그제야 아렌트는 자신이 지나치게 예민해져 있다는 것을 깨달았다.

한숨을 푹 내쉰 아렌트가 얼굴을 쓸어내렸다.

"됐어. 그보다, 내가 부탁한 건?"

"일단은 노력 중인데……. 전에 말했듯이 난 훑어보는 정도밖에 못 해. 루체 님이나 체르니온 님과는 달라."

네레이스가 우물쭈물 대답했다. 완전히 기가 푹 죽은 모습이었다.

"일단은 최선을 다해볼게. 정령 아이들한테도 물어보고. 하지만 인간 나라에는 정령 아이들도 거의 살지 못하니까……. 기대는 안 하는 게 좋을 것 같아."

웅얼대는 모습이 꼭 실컷 혼난 꼬맹이같았다.

'나름 신인 주제에.'

약하다더라도 결국 그 역시 신격의 존재였다.

지금은 순전히 자신에게 호의를 보이고 있을 뿐이지.

악몽에 시달리다가 이곳으로 도망칠 수 있었던 것도 다 네레이스 덕분이었다.

그 사실을 자각하자, 아렌트는 더 힘이 빠지고 말았다.

"……됐어. 지금은 그렇게 중요한 것도 아니니까."

잠깐 뜸을 들이던 아렌트가 덧붙였다.
"화풀이 할 생각은 아니었어."
좀 답답할 뿐이었다.
네레이스가 눈을 휘둥그레 떴지만, 아렌트는 모르는 척 슬쩍 시선을 피해 버렸다.
진정되고 나서야 주변 풍경이 제대로 보이기 시작했다.
늘 그랬듯 두 사람이 있는 곳은 어느 바닷속이었다. 바닥에는 은빛 모래가 깔려 있고, 몸을 스치는 물결에서는 온기가 느껴졌다.
잠들기 직전까지 한기에 못 이겨 덜덜 떨던 게 문득 떠올랐다.
"……잠깐만. 나 회의 중에 잠든 건가?"
그러고 보니 라이오스가 건넨 쿠키의 맛이 좀 이상했던 것 같기도 했다.
왜 갑자기 기억도 없이 까무룩 잠든 건지, 그 진상이 밝혀지는 순간이었다.
"진짜 미친 인간 아냐?"
아렌트가 황당하게 내뱉자 네레이스가 무심코 중얼거렸다.
"적어도 너한텐 그런 소리 듣고 싶지 않을 것 같은데, 영웅도."
"……."

고개를 든 아렌트가 어처구니없는 시선을 보냈다. 그러자 네레이스는 슬그머니 시선을 피하며 딴청을 부리기 시작했다.

"인생 진짜 끝내주게 잘 살았네."

한숨을 짧게 내쉰 아렌트가 자리에 털썩 주저앉았다.

네레이스도 지느러미를 움직여 그의 맞은편에 소리 없이 앉았다.

"……."

조용한 바닷속에 침묵이 내려앉았다.

네레이스의 말대로였다.

터질 것 같은 머릿속을 억누르며 한기와 싸우고, 그런 와중에도 그럴듯한 대사를 꺼내기 위해 용을 썼으니까.

하지만 지금은 기이할 정도로 차분했다.

그조차도 네레이스의 권능 때문이라고 여기니 기분이 나빠지려 했다.

하지만 아렌트는 어떻게든 제 마음을 가라앉혔다.

'호의는 호의로 받아들여야지.'

자존심만 세우다간 먼저 나가떨어지고 말 테니까.

네레이스가 조심스레 물었다.

"이제부터 어떻게 할 셈이야?"

"지금 당장은 싸워야지. 별 수 있나."

아마 렉시온도 곧 돌아올 것 같았다.

드래곤들끼리 싸움을 벌였다면 큰 재해가 일어났을 터

였다. 하지만 황궁이 어느 정도 정리된 뒤에도 재해 소식은 들려오지 않았다.

한창 싸움이 벌어지던 중에는 그런 보고를 받을 상황도 아니었으니…….

아마 황궁에서의 싸움이 끝나던 무렵, 드래곤들의 싸움도 멈췄을 터였다.

'도대체 목적이 뭔지.'

자신이 파악하지 못하는 부분이 있다는 건, 결코 유쾌한 일이 아니었다.

피부가 벗겨진 채 발견된 피해자들.

그들의 껍질을 뒤집어쓴 채 천연덕스레 연기하던 침입자들.

그리고 보란 듯이 나타나 라이오스의 발목을 묶은, 신을 닮은 괴물까지.

어디까지나 배우인 자신은, 이 모든 것들에서 하나의 단어를 연상할 수밖에 없었다.

성녀 이리스가 준비한 시나리오대로 흘러간 연극.

"……빌어먹을 새끼들."

새삼 머리가 지끈거려왔다.

자의식 과잉 따위가 아니었다. 이리스의 이런 행태는 분명 아렌트를 의식한 거였다.

회의를 할 때부터 도무지 그런 생각을 떨쳐 낼 수 없었다.

그녀는 아렌트가 이방인이라는 사실을 아는 유일한 존재였다.

아렌트 외에 '성검의 푸른 기사'의 내용을 전부 아는 단 한 명이기도 했다.

'그걸 전부 고려했을 때……. 이런 방식이 유효하다는 걸 깨달은 거겠지.'

처음 이 세계에 발을 들인 아렌트가 비슷한 방법을 취했던 것처럼.

그를 지켜보던 네레이스가 골이 나서 버럭 외쳤다.

"지금은 생각하지 말라고 했잖아! 기껏 데려왔더니 쉬지도 않고!"

"꼬맹이는 가만히 있어. 머리라도 안 굴리면 돌아 버릴 것 같으니까."

네레이스는 불만스러운 표정을 지으면서도 입을 꾹 다물었다.

덕분에 아렌트는 계속해서 생각을 이어갈 수 있었다.

'이번 공격이 연극의 제 1막이라고 가정한다면.'

제국 전역에서 게릴라전처럼 펼쳐진 소환석 소동은 서막이었다. 그 목적은 황실의 중진들을 황궁으로 모으기 위함이었을 테고.

하지만 놈들은 이번 싸움에서도 모든 걸 쏟아붓지 않고 간을 보다 물러났다.

'렉시온 님까지 붙들어 둔 것 치곤 빨리 끝났어.'

사활을 걸었더라면 분명 로저부터 나타났을 테니까.

결국 로저의 행방에 촉각을 곤두세울 수밖에 없었다. 렉시온에게 부탁해 그의 위치를 찾아다니게 한 것도 그 때문이었다.

하지만 현재, 로저와 이리스의 위치는 여전히 알 수 없었다.

그리고 황실의 주요 병력은 모두 황궁에 모인 것과 마찬가지였다.

'그게 목적이었나?'

황궁에 모인 아군을 전부 쓸어버릴 수 있는 기회라고도 할 수 있을 터.

분명 바보 같은 작전이었다.

동귀어진을 하겠다는 말과 다를 바 없으니까.

하지만 유감스럽게도 놈들에게는 그것도 유효한 방법 중 하나였다.

모두가 죽어도 이리스는 얼마든지 다시 시작할 수 있을 테니.

'……아니야.'

하지만 아렌트는 생각을 바꿨다.

'굳이 그렇게까지 모험할 필요는 없어.'

그것도 동귀어진에 성공한 뒤에나 가능한 일이었다. 패배한다면 앞으로 또 언제 기회를 잡을 수 있을지도 미지수였다.

'일부러 함께 자폭하겠다며 달려들 이유는 없지.'

아렌트는 무심코 흉터가 있는 손목을 감싸 쥐었다.

황궁에 사람들을 모아 뒀으니, 갑자기 엉뚱한 곳을 습격할 가능성도 있었다.

놈들이 언제 어디서 튀어나올지 정확히 예측할 수 없다.

머리를 아무리 굴려 봤자 그 사실만을 답습하는 꼴이었다.

"……잠깐만, 나 봐. 안 돼! 그만 생각해!"

뭔가가 잘못되어 감을 인지한 네레이스가 다급히 그의 어깨를 붙잡았다.

하지만 아렌트는 아무런 반응도 하지 않았다.

아니, 하지 못했다.

분명 네레이스의 보호 아래 있는데도, 어느 순간부터 숨이 잘 쉬어지지 않는 것 같았다.

어쩐지 눈앞에 검은 그림자가 일렁이는 것 같았다.

방금까지 따뜻하게만 느껴지던 빛이 가시가 되어 등을 찌르는 듯했다.

'여기는 무대가 아냐.'

아렌트가 그 사실을 간신히 인정하게 된 지 얼마 되지 않은 지금.

이리스는 제국을 무대 삼아 한바탕 인형극을 펼치려 하고 있었다.

위장이 뒤틀리는 것 같았다.

슬슬 인정해야 했다.

이리스의 속셈을 짐작해 낸들, 빼앗긴 주도권은 돌아오지 않았다.

무대가, 그의 통제 밖에서 날뛰고 있었다.

이리저리 머리를 굴려 봤자 나오는 답은 없었다.

당장 이 판을 뒤집을 만한 묘수가 떠오르지 않았다.

지금 할 수 있는 거라곤 정면 돌파밖에 없었다.

달리 수작을 부릴 수도 없고, 억지로 광대 짓을 하는 것도 지금은 통하지 않을 것이다.

그것을 자각한 순간, 아렌트는 제 손이 잘게 떨리고 있다는 걸 깨달았다.

누군가가 아주 가까이에서 자신을 빤히 바라보고 있다는 것 역시.

"……."

퍼뜩 고개를 들자, 걱정이 그득 담긴 네레이스의 두 눈동자가 바로 가까이에서 보였다.

"재워 줄까? 쉴래?"

"……."

아렌트는 한참을 망설였다. 하지만 그는 결국 입을 한 번 꾹 다물었다가 고개를 내저었다.

"아니."

아렌트는 천천히 호흡을 가라앉혔다. 그리고 주먹을 몇

차례 쥐었다 펴는 것을 반복했다.

"이건 내 몫이지, 네게 의지할 부분은 아냐."

이 압박감은 루체나 체르니온이 간섭한 결과가 아니었다.

오롯이 자신의 내부에서 비롯된 것임을, 아렌트는 누구보다도 잘 알고 있었다.

"넌 내가 부탁한 거나 알아봐 줘. 나름 신인데, 그 정도도 못 하지는 않겠지."

"……노력해 볼게."

네레이스가 기어들어 가는 목소리로 말했다. 짧게 한숨을 내쉰 아렌트가 짧게 읊조렸다.

"괜찮아."

고개를 든 네레이스가 눈을 동그랗게 떴다. 슬쩍 시선을 피한 아렌트가 천천히 말을 이었다.

"망할 단장님도 있고. 렉시온 님도 있고. 선배들에……. 악우(惡友)에다가, 수습해 줄 황태자 전하도 있으니."

많은 일들이 그의 통제에서 완전히 벗어나 버린 것은 사실이었다.

하지만 그게 전부 혼자 책임져야 할 일이라고는, 절대로 말 못 할 터였다.

혼자 뭐든 좀 해 보려 하면 냅다 먼저 뛰쳐나가는 이들이 있으니.

"……어떻게든 되겠지."

어느 순간부터 잔떨림은 멎어 있었다.

* * *

문득 진한 피비린내가 느껴졌다.

눈꺼풀을 들자, 피로 뒤범벅된 한 남자가 침대 옆에 서 있는 게 보였다.

렉시온이었다.

"……봐 줄 만하네요."

침대에 누운 채, 아렌트가 툭 내뱉었다. 그와 눈을 마주친 렉시온 역시 심드렁하게 대꾸했다.

"너한테 듣고 싶지는 않군."

아렌트는 눈동자만을 돌려 주변을 둘러보았다.

임시로 2인 1실을 배정받은 건지, 옆 침대에서 곯아떨어진 아서가 보였다.

그 역시 몸 이곳저곳에 붕대가 가득했고, 반창고가 붙은 몰골이었다.

무심히 말하긴 했지만, 렉시온의 꼴은 처참하기 그지없었다.

뚝. 뚝.

아직도 지혈되지 않은 상처에서는 피가 쏟아지고 있다.

눈 한쪽은 깊이 파여 나간 것 같았고, 이마에는 처음 보는 뿔이 돋아 있었다.

 등 뒤의 날개 한쪽 역시 반쯤 찢어진 상태였다.

 아렌트는 렉시온과 자신, 둘 중 어느 쪽이 더 험한 꼴인지 잠시 가늠해 보았다.

 의미 없는 짓이라는 걸 깨닫고는 곧 그만두었지만.

 "가서 회복이나 해요……. 귀신처럼 그러고 서 있지 말고."

 아렌트는 다시 눈을 꾹 감고 이불을 끌어모았다.

 "지금 치료 마법을 시전할 상태도 아닌 것 같은데. 꿈자리 사나울 것 같으니까 빨리 가기나 해요."

 "……하여튼."

 잠깐 뜸을 들이던 렉시온이 피가래 끓는 소리를 냈다.

 "싸가지 없는 새끼."

 짧은 욕설이 어쩐지 만족스러운 웃음을 담고 있는 듯했다.

 잠시 후. 별다른 소리나 기척도 없이 렉시온의 존재감이 사라졌다.

 아렌트는 몸을 웅크린 채 다시금 잠을 청했다.

 실없이 주고받은 대화의 의미는 결국 딱 하나였다.

 뭐가 됐든, 살아 있어서 다행이라고.

2장. 저랑 약속한 게 있거든요.

저랑 약속한 게 있거든요.

"……미안하대도."
"미안하다면 답니까?"
"……내가 손댄 거 아니다. 제레온 보좌관님이 준비해 주신 거니까 그냥 먹어라."
"못 믿겠습니다."

달래듯이 말했지만, 아렌트는 요지부동이었다. 라이오스를 바라보는 시선에 불신이 가득했다. 테이블 위에는 방금 라이오스가 아렌트에게 권한 쿠키들이 놓여 있었다.

물론, 평소와 다르게 손도 대지 않은 상태였다.

칸타레스가 어처구니없이 말했다.

"대단하네. 과자 하나로 지금껏 쌓아 올린 신뢰가 무너지다니."

아렌트는 대꾸하는 대신 제 앞에 놓인 과자 접시를 보란 듯이 칸타레스 쪽으로 밀어 버렸다.

"먼저 먹어 봐요."

"야, 이 자식아. 보통은 반대 아니냐? 황태자한테 기미를 시키는 미친 새끼가 어딨어? 심지어 지금은 전시 상황인데."

"어쩌라고요. 꼬우면 직접 나가서 싸우시든가. 지금은 전하보다 제 쪽이 훨씬 더 쓸모 많은 상황이거든요."

"……."

칸타레스는 그냥 입을 다물어 버렸다. 뭐라 할 말이 없어진 탓이었다.

그렇다고 전시에 가볍게 굴지 말라며 잔소리를 퍼부을 수도 없었다. 매 전투마다 가장 거칠게 싸우는 게 바로 이 녀석이니까.

결국 칸타레스는 평소처럼 화제를 돌리는 쪽을 선택했다.

"……렉시온 님이 돌아오셨더군. 혹시 아나?"

"넵. 돌아오신 날 밤에 잠깐 만나 뵀었습니다. 상태가 영 나빠 보이더라고요."

아렌트가 어깨를 으쓱이자 제레온이 끼어들었다.

"연무장 주변에 결계가 쳐져 있었습니다. 혹시 아렌트 경은 아시는 바가 있으신가요? 아마 렉시온 님이 펼치신 거라 추측하긴 했습니다만."

"렉시온 님이 아니라 스텔이었어요."

그 말에 다이아나가 고개를 갸웃했다.

"그걸 어떻게 알지?"

"오늘 새벽에 다녀왔으니까요."

아렌트가 너무나도 당연하다는 듯 말하자, 잠깐 떨떠름한 침묵이 흘렀다. 켄드릭이 모두를 대표해서 물었다.

"아렌트 경. 오늘 오전까지 병상에 있던 거 아니었나?"

"제가 있을 곳은 제가 정합니다. 2층 창문 정도야 가뿐하죠."

"진짜 골 때리는군."

켄드릭이 어처구니없이 중얼거렸다.

전투가 끝난 지 고작 사흘째.

오늘도 원래라면 가만히 처박혀 있어야 할 녀석이었다.

그러나 본인이 박박 우긴 끝에 회의실에 나타난 거였다.

서리 어린 손길의 부작용이야 어떻게든 해결하긴 했다.

거동 가능한 황실 마법사들과 세키나가 치료 마법을 퍼부어 주고, 온 힘을 다해 마력을 안정시켜 준 덕이었다.

그렇다고 해서 부상을 완벽하게 회복한 것은 절대 아니었다.

'평소라면 라이오스 단장이 강경책이라도 펼쳤겠지만.'

켄드릭의 시선이 자연스레 라이오스에게 닿았다.

속이 쓰려 죽겠다는 표정을 한 게, 조만간 위장약이라도 찾을 것 같았다.

당장 어쩌지 못하는 지금 상황이 라이오스에게는 큰 고역인 듯했다.

하지만 어쩔 수 없었다.

지금 당장 아렌트가 자리를 비우면 곤란하다는 건 사실인 데다가…….

며칠 전 수면초 쿠키 일로 미운털이 단단히 박힌 상태였으니까.

'괜히 더 밉보이면 무슨 험한 꼴을 당할지 모르니.'

평소와 다르게 손도 대지 않은 간식 접시가 그 증거였다.

켄드릭이 쓴웃음을 짓는 와중, 아렌트가 천연덕스레 말을 이었다.

"어쨌든, 스텔의 전언입니다. 지금 렉시온 님은 깊은 잠에 빠졌으니, 며칠은 회복이 필요하시대요. 만약 비상사태가 생기더라도 렉시온 님을 깨우거나 불러내는 등……. 여하튼, 괴롭히려고 한다면 누가 됐든 죽여 버린답니다. 절 포함해서."

"상당히 살벌한 경고인데."

칸타레스가 혀를 내두르자 아렌트가 고개를 까닥였다.

"그러니 어지간하면 다가가지 마세요. 똥개 주제에 화가 많이 났더라고요."

아무래도 스텔은 제 주인에게 도움이 못 된 것이 상당히 유감인 듯했다.

"니케포르도 멀쩡하지는 않겠지만, 그래도 어떻게 될지 모르니. 렉시온 님이 부재중이라는 걸 염두에 두고 대책을 세워야 합니다."

톡톡. 아렌트의 붕대 감긴 손가락이 테이블을 두드렸다.

자신에게 이목이 모이자, 아렌트가 말을 이었다.

"호문쿨루스와 구울 파편을 백작님께 분석해 달라 부탁했어요. 마침 그 결과가 오늘 도착했고요. 이전에 소환석에서 튀어나온 놈들이랑 비교 분석을 해 주셨더라고요."

"……그건 또 언제 의뢰한 거야?"

이번에는 칸타레스가 떨떠름하게 물었다.

"이틀 전에요. 자다가 잠깐 눈떴을 때 연락드렸습니다. 참고로 채취는 아서 선배랑 리히트 선배 시켰어요. 그 두 사람은 비교적 멀쩡하더라고요."

"진짜 독한 놈."

이번에는 다이아나에게서 욕 섞인 감탄사가 들려왔다.

모두가 정신없는 와중에 그렇게까지 발 빠르게 움직일 수 있다니.

이쯤 되면 신기하다 못해 징그럽게 느껴질 정도였다.

"물론 세밀하게 분석하지는 못했는데요. 황실 마법사

저랑 약속한 게 있거든요. 〈51〉

들보다야 확실히 백작님이 낫더라고요."

아렌트가 고개를 까닥였다.

황실 마법사 측에서도 잔해물을 회수해 분석 작업에 착수한 참이었다.

하지만 그들 중에서도 전투 중 부상자가 다수 나온 데다, 황궁이 어지러운 와중에 제대로 된 연구를 할 수 있을 리 없었다.

"호문쿨루스는 기존에 있던 것들과 크게 다르지 않답니다. 성녀와 니케포르가 약간 손을 본 것에 불과해요."

지클린이 죽기 전 만들던 미완성품들을 개조한 것일 터였다.

사람들이 경청한다는 것을 확인한 아렌트가 말을 이었다.

"다만……. 구울들은 인간을 재료로 만들어진 게 맞답니다. 소환석을 통해 나타난 놈들, 그리고 황궁에 쏟아진 놈들 양쪽 다요."

"그렇다면……. 악신교의 신관들이랑 비슷한 건가? 그 자들도 산 채로 구울이 됐잖아. 호문쿨루스와도 얼추 비슷한 존재라면서."

켄드릭의 물음에 아렌트가 고개를 내저었다.

"아뇨. 본질이 달라요. 그놈들은 의식을 유지한 채로 죽지 않는 신체를 가지게 된 거죠. 최근에 나타난 그놈들은……."

잠깐 단어를 고르던 견습 기사가 덧붙였다.

"사람으로 반죽을 만들어서 그걸로 인형을 빚었다고 생각하면 됩니다. 그걸 구식 구울을 운용하던 방식대로 움직인 거예요."

"……표현이 너무 끔찍한데. 묘사가 아니라는 걸 알아서 더 별로군."

칸타레스가 꺼림칙하게 중얼거렸다. 가만히 듣던 다이아나가 물음을 던졌다.

"구식 구울과 같은 방식으로 움직인다고?"

"네. 슈타들러 백작님이 내어 놓은 가설은 이래요."

아렌트가 차분하게 말을 이었다.

"그쪽에는 구울의 모체가 되는 호문쿨루스가 있어요. 하지만 그놈도 무한정으로 구울을 쏟아 낼 수는 없었을 거예요. 구울을 만들 재료와, 원동력이 될 힘이 필요했겠죠."

"그 원동력이라 함은, 마정석……. 아니, 정령석이었겠군."

라이오스의 말에 아렌트가 간단히 고개를 끄덕였다.

"그렇죠. 정확히는 생명을 갈아 만든 모조 정령석이었겠지만. 그것도 마력이 무한하지는 않으니, 주기적으로 교체해야 했을 겁니다. 하지만 그걸 만드는 기술은 오로지 지클린만 알고 있었던 거예요. 따로 자료를 만들어 두지도 않았고."

어린 엘프였던 지클린이 교단 내에서 권력을 쥐고 있을 방법은 그것뿐이었을 테니까.

뒤늦게 진정한 신앙에 눈을 뜨긴 했지만, 그것도 전장에서 목숨을 잃기 직전의 일이었다.

덕분에 그녀가 이리스나 니케포르에게 정보를 공유할 틈은 전혀 없었다.

"그래서 결국 더 이상 전처럼 편리하게 구울을 만들어 낼 수가 없던 겁니다. 괴물들을 개조하는 것도 그렇고요. 구울들에게 자의식을 부여할 모조 정령석의 힘이 부족해졌을 테니까요."

초반에 나타났던 구울들은 모두 핵이 되는 마정석에 지배를 받는 형태였다.

그러나 지클린이 만든 구울들은 그런 것에 억압받지 않고 자유롭게 움직일 수 있었다. 심지어는 지능을 갖추거나 신체만을 구울로 개조하는 것도 가능했고.

한동안 혼란기를 거쳤지만, 결국 지클린은 모조 정령석으로 모든 종류의 구울들을 안정적으로 생산해 낼 수 있게 되었다.

그런데 지클린이 갑작스레 전사하며, 핵심적인 기술이 소실되어 버린 것이다.

"그래서 결국 처음 방식대로 돌아갈 수밖에 없었을 거예요. 새로 만든 구울들에게 마정석으로 따로 힘을 부여한 겁니다."

동력원이 달라졌다고 한들, 지클린이 남긴 모체 호문쿨루스에서 나온 결과물이란 것은 변치 않았다.

그래서 새로 만들어진 구울들도 어설프게나마 자아를 가질 수 있게 된 거였다.

"잠깐만. 아렌트 경. 자네 말인즉슨……."

켄드릭이 살며시 인상을 찌푸렸다.

"놈들의 핵이 되는 마정석이 어딘가에 존재한단 뜻인가? 예전에 처음 발견된 구울들처럼?"

"넵."

아렌트가 담백하게 고개를 끄덕였다.

"소환 대신 텔레포트를 이용해 구울들을 불러낸 이유도 의문이었죠. 이거라면 설명이 가능해요."

"그렇다면……."

가만히 설명을 듣던 칸타레스가 신음처럼 중얼거렸다.

"핵이 있는 곳에서 생산해, 텔레포트 마법으로 이동시킨 건가? 그렇다면 소환석도 마찬가지였겠군. 소환이 아니라 텔레포트 마법을 심어 둔 거지."

"그런 셈이죠. 지금 와서 확인하는 건 불가능하지만요. 우리 수중에 들어온 소환석이 단 하나도 없으니까."

습관처럼 어깨를 으쓱이던 아렌트가 통증 때문에 인상을 구겼다.

"아오, 씨……. 어쨌든 이거면 대충 앞뒤가 맞아 들어가요. 그리고 우리한테는 나쁘지 않은 소식이기도 해요."

저랑 약속한 게 있거든요. 〈55〉

"그렇군."

선뜻 고개를 끄덕인 칸타레스가 떨떠름하게 덧붙였다.

"……근데 너 괜찮냐?"

"안 괜찮으면 알아서 드러누우러 갈 겁니다. 어쨌든, 구울들을 일망타진할 방법이 생겼어요."

아렌트가 인상을 와락 찌푸린 채 얼얼한 어깨를 붙잡았다.

"핵을 찾아내서 파괴하면 됩니다. 물론 쉬운 방법은 아니겠지만요."

"파괴하는 것도 위치를 알아야 가능하지. 지금은 놈들의 본거지조차도 알 수 없잖아."

턱을 괸 칸타레스가 투덜거리듯 말했다.

"반면에 이쪽은 속속들이 다 파악당한 상태고."

"그렇긴 하지만요."

순순히 긍정한 아렌트가 말을 이었다.

"이중 삼중으로 경계하고 있을 것 같긴 하지만, 그렇게까지 찾기 번거로운 곳에 숨겨 두진 않았을 거란 말이죠."

"그렇겠지. 적재적소에 운용할 때마다 번거로운 과정을 거칠 수는 없으니."

켄드릭이 천천히 고개를 끄덕였다. 거기에 다이아나가 덧붙였다.

"드래곤 니케포르와 로저가 주로 관리를 하는 눈치고…….

마법적 가공은 당연히 드래곤이 담당할 테니. 드래곤 가까이에 있을 가능성이 크군. 그리고 네가 괜히 이런 말을 꺼내진 않았을 테니."

그녀의 시선이 아렌트에게 향했다.

"뭔가 방법이라도 생긴 건가?"

"방법이랄 것까지는 없지만요. 사실 꽤 난관이 많기도 한데."

아렌트가 그녀의 기대에 부응해 주었다.

"스텔에게 전해 들은 겁니다만. 렉시온 님의 발톱 하나가 빠진 것 같답니다."

라이오스가 눈썹을 살짝 치켜올렸다.

"발톱이?"

"네. 니케포르와 싸우던 와중에 그렇게 된 것 같대요. 싸움이 상당히 격했겠죠. 어쩌면 렉시온 님이 의도하신 걸지도 모르고. 렉시온 님이 싸운 황야가 완전히 초토화됐다는 건 이미 전해 들으셨죠?"

간단히 긍정해 준 아렌트가 고개를 기울였다.

"스텔이 두 사람이 싸웠던 근방을 훑어봤는데, 발톱은 찾을 수 없었답니다. 적어도 그 자리에 떨어지지는 않았다는 뜻이죠. 그리고 니케포르는 텔레포트를 이용해서 본인의 근거지까지 이동했을 테니……."

침묵하던 칸타레스가 천천히 말했다.

"어쩌면 그걸 단서로 니케포르의 본거지를 찾을 수 있

는 기회일지도 모른단 거군."

"물론 니케포르가 바보도 아니고, 이미 제거했을 확률이 커요. 하지만 어떻게든 흔적이야 남았을 테고……."

아렌트가 황태자와 시선을 맞추며 씨익 웃었다.

"우리 수중에는 제법 쓸 만한 똥개랑 늑대가 있단 말이죠. 이 정도면 움직여 볼 만한 가치가 있지 않습니까?"

그리고 마침 그 두 사람은 아렌트의 밥이나 마찬가지였다.

아렌트의 말에 두 사람이 불쌍해지는 것과 동시에, 미약한 희망이 보이기 시작한 순간이었다.

* * *

회의가 끝난 뒤.

기사단장들이 물러가고, 집무실에는 아렌트와 황태자만 남았다.

아렌트는 지금껏 손도 대지 않던 과자를 입에 쏙 넣었다.

"노이만 상단에서 연락이 왔는데요. 루카인 왕국 쪽에서 체르니온 교를 퍼뜨리려던 사람이 체포당했답니다. 구울도 신관도 아니고, 일반 신도였대요. 딱히 세뇌당한 것 같지도 않고."

"……안 먹는 거 아니었냐?"

칸타레스의 물음에 아렌트가 뻔뻔히 대답했다.

"단장님 갔잖아요. 굳이 있는 걸 안 먹을 이유는 없죠."

결국 라이오스를 놀리려고 일부러 과자에 손도 안 대고 있었다는 뜻이었다.

순진해 빠진 라이오스 단장은 이번에도 곧이곧대로 당했을 뿐이고.

칸타레스가 그를 흘겨보았다.

"잘 논다."

"이런 여흥이라도 있어야죠. 안 그래도 살기 팍팍해 죽겠는데."

다리를 꼬고 우아한 자세로 앉아 과자를 집어 먹는 꼴이 웃기지도 않았다.

"연합국에서도 루체 신전에서 등을 돌리는 사람이 많아졌다고 하니까. 그 영향일지도 모르지. 그나마 적 편에 합류하지 않는다는 건 다행인가."

"그 사람은 괜히 포교하려다 맞아 죽지 않은 게 다행이네요."

도도하게 차를 홀짝인 아렌트가 덧붙였다.

"손을 좀 쓰긴 했습니다. 라이오스 단장님에 대한 미담도 열심히 퍼뜨리고 있거든요. 무려 대신전을 배신했다는 내용까지 포함해서."

제국에 퍼졌던 전단은 타국까지 전달됐다. 각 나라의 정상들이 눈을 감아 준 덕분에 가능한 일이었다.

그것만으로 네펠레와 루카인, 그리고 에버란 왕국의 뜻은 충분히 알 수 있었다.

'신보다는 저 성질 더러운 견습 기사와 등지는 게 더 꺼려진다는 뜻이겠지.'

기가 막힐 노릇이었다.

"당장 문제는 제국 내부인데요."

아렌트가 찻잔을 내려놓으며 말을 이었다.

"……대신전 쪽에서는 아직 아무런 반응도 없습니까?"

"일단 신관들은 활발하게 활동 중이지만."

잠깐 생각하던 칸타레스가 살짝 인상을 찌푸렸다.

"대신관님이 딱히 뭐라 성명을 발표하시지는 않으셨지."

"역시."

아렌트가 팔짱을 끼고 등을 소파에 푹 기댔다.

대신전은 라이오스와 아렌트가 개입한 전장에 참견하지 않겠다 발표한 바 있었다.

하지만 역시 이런 상황에서 잠자코 있는 것은 '자비'를 표방하는 루체 교단의 뜻에 반하는 일일 터.

그래서인지 신전은 다친 병자들을 치료해 주거나 장례를 도와주는 등, 지원을 아끼지 않고 있었다.

"그래도 뭐라 한마디 정도는 하실 거라 생각했습니다만……. 하다못해 격려나 위로 성명이라도요."

"뭐, 그쪽도 바쁘시겠지. 그리고 말만 번듯하게 하는

건 루미엘 대신관님께 어울리는 일도 아니고."

 필요에 의해서는 정치권에 뛰어드는 일도 서슴없이 하는 그녀였지만, 본질은 결국 선량한 신관이었다.

 묵묵히 상황 수습을 돕는 게 루체의 이름을 빛낼 가장 좋은 방법이라고 판단했을지도 몰랐다.

 그리고 그건 사람들의 마음을 돌리기에 더할 나위 없이 효과적인 수였다.

 잠깐 뜸을 들이던 아렌트가 입을 열었다.

 "치사한 술수는 저나 전하 같은 사람한테나 어울리는 거죠. 사람 목숨이 걸린 일에서는 더더욱."

 "대신관님도 만만찮은 분이긴 하다만……. 차마 부정할 수 없는 말이군."

 칸타레스가 쓴웃음을 지었다.

 아렌트와 루미엘의 대립은 기이하기 짝이 없는 형태였다.

 누구보다 서로를 잘 알고, 또 신뢰하기에 한 발짝도 물러서지 않는다니.

 황태자가 그리 생각하는 것을 아는지 모르는지, 아렌트는 혼자 생각에 잠겨 있었다.

 "그래도 동태 정도는 살펴 주세요. 직접 간섭하는 건 못하게 됐다지만. 제 말 무슨 뜻인지 아시죠?"

 "알았다, 이 건방진 녀석아."

 칸타레스가 픽 웃음을 터뜨렸다.

황실이 아렌트와 라이오스의 손을 들어준 이상, 이제 대신전은 황실조차도 쉽게 개입할 수 없는 영역이 되고 말았다.

선불리 신전에 도움을 요청하는 등 교류를 시도했다간, 다시 루체 신의 권능에 고개를 숙이는 형태가 될지도 모르니까.

현재는 루미엘과의 호의적인 관계를 토대로 아슬아슬하게 선을 유지하는 게 최선이었다.

그 말인즉, 이변이 생기더라도 서로 간섭하기 애매해졌다는 뜻이었다.

"사실 신전보다는 네가 큰일인 것 같다만. 이번에도 노골적으로 널 노렸잖아."

"저는 알아서 할 수 있습니다. 아시다시피 아주 유능해서."

"……한결같이 뻔뻔한 새끼."

반박의 여지가 없다는 게 진심으로 유감스러울 뿐이었다. 아렌트가 시큰둥하게 덧붙였다.

"일단은 혼자 외출은 최대한 삼갈 예정입니다. 괜히 귀찮은 일 만들 필요는 없으니까요. 세일럼한테 정령이라도 빌려 갈 테니 신경 쓰지 마세요."

"……."

칸타레스의 표정이 묘하게 변했다.

'좀 누그러진 것 같기도 하고.'

싸가지 없는 언사는 그대로였다. 우스꽝스러운 기행을 벌이는 것도 바뀌지 않았다.

 연이은 극단적인 상황 탓에 한편으로는 더 예민하고 날카로워진 부분도 분명 있었다.

 그러나 모든 것을 차치하고서라도, 아렌트는 어쩐지 예전보다 차분해진 것 같았다.

 '어쩐지 안정된 것처럼 느껴지면서도…….'

 한편으로는 예전보다도 더 속을 알 수 없게 된 것 같았다.

 한없이 애새끼 도련님 같다가도, 한순간 냉담한 무표정이 드리우면 쉽게 말 걸기도 힘들었다.

 원래도 그런 편이었지만, 최근 들어 그 간극이 더욱 뚜렷하게 보이는 것 같았다.

 "뭘 그렇게 봐요? 아무리 쳐다봐도 잘생겼다는 건 안 변합니다만."

 "……짜증 나는 놈, 진짜."

 "폐하께서는요?"

 아렌트가 우아하게 차를 홀짝이며 화제를 돌렸다. 칸타레스는 눈을 흘기면서도 순순히 답을 내어 주었다.

 "당분간 돌아오지 않으시겠다더군. 명분은 안전 때문이라고 하셨지만……."

 칸타레스가 말끝을 흐리자 아렌트가 대신 덧붙였다.

 "전하께 전권을 넘기실 생각이시군요."

저랑 약속한 게 있거든요. 〈63〉

"아무래도 그러신 것 같아. 상황이 조금 잠잠해진 뒤에 환궁하시겠지."

"귀족들 반발은요?"

"아직까지는 괜찮아. 썩 달갑잖아 하는 자들도 물론 있겠지만, 폐하의 결정에 토를 달 수 있는 것도 아니니."

어차피 전장을 지휘하는 건 황태자가 전담해 왔다.

행정이 거의 마비된 지금, 이제 와서 황제가 이곳에 남아 할 수 있는 일은 사실상 없었다.

"그리고 각국에서 지원군을 파견했다더군."

황궁이 아수라장이 된 바로 그날, 연합국은 제국을 향해 지원군을 파견했다.

혹여 칸타레스가 거절할 것을 우려해 먼저 움직인 뒤 통보한 것이다.

칸타레스가 끙, 앓는 소리를 냈다.

"더 거절하는 것도 예의가 아닌듯해 받아들이기로 했다만……. 솔직히 우리도 이제 사정이 썩 좋은 건 아니니까."

"좋네요, 그건."

차를 홀짝인 아렌트가 씨익 웃었다.

"이왕이면 같이 신의 뒤통수를 치는 것도 재미있을 것 같긴 한데. 전하께서 잘 꼬셔 보면 안 됩니까?"

"말이 되는 소리를. 지금껏 네 행각을 묵인받은 것만으로도 충분해. 그리고 난 아직 루체 님의 뒤통수를 친다는 말까진 안 했어. 네가 알아서 증명해 보라고 했을 뿐이지."

"그게 결국 같은 의미죠. 직접 욕만 안 했을 뿐이지, 솔직히 신전에 침을 뱉은 거나 뭐가 달라요?"

"너 진짜 뚫린 입이라고 막 지껄이는 거 아니다."

"왜요? 이왕 뚫린 입이니 마음대로 지껄여야죠. 안 그래도 살기 팍팍해 죽겠는데, 제가 말조심까지 해야 해요?"

자연스럽게 두 사람 사이에 입씨름이 벌어진 찰나.

쾅쾅쾅!

다소 성급한 노크가 불쑥 끼어들었다. 자연스럽게 황태자와 견습 기사의 말다툼도 멈췄다.

"전하, 계십니까? 켄드릭입니다!"

불과 한 시간 전에 물러갔던 켄드릭이었다. 제레온이 가서 문을 열어 주자 켄드릭이 다급한 표정으로 들어왔다.

"갑자기 송구합니다, 전하. 급한 보고가 들어와서 찾아뵈었습니다."

칸타레스의 표정이 굳었다. 뭔가 심상치 않은 일이 벌어졌다는 직감이 든 탓이었다.

"무슨 일이지?"

"황성 근처 도시에 호문쿨루스가 소환되었습니다."

켄드릭이 빠르게 말을 이었다. 가만히 듣던 아렌트의

미간이 좁혀졌다.

"도시 행정은 완전히 마비된 듯합니다. 단 한 번의 구조 요청을 끝으로 더 이상 통신구도 연결이 되지 않는다고 합니다. 일단은 사람들을 피난시키고 있으나, 이미 도시가 반 이상 괴멸되었다 보아도 무방할 듯합니다."

"호문쿨루스의 형태는요?"

아렌트의 질문에 켄드릭이 곧바로 답을 내어 주었다.

"황궁에 나타난 것과 같은 듯하다. 내게 전달된 보고는 이렇더군. 체르니온의 형상을 한 정체불명의 적이 도시를 괴멸시키고 있다고."

"……진짜 징그럽게도 발 빠른 새끼들."

욕설을 내뱉은 칸타레스가 자리에서 벌떡 일어났다.

"출정 준비를 해. 전투할 수 있는 인원은. 충분한가?"

"이미 다이아나 단장과 라이오스 단장이 움직이고 있습니다. 부상자가 많아 경상자를 포함해, 무리 없이 전투할 수 있는 인원만 차출할 계획입니다."

"잠깐만요."

켄드릭의 대답에 아렌트가 불쑥 끼어들었다.

"최대한 적은 수를 운용해야 합니다. 적의 기습이 한 번만으로 끝날 리가 없어요. 분명 제국 곳곳에서 산발적으로 터져 나올 겁니다."

두 사람이 뭐라 대답하기도 전, 아렌트가 빠르게 말을 이었다.

"놈들의 수중에도 호문쿨루스가 별로 남지 않았어요. 제 짐작이 맞다면, 앞으로 두세 곳 더 터질 겁니다."

확실히 일리가 있었다. 켄드릭이 한결 차분하게 아렌트를 보았다.

"계속 말해 보게."

"지금은 많은 병력을 움직여선 안 됩니다. 호문쿨루스는 더 이상 놈들의 주전력이 아니에요. 단지 소모품일 뿐이지."

"지금 공격이 미끼라는 말인가?"

칸타레스가 살짝 인상을 찌푸리자 켄드릭이 고개를 끄덕였다.

"황성의 병력을 분산시키려는 목적일 수도 있습니다. 아렌트 경, 이 말을 하고 싶었던 것 같다만. 물론 그 점도 고려하고 있다."

"다른 것보다, 라이오스 단장님은 절대로 나서선 안 됩니다."

켄드릭을 똑바로 바라보며 아렌트가 못을 박았다.

"절대로요. 렉시온 님이 아직 회복 전이시니, 빠르게 이동하는 것도 불가능합니다. 이런 상황에서 단장님을 포함한 주요 전력이 황궁을 비웠다간 돌이킬 수 없는 일이 벌어질 수도 있습니다."

잠깐 뜸을 들이던 켄드릭이 물었다.

"혹시 괜찮은 제안이라도 있나? 경청하지."

"……."

생각에 잠긴 듯, 아렌트는 한동안 입을 다물고 있었다. 그리고 잠시 후. 그가 다시 운을 뗐다.

"이렇게 된 거, 스텔과 워렌을 움직이죠. 단장님들은 최대한 움직이지 않는 쪽으로 하고."

어차피 그 두 사람은 니케포르의 흔적을 찾으러 곧 출발할 예정이었다.

"둘 다 적당한 지원이 있다면 호문쿨루스도 무리 없이 상대할 수 있을 거예요. 그러니 우선은 스텔에게 엘프 전사들과 기사를 붙여서 출정시키는 겁니다. 워렌은 일단 대기시켜 뒀다가, 다음 공격이 터졌다는 소식이 들리는 즉시 출격시키고."

두 사람 다 빠른 이동이 가능하니, 적에게 신속히 대응하는 것도 힘든 일은 아니었다.

"호문쿨루스가 정리된 다음, 스텔과 워렌은 그대로 니케포르의 흔적을 찾으러 가라고 해요. 뒷정리는 함께 간 인원에게 맡기고. 어차피 나머지는 수색 작업엔 딱히 도움이 안 될 테니까요."

거기까지 말을 마친 아렌트가 다시 켄드릭을 올려다보았다.

"우선은 여기까지가 제 제안입니다. 단장님들은 최대한 황궁을 벗어나지 않는 편이 나을 거라 생각되는데. 물론 선택은 여러분 몫이지만요."

"……여기까지 떠들어 놓고 선택권을 떠미는 것도 어이가 없다만."

켄드릭이 피식 웃음을 터뜨렸다.

"스텔이라는 자는. 순순히 협력해 주기로 했나? 렉시온 님이 부상 중이신 지금, 함부로 자리를 뜰 것 같지는 않은데."

"꽤 고집 센 놈이긴 하지만, 문제없어요."

아렌트가 어깨를 으쓱였다.

"지금이라면 움직여 줄 겁니다. 저랑 약속한 게 있거든요."

* * *

황궁 사람들이 스텔을 제대로 마주한 것은 이번이 처음이었다.

언제나 렉시온만을 따르며 홀로 행동하는 일이 전혀 없는 탓이었다. 게다가 평소에는 대부분 렉시온의 그림자에 숨어 지내곤 했으니까.

"잘 부탁드립니다."

엘프 전사가 어색하게 건넨 인사에도 스텔은 입을 꾹 다문 채 고개만 끄덕일 뿐이었다.

무안해진 엘프 전사가 어색하게 눈동자만을 굴리기 시작하자, 스텔은 아렌트를 보았다.

"굳이 함께 움직여야 하나? 혼자 가면 텔레포트로 이동할 수 있다만."

"네가 지금 우리 단장님보다 강해? 혼자 털끝 하나 상하지 않고 호문쿨루스를 상대할 자신 있다면 멋대로 하고. 나중에 렉시온 님한테 무슨 잔소리를 들을지 벌써부터 기대되는군."

"……."

스텔이 언짢은 얼굴로 입을 꾹 다물었다. 딱히 반박할 말이 없던 탓이었다.

아렌트의 말을 따라 움직인다는 게 심히 마음에 들지 않는 눈치였다.

그러나 불만을 표할지언정, 스텔은 생각보다도 고분고분하게 지시를 따랐다.

아렌트가 호언장담했던 그대로였다.

"아까 말한 것, 기억하지? 호문쿨루스를 처치한 다음에 곧장 니케포르의 뒤를 쫓아."

아렌트는 그에게 꾸러미 하나를 휙 던져 주었다.

턱.

그것을 무난히 받아낸 스텔이 이것이 뭔지, 아렌트에게 눈으로 물었다.

아렌트의 설명이 이어졌다.

"통신용 수정구다. 이변이 생기면 곧장 그걸로 나한테 연락해. 특히 니케포르의 흔적을 찾는 데 성공하면 바로 보고하고."

"알겠다."

"곧 워렌도 출발할 테니, 호문쿨루스를 처치하고 난 다음에는 그 녀석이랑 함께 움직여. 그 녀석한테도 통신구를 들려서 내보낼 거니까."

길어지는 말에 스텔이 노골적으로 불편한 기색을 드리웠다.

덕분에 뒤에서 대기하던 엘프 전사들 역시 덩달아 긴장할 수밖에 없었다.

드래곤의 심복이란 결코 만만히 볼 존재가 아니었으니까.

"끝났으면 가도 되나?"

"한 가지 더. 너희들의 목표는 니케포르가 아니라 구울들의 모체야. 괜히 니케포르한테 덤벼들지 말고, 혹시라도 마주치면 바로 튀어."

"……."

스텔의 표정이 더욱 언짢게 변했다. 아렌트가 살짝 미간을 찌푸렸다.

"대답."

"……알았다."

겨우 스텔이 고개를 끄덕였다.

"그리고 하나 더. 니케포르의 근거지를 찾은 뒤에도 렉시온 님이 깨어나지 못할 가능성도 고려해야 해. 워낙 튼

튼한 사람이니 그러지는 않겠지만. 니케포르의 움직임이 약간이라도 포착되면 바로 이쪽으로 보고해. 대책을 세워야 하니까."

"알았다. 잔소리가 길군."

슬슬 스텔의 얼굴에 진심으로 짜증이 깃들기 시작했다. 쯧 혀를 찬 아렌트가 그의 어깨를 툭 쳤다.

"피차 멀쩡한 채로 보자고."

"지금 당장 안 멀쩡한 인간한테 그런 말 듣고 싶지 않다."

곱지 않은 대답이 돌아온 뒤.

스텔의 마력이 대기하던 병력을 한꺼번에 집어삼켰다.

검은 마력이 흩어졌을 때에는 그들이 서 있던 자리는 이미 텅 비어 있었다.

모든 과정을 지켜보던 켄드릭이 신음을 흘렸다.

"쉽지 않은 자라고 생각했는데. 의외로 고분고분하군. 도대체 무슨 약속을 했기에 저러지?"

"별 건 아니고. 그런 게 있습니다."

주머니에 손을 꽂아 넣은 아렌트가 시큰둥하게 대답했다.

"혹시 모르니까, 현장에 도착해서는 렉시온 님 행세를 하라고 했습니다. 우리 측에 드래곤이 있다는 건 이미 유명한 사실이니."

"우리 측이 아니라, 자네 쪽이겠지."

켄드릭이 정정하자 아렌트가 어깨를 으쓱였다.

"굳이 여기까지 구경 안 오셔도 되는데 알입니다."

"이럴 때가 아니면 스텔의 얼굴을 언제 제대로 구경하겠나. 미리미리 봐 둬야지."

농담처럼 대답한 켄드릭이 화제를 돌렸다.

"앞으로 호문쿨루스 몇 체가 더 나타날지 모르니……. 미리 조를 나눠서 순서대로 내보낼 생각이다. 그리고 전하께서도 연합국 측에 전언을 보내셨다지."

"어떻게요?"

아렌트가 눈동자만 움직여 켄드릭을 보았다.

"황성으로 접근하는 대신, 각 나라의 지원군이 머물 도시를 지정해 주셨다. 어디에서, 어떤 일이 터지더라도 손쉽게 대응할 수 있도록."

"병력을 분산시키신 거네요."

견습 기사의 무심한 한마디에 켄드릭이 고개를 끄덕였다.

"그런 셈이지."

루카인 왕국에서는 루이스 왕자가, 네펠레 왕국에서는 이사벨라 왕세자 본인이.

그리고 에버란 왕국에서는 루드윈 왕자가 직접 지원군을 이끌었다.

적들을 일망타진하겠다는 마음으로 제국에 모여든 것이다.

이제 무대는 신성제국 칼리온 위로 좁혀졌다.

"그리고 황성 곳곳에 엘프 전사들의 거점을 마련했다. 라그날드 님과 자카르 님, 셰키나 님이 그쪽으로 이동하시기로 했지. 그리고 워렌 이후로도 호문쿨루스가 나타난다면."

잠깐 말을 끊은 켄드릭이 덧붙였다.

"내가 직접 출정할 예정이다."

묵묵히 듣던 아렌트가 그제야 고개를 들었다.

"네?"

"황궁을 지키기엔, 아무래도 나보단 젊은이들이 더 적합하겠지."

켄드릭이 담담하게 대답했다.

"자네 의도는 대충 알겠어. 황궁에 모인 전력을 최대한 유지하고자 하려는 거겠지. 적의 본대는 반드시 황성을 노리고 올 테니. 그렇다면 엘프 지휘관들을 남기고, 내가 가장 먼저 출정하는 게 맞아."

그들이 켄드릭보다 훨씬 강하니까. 지금은 강한 병력을 황궁에 남겨 두는 게 옳았다.

하지만 스스로를 두고서 말하기에는 지나치게 냉혹한 계산이었다.

덕분에 아렌트 역시 잠시 멈칫했다.

"……그거야 단장님들 뜻대로 하실 문제지만. 왜요?"

"내게 있는 것은 경험이지. 압도적인 무력이 아니야."

켄드릭이 느긋하게 대답했다.

"그 경험으로 판단했을 때, 지금 필요한 것은 경험이 아닌 압도적인 무력 쪽이더군. 모든 게 다 겪어 보지 못한 일들일 뿐이니, 나의 경험이나 관록은 이제 와서 그리 중요치 않지. 그래서 폐하께서도 후방으로 물러나길 선택하신 걸 테고."

"……."

아렌트는 아무런 말도 하지 않았다. 그저 읽기 힘든 눈동자로 물끄러미 켄드릭을 응시할 뿐이었다.

"이 나이나 되어서 솔직히 한심한 일이지. 내가 라이오스 녀석의 반만 되었더라도 좋았을 걸……. 그렇다면 부하들을 사지로 몰아넣지 않아도 되었을 텐데. 이런 생각이나 하니."

가장 최전방에 선 3기사단에는 전사자가 나오지 않았다.

켄드릭과 다이아나에게는 그 결과가 제법 유의미하게 느껴질 수밖에 없었다.

"부하들을 그리 강하게 만든 것도……. 그리고 아렌트 경, 자네처럼 별난 인물을 옆에 둘 수 있는 것 역시 라이오스의 능력일 터. 솔직히 부럽네만."

견습 기사와 시선을 맞추며 씨익 웃은 켄드릭이 덧붙였다.

"그래도 노익장도 쓸모가 있다는 걸 보여 줘야지. 안

그런가?"

"뭐……."

아렌트가 살짝 인상을 찌푸리며 고개를 모로 기울였다.

"처음이랑 마지막 말씀에는 동의합니다만, 대부분 틀렸습니다."

"처음이랑 마지막?"

켄드릭의 의아한 물음에 아렌트가 짧게 말했다.

"한심하다는 거랑 노익장도 쓸모가 있다는 거요."

"……."

순간 켄드릭은 입을 꾹 다물고 말았다. 잠시 후. 그가 헛웃음을 터뜨렸다.

"늘 그렇듯 욕인지 칭찬인지 모르겠군."

"혹시 아십니까? 애새끼 견습 기사를 붙잡고 이런 말씀을 하시는 것부터가 상당히 한심하신 꼴이라는 거."

"그래, 이 얄미운 녀석아."

켄드릭이 그를 한 대 쥐어박는 시늉을 했다.

"내가 괜한 말을 했군."

"고작 호문쿨루스 하나 상대하겠다는 거잖아요. 왜 죽으러 가는 사람처럼 지껄이십니까? 그리고 라이오스 단장님이 잘난 게 아니라, 제가 유능한 겁니다."

인상을 와락 찌푸린 아렌트가 그와 멀찍이 거리를 벌렸다.

"우리 쪽 멍청이 선배들이 왜 그렇게 강해졌는지 아십니까? 저한테 추월당할까 봐 무서워서 그런 겁니다. 그러니 결국 그것도 제 덕분이죠."

가만히 듣던 켄드릭이 너털웃음을 터뜨렸다.

"진짜 어이가 없군. 결국 내 잘못이 아니라고 말하고 싶은 것 아닌가?"

"쓸데없는 소리 마시고 해야 할 일에나 몰두하라는 말입니다. 호문쿨루스 하나에 호들갑 떨지 마시죠. 다른 큰 일들도 널리고 널렸으니까요."

어깨를 으쓱한 아렌트가 휙 몸을 돌려 한발 먼저 자리를 떠 버렸다. 켄드릭은 황당한 웃음기가 어린 눈으로 그의 뒷모습을 눈으로 좇았다.

"하여튼, 성격 한번 대단하군."

피식피식 웃음이 새어 나왔다.

그리고 몇 시간 뒤.

황성 근처에 다음 호문쿨루스가 나타났다는 신고가 들어왔다. 아렌트가 예상했던 대로였다.

워렌이 먼저 출격한 뒤, 채 반나절도 지나지 않아 다음 호문쿨루스에 대한 신고가 황궁에 날아들었다.

아직 연합국의 지원군은 채 자리를 잡지 못한 상태에서, 켄드릭은 자신이 말한 것을 실천했다.

직접 출정하겠다 강하게 주장하는 켄드릭의 고집을 누구도 꺾지 못했다.

일찌감치 물러난 황제와 마찬가지였다.
 켄드릭은 스스로 스포트라이트에서 벗어나는 것으로, 자신의 역할을 재정의한 것이다.

* * *

 먼발치에서부터 초토화된 땅이 보였다. 매캐하게 타오르는 냄새가 코를 찔러, 스텔은 더욱 불쾌해지고 말았다.
 냄새를 떨쳐 내려는 듯 스텔은 더욱 속도를 내 달렸다.
 거대한 개가 빨리 달리기 시작하자, 뒤에서 말을 몰던 엘프들 역시 덩달아 박차를 가할 수밖에 없었다.
 하지만 현장에 가까이 다가갈수록 피비린내와 매캐한 연기 냄새는 더욱 강해질 뿐이었다.
 '건방진 애새끼.'
 사실 악취 정도야 얼마든지 견딜 수 있었다.
 스텔의 기분이 언짢은 것은 다름 아닌 망할 견습 기사 놈 때문이었다.
 렉시온이 그에게 호의적인 이상, 자신 역시 그를 배척할 이유는 전혀 없다 생각했다.
 '하지만 이런 식으로 심부름꾼 노릇까지 하게 되다니.'
 그깟 허풍선이 같은 말 하나 때문에.
 하지만 어쩐지 흘려들을 수가 없었다.
 스텔은 자연스레 지난 새벽, 동트기 전의 대화를 떠올

렸다.

 채 피비린내가 가시지 않은 황궁, 새벽이 찾아오기 전 가장 어두운 시간.

 거대한 드래곤이 잠든 연무장 앞에서, 스텔은 아렌트를 진심으로 죽일 생각으로 이빨을 드러냈다.

 "휴식하는 분을 방해하지 마라. 저분을 또 위험한 곳에 몰아넣을 생각이라면 우선 너부터 물어 죽여 주지."

 "누가 똥개 아니랄까 봐, 충성심 하나는 대단하군. 본인이 도움이 안 된 걸 가지고, 왜 나한테 화풀이하는지 모르겠는데."

 하지만 견습 기사는 그런 것쯤은 전혀 아랑곳하지 않는다는 듯, 속을 긁는 말을 내뱉을 뿐이었다.

 "그리고 내가 언제 렉시온 님을 위험에 처하게 했다고 그래?"

 "그것과 다르지 않지. 네가 렉시온 님을 싸우게 만들고 있다."

 렉시온의 부상에 스텔 역시 반쯤 이성을 잃은 채였다. 심지어는 황궁으로 돌아온 렉시온이 곧장 아렌트부터 찾았다는 생각에 더욱 화가 치밀었다.

 "주제를 파악해라. 인간 주제에, 감히 저분을 손가락 끝으로 부릴 생각 따위는 하지 않는 게 좋을 거다."

 "아까도 말했지만, 오해하지 마. 우리는 단지 뜻이 맞아서 같이 움직일 뿐이야. 그리고 난 부려 먹은 적 없어. 애초에 저 사람이 부려 먹는다고 순순히 당할 드래곤이냐?"

짜증스럽게 대꾸한 아렌트가 말을 이었다.

"꼬왔으면 황궁부터 개박살 내고 레어든 어디든 처박혔겠지. 해야 하는 싸움이라는 걸 아니까, 네 주인도 몸을 던진 거잖아, 이 멍청아."

아렌트는 헐렁한 실내복 바지 주머니에 손을 푹 꽂았다.

"렉시온 님이랑 나는 단순히 협력 관계일 뿐이지. 주고받는 거라고."

"네 말대로, 너는 비교할 수 없는 전력을 얻었지. 그러나 렉시온 님이 얻는 건 뭐지?"

스텔이 사납게 쏘아붙였다. 여차하면 당장이라도 물어뜯을 기세의 살기를 흘리며.

그러나 아렌트는 조금도 동요하지 않고, 엉뚱한 질문을 던졌다.

"네가 원하는 건 렉시온 님의 안녕뿐인가?"

"그렇다."

"그렇다면 너랑 나도 제법 뜻이 맞는 부분이 있을 것 같은데."

노기를 굳이 숨기지 않는 스텔을 향해, 아렌트는 무표정한 낯으로 제안했다.

"우리도 협업이 가능할 것 같거든. 렉시온 님이랑 내가 그랬던 것처럼. 너야말로 영원히 렉시온 님의 그림자 아래에 숨어 있을 작정은 아니겠지?"

아직도 눈에 선했다.

빛 하나 없는 공간에서 화톳불처럼 선명한 황금색을 머금던 눈동자가.

"네 목적을 위해서라면 너도 일해야지. 너도 슬슬 부아가 치밀 것 같은데. 렉시온 님은 은근슬쩍 널 어린 강아지 대하듯 하신단 말이지."

"……."

"네 생각보다도 네가 할 수 있는 일은 많아. 네가 진짜 주인만 따라다니는 개도 아니고. 슬슬 홀로서기를 할 필요가 있지 않을까?"

빈정거리는 듯하던 목소리가 한결 가라앉았다.

"나와 렉시온 님의 목적은 너도 잘 알 테고."

견습 기사의 낯에 서늘한 미소가 드리웠다.

약간 저는 다리로 한 발짝 가볍게 뒤로 물러서는 몸짓, 차분히 가라앉은 숨소리.

"이 싸움의 끝이 언제가 될지, 내 생전에 결말을 볼 수 있을지도 모르겠지만……. 그래도 한 가지는 약속할 수 있어."

어느 순간부터 스텔은 그의 움직임에 집중하고 있었다.

"이 싸움의 끝에는, 렉시온 님께 진정한 자유를 선물할 수 있을 거야. 맹세하지."

번견의 시선을 한 몸에 받으며 아렌트는 또렷하게 한

글자씩 내뱉었다.

"너도 내게 협력한다면 그 시기가 좀 더 빨리 찾아올지도 모르지."

실패나 패배 따위는 전혀 염두에 두지 않은 언사였다. 자신만만하거나 허세를 떠는 게 아닌, 반드시 찾아올 결과를 말하는 것처럼.

"......"

스텔은 한참 동안이나 그의 의중을 파악하기 위해 모든 감각을 동원했다. 냄새를 맡고, 표정을 살피고, 안색을 확인했다.

어디 한번 꼼꼼히 관찰해 보라는 듯, 아렌트는 느긋하게 기다려 주었다.

한참의 침묵 끝.

스텔은 미심쩍은 얼굴을 하면서도 천천히 고개를 끄덕였다.

결국에는 인정할 수밖에 없었던 탓이었다.

렉시온을 이 빌어먹을 세상에서…….

신의 손아귀에서 해방시킬 수 있는 방법은 딱 하나뿐이라고.

* * *

신성제국의 땅은 피에 얼룩지고, 자식 잃은 부모와 혼

자 된 어린애들의 통곡이 하늘 높이 울려 퍼졌다.

지켜주지 않은 신을 원망하는 이들과 신에게라도 매달려 보려는 이들의 목소리가 혼란스럽게 뒤엉켰다.

양측의 대립은 날로 심해지며, 대신전 앞에서 몸싸움이 벌어지는 것도 이제 흔한 일이 되었다.

그런 와중에도 대신관은 그저 침묵했다.

신관들을 신전 소속 병사들을 움직여 수습과 장례 봉사, 치료 등에 집중할 뿐이었다.

루미엘의 그런 행보에 침묵의 미덕이라 칭하는 이도 있었고, 누군가는 책임 회피라며 손가락질하기도 했다.

감히 신의 정의에 반기를 든 견습 기사와 그의 편에 선 라이오스를 향한 여론 역시 험악해지기는 마찬가지였다.

세상은, 그리고 누군가의 무대는 혼란스럽기 그지없었다.

적들은 수시로 살육을 이어 갔고, 황실은 그들을 격퇴하기 위해 힘을 아끼지 않았다.

스텔과 워렌은 꾸준히 승기를 올리면서도 니케포르를 찾아 헤맸다.

켄드릭은 엄선한 병력을 이끌고 적들을 토벌했으며, 적절히 분산된 연합군도 제 위치에서 역할을 다했다.

그런 노력에도 날이 갈수록 사망자와 실종자가 늘어 가는 건 막을 수 없었다.

끔찍하기 짝이 없는 소모전이었다.

상황이 더욱 가혹해질수록 세상에 드리운 신의 존재감은 짙어졌다.

그 탓에 견습 기사가 또다시 악몽에 시달리게 되었지만, 그것은 아주 사소한 문제였다.

"……실종자가 다시 증가 추세에요. 노이만 정보상에서 전달해 온 보고입니다."

아렌트가 멀끔한 얼굴로 보고했다. 그러나 전날보다 늘어난 붕대를 감추지는 못한 채였다.

회의실에 모여 앉은 상관들은 굳이 그것을 지적하지 않았다.

괜히 운을 떼는 것도 그를 위한 일이 아니라는 걸 잘 아는 탓이었다.

칸타레스가 물었다.

"전투에 휘말린 실종자가 아니라?"

"넵. 정황상 자발적으로 모습을 감춘 것 같답니다. 피해 지역의 난민들을 모아 둔 피난소 있던 자들이 갑자기 사라졌대요."

생명에 위협을 느낀 나머지, 결국 두려움에 굴복한 거였다.

신의 모습을 한 호문쿨루스와 기괴한 구울들을 운용한 교단의 술수가 먹혀든 셈이었다.

"한 피난소에서는 사람들이 전부 다 사라진 일까지 생겼답니다. 주변을 지키던 치안대원까지 다요. 아마 체르니온 교단 측에 합류한 거겠죠."

아렌트가 이미 흰 붕대가 자리 잡은 목덜미를 만지작대자, 보다 못한 다이아나가 물었다.

"그 손은 떼는 게 어때?"

"아."

미처 자각하지 못한 듯, 아렌트가 그제야 손을 내렸다. 라이오스가 근심스레 물었다.

"네레이스 님의 성물도 효과가 없나?"

"약골 신인데 어쩌겠어요. 그래도 예전보다는 훨씬 낫습니다."

아렌트가 어깨를 으쓱였다.

이 자리에 있는 모두는 아렌트가 겪는 이상 증세의 원인이 뭔지 잘 알고 있었다.

아렌트는 지금껏 말도 안 될 정도의 정신력으로 버티고 있었다.

하지만 싸움이 길어질수록 결국 그에게도 한계가 찾아올 터였다.

심란함에 잠시 입을 다물고 있던 칸타레스가 다시 운을 뗐다.

"······다른 왕국에서는 적들이 철수한 듯하더군. 네펠레 왕국 근처에서 버려진 진지가 발견됐다고 해. 오늘 오전 루카인과 에버란에서도 비슷한 연락이 왔어. 지금까지 마법을 이용해서 숨겨 오던 것이겠지. 그러다 필요 없

저랑 약속한 게 있거든요. 〈85〉

어지니 마법을 해제해서 방치해 버리고."

적들이 본거지로 썼던 시설 내부에는 체르니온을 위한 신전 역시 적잖이 발견되었다.

신상이나 내부 구조 등, 대부분 루카인 왕궁의 지하나 레베카의 성 지하에서 발견되었던 양식을 그대로 따르고 있었다.

가만히 듣던 아렌트가 얼굴을 찌푸렸다.

"이놈들이 개수작을……."

"개수작?"

라이오스가 살며시 미간을 좁히며 되물었다. 잠깐 입을 다문 아렌트가 다시 운을 뗐다.

"신의 모습을 흉내 낸 호문쿨루스랑 비슷한 수작이죠. 어렴풋이 존재만 알던 거랑 눈으로 직접 보는 건 다르잖습니까."

놈들이 병력을 제국 근처로 집결시킨 지는 꽤 되었다.

그런데 이제 와서 우후죽순으로 옛 진지가 발견된다니.

"간단히 말해서, 일부러 내보인 거예요."

놈들에게 모종의 목적이 있는 것으로밖에 보이지 않았다.

'무대를 바꾸는 거지.'

빛의 신이 지배하던 무대가, 야금야금 어둠에게 잡아먹히고 있었다.

체르니온이 단순히 세계를 위협하는 적이 아닌, 하나의 신으로서 사람들의 머릿속에 각인되도록 하려는 것이다.

이리스는 지금껏 루체에게 가려 있던 체르니온을 수면 위로 끌어올리려 하고 있었다.

"대처는 어떻게 한대요?"

"일단은 발견되는 족족 파괴하기로 결정했어. 남겨 둬서 좋을 건 없을 테니까."

그렇게 대답한 칸타레스가 살짝 인상을 찌푸렸다.

"……그 부분에서는 결국 초대 황제 폐하의 뜻을 따를 수밖에 없군."

지금 같은 상황에서는 적과 민간인의 접촉을 최대한 줄이는 것이 우선이었다. 당장 동요하는 민심을 달래는 것도 벅찬 일이었으니까.

아렌트가 시큰둥하게 대꾸했다.

"결과가 같지는 않을 겁니다. 그때처럼 압도적으로 우위를 차지하는 싸움은 못 할 거거든요. 우리도 상당히 벅찬 상황이라."

"너 이 자식……. 아무리 맞는 말이라지만, 아무렇지도 않게 지껄이지 말라고."

"뭐 어쩌라고요. 그렇다고 우리가 엄청나게 유리한 상황이라고 사람들을 기만할 수도 없는 노릇이고."

칸타레스가 짜증을 터뜨렸지만, 아렌트는 여전히 무심할 뿐이었다.

"낙관은 못 하겠지만, 일단 까닥하면 모두가 죽는다는 것 하나만큼은 확실하니. 그만큼 정신을 바짝 차리는 수밖에요."

제일 어린놈이, 그것도 누구보다도 예민해져 있을 녀석이 저리 나오니 차마 더 할 말이 없었다.

결국 칸타레스는 터져 나오는 한숨을 속으로 삼킬 수밖에 없었다.

'벌써 3주째인가.'

황궁을 급습한 놈들과의 전투가 마무리되고, 제국은 전선 한가운데가 되었다.

며칠 전, 켄드릭은 네 번째로 나타난 호문쿨루스를 성공적으로 격퇴했다는 보고를 올렸다.

'호문쿨루스는 모두 소모한 눈치고.'

켄드릭이 처치한 개체를 마지막으로, 호문쿨루스는 더 이상 나타나지 않고 있었다.

아무래도 적들 역시 호문쿨루스를 모두 소모해 버린 듯했다.

그러나 구울들을 이용한 습격은 계속됐다. 자연히 켄드릭과 워렌, 스텔의 임무는 그것들을 토벌하는 쪽으로 옮겨갔다.

제국은 쑤셔 놓은 벌집과도 비슷한 꼴이 되었다.

이런 와중에도 적의 중진들은 모습을 드러내지 않고 있었다.

까닭은 대강 추측할 수 있었다.

새삼 편두통이 치밀어 올라, 칸타레스는 습관적으로 미간을 문질렀다.

"렉시온 님은?"

"아직이요. 깨어나시면 스스로 결계를 깨고 나오실 텐데."

렉시온의 상처를 떠올린 아렌트가 인상을 찌푸렸다.

"아무래도 회복이 더딘가 봅니다. 그럴 만하긴 했습니다만……."

발톱이 빠질 정도로 거칠게 싸웠으니 어쩌면 당연한 일일지도 몰랐다.

침묵하던 라이오스가 입을 열었다.

"렉시온 님이 부재중이신 상태로 적을 맞이하게 될지도 모르겠군."

"만에 하나 니케포르가 먼저 움직이기라도 하면 정말 골치 아프게 될 겁니다. 스텔과 워렌이 먼저 알아차리겠지만, 솔직히 그 두 사람이 니케포르를 잡아 둘 수 있을 거라곤 생각 안 해요."

아렌트가 뚱하니 말했다.

"그때는 저라도 나설 생각입니다. 아무래도 드래곤인 이상 절 단박에 죽이기는 영 껄끄러울 테니까요. 어떻게든 물고 늘어져 보죠, 뭐. 애초에 놈들이 그렇게까지 느긋하게 굴 것 같지도 않지만."

저랑 약속한 게 있거든요. 〈89〉

어쩌면 놈들은 니케포르가 쓸모를 다했다고 여길지도 모를 상황이었다.

이 틈에 제국을 완전히 집어삼켜 버리면, 나중에 렉시온이 깨어난다더라도 그가 할 수 있는 일은 그리 많지 않을 테니까.

"대신전 쪽은요?"

"오늘 오전에도 루미엘 대신관님과 서신을 주고받았어. 별 탈은 없으시다더군."

아렌트의 질문에 칸타레스가 그를 흉내 내듯 어깨를 으쓱였다.

"혹시라도 이변이 생기면 곧장 황궁으로 연락하시겠다 말씀하셨으니, 너야말로 너무 날 세우지 마."

아렌트가 불퉁한 표정을 지었다.

"제가 언제 날을 세웠다고."

"엄청 날 서 있어, 이 녀석아."

타박하듯 대꾸한 칸타레스가 아무렇게나 펼쳐 뒀던 회의록을 덮어 버렸다. 오늘의 논의는 여기에서 끝낸다는 의미였다.

"일단 경계를 게을리하지 말도록. 그리고 피난자들을 적극적으로 도와주는 것도 잊지 말고."

"예."

두 단장이 단정하게 대답하며 고개를 끄덕였다. 그들을 지켜보는 아렌트의 눈동자에 슬쩍 그림자가 드리웠다.

'이제부터 어떻게 나올 건지.'

이리스의 손에서 시나리오를 가로채야 한다.

그러기 위해서는 놈들의 선수를 기다려야만 했다.

'아직 이쪽 차례가 아니니까.'

초조했다.

그러나 아렌트는 몇 번 주먹을 쥐었다 펴는 것으로 마음을 가라앉혔다.

이조차도 아렌트라는 역할을 자처한 이상, 배우로서 감당해야 할 몫이었다.

* * *

늦은 밤.

루미엘은 홀로 서신을 정리하고 있었다. 소박한 집무실을 밝히는 거라곤 고작 위태롭게 흔들리는 촛불 몇 개뿐이었다.

한참 동안 집중하던 루미엘은 이내 짧게 한숨을 내쉬며 천천히 등을 기댔다.

"……루체 님."

시시때때로 찾아드는 번뇌는 고된 노동보다도 더욱 그녀를 괴롭게 했다.

루체의 영광 아래에서 제국과 인간 세상은 오랜 시간 동안 평화를 유지해 왔다. 그것 하나만은 분명한 사실이었다.

'그러나 이종족들은 배척당하게 되었고……'

엘프들은 고통의 시간을 겪어야 했다.

정말 대전쟁 이전의 과거에는 모두가 조화롭게 살아가던 시대가 있었을까. 이따금 루미엘 대신관을 불시에 찾아드는 고민이었다.

오랜 기간 동안 전쟁도, 싸움도 없던 인간 세상과는 제법 다른 모습이었을 것이다.

하지만 분명 지금보다 더욱 다채로웠다는 것만큼은 사실일 거라, 그녀는 생각했다.

소녀 시절부터 견습 신관, 그리고 대신관 자리에 이르기까지 넓혀 온 견문이 그리 말하고 있었다.

지금까지 그녀가 누려 오던 평화는, 다른 신들을 억누르고 이종족들을 탄압하며 가져온 것이라고.

"……"

루미엘은 시선을 움직여 책상 위에 놓인 루체 조각상을 보았다.

일렁이는 촛불이 신의 자애로운 미소를 기이하게 일그러뜨리고 있었다.

"……분노하셨나이까?"

루미엘 역시 주름진 입가를 누그러뜨렸다. 호기심 많던 소녀는 숱한 것들을 탐구한 끝에, 루체가 가장 진리에 가까이 있는 존재라 여겼다.

하지만 어쩌면 그녀가 믿었던 정의와 진리는, 많은 진실을 숨긴 가장 거대한 벽이었을지도 몰랐다.

'나는 그 벽 앞에서 멈춰 서 버린 것이고…….'

세상의 끝이라 여겼던 문 앞에 서서, 루미엘은 그대로 나이 들어 버렸다.

저돌적이기 짝이 없는 젊은이는 과감히 문을 두드리는 쪽을 선택했고.

루미엘은 손을 뻗어 부드러운 손길로 루체 신상을 어루만졌다.

"루체 님. 저는 당신을 여전히 흠모합니다. 당신은 제가 필요하다 여길 때 항상 그곳에 있어 주셨지요."

다정한 혼잣말이 어둠 속에 울려 퍼졌다.

주름진 손은 여전히 손때 묻은 신상을 쓰다듬고 있었다.

"이제는 제가 함께하겠습니다."

대신관은 자신의 신앙에 책임을 질 준비가 되어 있었다.

그래서일까.

갑자기 등 뒤에서 느껴진 인기척에도, 루미엘은 그다지 놀라지 않았다.

방금 전까지 아무도 없던 등 뒤에서, 마치 이 세상의 것이 아닌 듯한 음성이 들려왔다.

"처음 뵙겠습니다, 대신관님."

꼭 새가 지저귀는 소리 같기도 했고, 한편으로는 손톱으로 쇠판을 긁는 소음처럼 느껴지기도 했다.

신상을 만지던 손이 천천히 멈췄다.

굳이 뒤돌아보지 않아도, 이 조용한 불청객이 어떤 존재인지 충분히 짐작할 수 있었다.

"……네. 처음 뵙겠습니다. 성녀님."

한없이 덤덤하면서도 정중한 답에, 이리스가 로브 아래에서 작게 미소 지었다.

3장. 은혜로운 밤

은혜로운 밤

"콜록, 콜록!"

아렌트는 입을 틀어막았다. 터져 나오는 기침을 어떻게든 억누르기 위해서였다. 하지만 썩 괜찮은 선택은 아니었던 것 같았다.

"욱……."

숨이 턱 막히면서 머릿속이 새하얗게 탈색되었다.

눈앞에 그림자가 일렁였다. 책상 위에 밝혀 둔 촛불도 불길하기 짝이 없이 느껴졌다.

익숙해진 방의 벽이 사방을 옥죄어 오는 것 같았다.

쿵. 쿵. 쿵. 쿵.

들리는 것이라고는 오직 과할 정도로 큰 심장 소리뿐. 당장이라도 숨이 막혀 죽을 것 같다는 생각에 잠식되려던 순간.

따끔한 통증과 함께 다시 시야가 넓어졌다. 은근한 혈향 역시 함께였다.

목을 감싼 붕대를 뚫고 파고들어 간 손톱 틈으로 피가 조금씩 스며 나오기 시작했다.

흰 붕대가 절반쯤 붉게 물들고 나서야 아렌트는 제대로 숨을 쉴 수 있었다.

"……빌어 처먹을, 진짜."

온몸이 식은땀으로 푹 절어 있었다.

상처가 깊어지며 시야가 제대로 돌아오기 시작했다.

어둠은 어둠일 뿐이다. 기괴하게 일렁이던 촛불 역시 제 모습을 되찾았다.

이마를 한 번 꾹 짚은 아렌트는 얼굴에 달라붙은 머리칼을 한꺼번에 쓸어 올렸다.

그제야 약간 숨통이 트이는 것 같았다.

한참 동안 숨을 고르고 있자니 어쩐지 물결이 어깨를 쓰다듬는 듯한 감각이 느껴졌다.

네레이스가 걱정하며 뻗은 손길이었겠지만, 지금은 편해지긴커녕 속이 더욱 뒤틀릴 뿐이었다.

아렌트는 역한 기분을 꾹 눌러 담으며 무뚝뚝하게 대꾸했다.

"됐어. 그래도 네 덕분에 짧게라도 잤으니까."

그제야 물의 기척이 사라졌다.

자신의 존재감 역시 아렌트에게 좋은 영향을 끼치는 게 아니라는 걸 아는 탓이었다.

 네레이스마저도 물러서자, 아렌트는 자리에서 벌떡 일어나 옷을 갈아입었다.

 머리를 단정하게 묶고 제복을 온전히 갖춰 입고 나서야 그는 현실감을 되찾을 수 있었다.

 그때, 책상 위에 올려 뒀던 통신구가 빛을 냈다.

 아렌트의 눈에 빛이 돌아왔다.

 이 시간에 연락이 올 곳이라고는 딱 한 군데뿐이었으니까.

 아니나 다를까, 통신을 연결하자 인사도 생략한 본론이 들려왔다.

 ―주인님의 냄새를 찾았다. 북쪽 국경 근처 산맥이다.

 그야말로 기다리던 소식이었다.

 "워렌은. 지금까지 따로 움직이고 있었지?"

 ―근처에서 합류했다. 나랑 마찬가지로 주인님의 혈향을 맡고 왔다더군. 함께 움직이겠다.

 상대에게 보일 리 없지만, 아렌트는 흡족하게 고개를 끄덕였다.

 "좋아. 같은 똥개끼리 통하는 게 있을 테니, 사이 좋게 수색하도록. 켄드릭 단장님도 그쪽으로 가시도록 부탁할 테니, 성과가 있으면 또 연락해."

 ―뭐? 이봐, 난 똥개가…….

뚝.

 스텔이 뭐라 욕을 하려는 것 같았지만, 아렌트는 그냥 통신을 끊어 버렸다.

 이 정도면 꽤 마음에 드는 성과였다.

 이동 과정에서 자신의 흔적은 철저히 지워 냈지만, 몸에 박힌 렉시온의 발톱은 니케포르도 어쩔 수 없었던 듯했다.

 '산책이나 갈까.'

 어차피 더 자는 것은 불가능할 테니까.

 아렌트는 습관적으로 검과 서리 어린 손길을 챙긴 뒤 창문을 활짝 열었다.

 '괜히 나가다가 사람이라도 마주치면 귀찮아질 테고.'

 하루하루 참견이 늘어가는 이들 때문에 성가셔서 죽을 노릇이었다.

 아렌트는 훌쩍 아래로 뛰어내려 소리 없이 착지했다. 다행히도 아무도 깨지 않은 것 같았다.

 대신 어딘가에서 포르르 날아온 루나가 익숙하게 머리 위에 안착했을 뿐이었다.

 머리통이 횃대라도 되는 양, 루나는 본격적으로 깃털까지 고르기 시작했다.

 "……내가 분명히 말했을 텐데. 따라다니는 건 상관없지만 머리 위에 앉지 말라고."

 짜증스럽게 말하던 아렌트는 이내 한숨을 푹 내쉬고 터

덜터덜 걷기 시작했다.

머리 위에서 느껴지는 무게와 온기의 존재감이 약간 남아 있던 이질감을 내몰아 주었다.

"끙."

꼴이 말이 아니었다. 아렌트는 터덜터덜 걸어 곧장 황태자의 연무장으로 향했다.

겸사겸사 경계 태세를 점검하는 것도 잊어버리지 않았다.

익숙한 얼굴의 기사들이 완전 무장을 갖춘 채 삼엄하게 경비를 서고 있었다. 근위병들 역시 잔뜩 긴장한 채 야간 근무에 집중하고 있었다.

개중에는 아렌트에게 인사를 건네 오는 이들도 있었다.

아렌트는 '아렌트'답게, 아예 무시하는 것으로 답을 대신해 주었다.

별이 유난히도 밝았다.

누구 하나쯤은 경비 근무를 서며 잡담을 나눌 법도 했지만…… 모두가 긴장한 탓에 사위는 그저 고요하기만 했다.

꼭 무대 조명이 꺼진 순간처럼.

그러나 침묵이 영원한 것은 아니었다.

다시 조명이 켜진다면 그간의 고요가 거짓말이었던 듯, 무대 위에서는 다시 이야기가 시작될 터였다.

아렌트는 자연스럽게 렉시온이 잠든 연무장을 향해 걸음을 옮겼다.

스텔이 견고한 결계를 쳐 뒀으니, 안을 들여다보는 것은 불가능할 것이다.

하지만 상태를 잠깐 살펴보는 건 나쁘지 않을 것 같았다.

'혹시나 이변이 생겼을지도 모르고.'

그러나 채 몇 걸음 가기도 전, 아렌트는 위화감을 알아차렸다.

분명 이곳에도 경비를 세워 뒀을 터였다. 렉시온이 무방비한 상태였으니까.

"……."

하지만 주변에서는 아무런 기척도 느껴지지 않았다.

아렌트의 걸음이 점점 느려졌다.

마찬가지로 무언가를 느낀 듯, 머리 위에 있던 루나가 갑자기 고개를 번쩍 들었다. 경계 태세에 들어간 거였다.

코 끝으로 은근한 혈향이 스친 그 순간.

아렌트는 반사적으로 검을 뽑아 몸을 홱 돌렸다.

카아아앙!

"……!"

불쑥 나타난 거대한 존재감과 함께, 어마어마한 충격이 닥쳐 왔다.

잠시 버텨 보려 했지만, 아렌트는 그대로 뒤로 튕겨 나가고 말았다.

우당탕탕!

어떻게든 가까스로 중심을 잡기도 전, 재차 공격이 날아들었다. 아렌트는 넘어진 그대로 급히 몸을 굴렸다.

콰아아아앙!

아슬아슬하게 비껴간 공격이 지면에 커다란 상흔을 남겼다. 적의 검이 스친 옆구리에서 진득한 피가 스며 나오기 시작했다.

"젠장!"

욕설을 내뱉은 아렌트가 자리를 박차고 몸을 일으키려던 순간.

섬뜩한 냉기와 함께 목 바로 옆에서 날카로운 예기가 느껴졌다.

"움직이지 마라."

"……."

징글맞도록 익숙한 목소리가 머리 위에서 들려왔다.

아렌트는 목 바로 옆까지 들어온 검을 힐끗 곁눈질하고, 시선을 돌려 갑작스레 덮쳐 온 괴한을 마주 보았다.

무수히 박힌 별을 등진 사내가 검 자루를 쥐고 있었다.

가면 너머의 무심한 눈동자가 그를 서늘하게 훑어보았다.

로저였다.

"가만히 있었다면 편히 죽을 수 있었을 것을."

아렌트가 비릿한 미소를 터뜨렸다.

"좋은 밤이네. 인사를 꼭 이딴 식으로 해야 하나?"

"여전히 입만은 살아 있군."

짧게 대꾸한 로저가 검을 갈무리하나 싶더니, 눈 깜짝할 새 다음 공격이 날아들었다. 아렌트는 그 찰나를 놓치지 않고 몸을 빼 서리 어린 손길을 발동했다.

카아아앙!

두 사람의 검이 맞부딪쳤다. 아렌트는 굳이 버티려 하지 않고 자연스레 거리를 벌렸다.

툭.

발치에 뭔가가 걸려 시선을 떨어뜨리자, 눈도 채 감지 못하고 절명한 병사가 눈에 들어왔다.

'쯧.'

확실했다.

이 근방의 인원은 모두 로저에게 유명을 달리한 것이다. 다시 로저를 향해 시선을 옮겼다. 검을 축 늘어뜨린 채 이쪽으로 다가오는 로저의 뒤로 루나가 급히 날아가는 것이 보였다.

세일럼에게 돌아가 상황을 알리려는 것이다.

'이거······.'

비틀린 웃음이 흘러나왔다.

'상황이 영 별로인데.'

주변을 가득 채운 피비린내가 점점 더 짙어지고 있었

다. 일부러 이곳을 비운 채 기다리던 것을 보아하니, 한참 전부터 그를 주시하고 있었던 게 틀림없었다.

기사들이 득실대는 생활관에 쳐들어갈 수는 없으니, 아렌트가 혼자가 되길 지금껏 기다린 것이다.

등줄기가 서늘해졌다.

그렇다는 것은 곧 아무도 로저의 감시를 눈치채지 못했다는 뜻이었다.

심지어는 라이오스마저도.

'도망칠 수 있나?'

자신에게 접근하는 로저를 보며 아렌트는 차분히 머리를 굴렸다.

아무리 생각해도 그를 따돌릴 수 있을 것 같지 않았다. 게다가 성공한다더라도 자신을 추격해 온 로저의 손에 더 많은 자들이 죽어 나갈 게 분명했다.

그렇다고 해서 자신이 로저와 싸워 이긴다는 것도 불가능한 일이었다.

'하지만 다른 선택지는 없지.'

지금은 루나에게 모든 걸 걸어 보는 수밖에 없었다.

서리 어린 손길을 강하게 발동한 아렌트가 로저를 향해 지면을 박차고 달려들었다.

새하얀 서리 폭풍이 그의 움직임을 따라 물결쳤다.

"늘 그렇듯 대단하군. 조금도 동요하지 않다니."

무뚝뚝한 감탄을 터뜨린 로저 역시 아렌트의 도전에 기

꺼이 응해 주었다.

화르르륵!

'업화의 축복'이 발동되며, 그의 검이 붉은 화염에 휩싸였다.

로저가 이곳에 나타났다는 의미는 딱 하나뿐이었다.

놈들의 본격적인 공세가 시작된 것이다.

* * *

"이런 곳까지는 어쩐 일이신지요?"

이리스를 마주 본 루미엘은 차라도 내어 줄 것처럼 차분히 말했다.

이리스는 그 점이 못내 흥미로운 듯, 감긴 눈으로 그녀를 찬찬히 훑어보았다.

"의외로 당황해하지 않으시는군요, 대신관님."

"당황해한다고 해결할 수 있는 일은, 세상에 그리 많지 않으니까요."

루미엘 역시 심유한 눈으로 그녀를 살폈다.

평범한 인간이라고 칭하기에는 지나치게 아름다웠고, 한편으로는 기이하기도 했다.

로브 밖으로 보이는 손끝은 금방이라도 부러질 것처럼 가늘었고, 도자기 인형 같은 얼굴에서는 티끌 하나도 찾아볼 수 없었다.

굳게 감긴 두 눈이 열린다면, 그 속에 자리한 심연을 엿볼 수 있을 것 같았다.
'분명 인간일 터인데…….'
마치 미지의 것을 마주하고 있는 기분이었다.
"역시 지혜로우십니다."
작게 웃음을 터뜨린 이리스가 소리 없이 움직였다. 루미엘은 그녀의 움직임을 가만히 지켜보기만 했다.
"앉아도 괜찮을까요?"
"물론입니다."
허락이 떨어지자, 이리스는 의자를 끌어당겨 루미엘의 맞은편에 앉았다.
"죄송하지만 차는 권해 드리지 않겠습니다."
"물론입니다. 적진의 한가운데에서 한가로이 음료를 즐길 만큼 무신경하지는 않답니다."
쿡쿡 웃음을 터뜨리는 이리스에게, 루미엘이 침착하게 물었다.
"적진이라 말씀하시는 것을 보아하니, 그리 우호적인 용건은 아니신듯 합니다."
"유감스럽게도 아마 그럴 것입니다."
빙그레 미소 지은 이리스가 흰 손가락을 뻗어 종이 위를 꾹 짚었다. 방금까지 루미엘이 살펴보던, 구호 활동에 관련된 서류들이었다.
한없이 단순한 움직이었지만, 루미엘에게는 대단한 위

협처럼 느껴졌다.

루미엘은 책상 아래에서 비상 탈출용 아티팩트를 매만졌다.

마력을 조금만 움직이면, 이대로 도망칠 수 있었다. 자리를 벗어난 뒤에는 황궁에 도움을 청하는 것도 어렵지 않은 일일 터였다.

그러나 뒤이어 이리스가 꺼낸 말에.

"대신전은 이미 우리 아이들에게 완전히 포위되었습니다. 제가 명령을 내린다면 이곳은 곧장 쑥대밭이 되겠지요."

루미엘은 홀로 탈출하는 것을 완전히 단념할 수밖에 없었다.

"그러니 대신관님께 두 가지 선택지를 드리겠어요."

"……말씀하시지요."

목소리가 갈라지려는 것을 가까스로 억누르며, 루미엘이 천천히 고개를 끄덕였다.

이리스는 그녀를 가만히 응시하며 조곤조곤 말을 이었다.

"루체 님을 모시는 몸으로서, 이곳의 신관들 모두와 함께 명예롭게 순교할 것인가."

"……"

"혹은 치욕을 당할지언정, 단 며칠이라도 목숨줄을 연장할 것인가."

어둠의 성녀가 빙그레 보기 좋은 미소를 지었다.
"지혜로운 대신관님께서는 어느 쪽이 마음에 드시는지?"

* * *

한밤중, 아서는 잠에서 깨어났다.

익숙한 방 안에 짙은 어둠이 가득했다. 어쩐지 그게 영 불쾌하게 느껴져, 그는 벌떡 자리에서 몸을 일으켰다.

"……에이, 씨."

벅벅 머리칼을 헝클어 버리자 그나마 기분이 좀 나아지는 것 같기도 했다.

요즘 따라 자다가 흠칫하며 깨는 경우가 많아졌다. 원인이 뭔지는 굳이 생각하지 않아도 알 수 있었다.

'루체 님의 보호가 없어졌으니.'

아렌트의 악몽과 같은 종류의 불안감을 느끼게 된 것일 터였다.

눈치를 보아하니 3기사단의 다른 기사들 역시 마찬가지인 것 같았다.

그렇다고 피로한 티를 내기에는 진짜로 심하게 시달리는 녀석이 바로 옆에 있으니…….

'고작 이 정도로 불평할 수는 없지.'

피로감을 달래기 위해서 불안감을 떠안고 억지로 눈을

붙이는 것을 택하던 그였다.

그게 자신이 온전히 감당해야 할 몫이었으니까.

하지만 오늘은 그마저도 내키지 않았다.

'그 녀석은?'

문득 생각이 미친 김에 아서는 밖을 향해 귀를 기울였다. 혹시나 망할 후배 놈이 오늘도 혼자 생활관을 배회하고 있지나 않을까 하는 생각 때문이었다.

하지만 오늘은 아무런 기척도 느껴지지 않았다.

'어쩐 일이지?'

오랜만에 숙면이라도 취하는 건가.

진짜라면 다행인 일이었지만, 최근 녀석의 상태를 봤을 때 그럴 가능성은 크지 않을 듯했다.

찜찜함을 떨쳐 내지 못한 아서는 자리에서 벌떡 일어났다.

그때, 창문 밖으로 급하게 움직이는 인영이 눈에 들어왔다.

잠시 멍하니 있던 아서는 잠이 확 달아나는 것을 느꼈다.

"세일럼 님?"

세일럼이 이쪽을 향해 다급하게 뛰어오고 있었다. 급하게 옷을 갖춰 입은 아서가 방문을 열고 1층으로 내려갔을 때,

벌컥!

성급한 손길로 문이 열렸다.

"세일럼 님, 무슨 일이십니까?"

어찌나 급하게 달려온 건지, 세일럼이 숨이 넘어갈 듯이 외쳤다.

"큰일, 큰일 났습니다! 라이오스 단장님은요? 안에 계시죠?"

"아니, 잠깐……. 일단 숨부터 좀 돌리시고 이야기하세요. 물이라도 드릴까요?"

아서가 그를 진정시키려 손을 내밀었지만, 세일럼은 매몰차게 손을 쳐내 버렸다.

"그럴 시간 없습니다! 큰일 났다고요!"

"도대체 무슨 일로……."

아서가 채 묻기도 전, 가까스로 몸을 가눈 세일럼이 악을 쓰듯이 외쳤다.

"아렌트 경이 습격당했습니다! 적의 중진 중 한 명이 황궁에 침입했어요!"

예상치 못한 말에 아서는 그대로 얼어붙어 버렸다.

그때, 불쑥 나타난 인기척이 아서의 어깨를 덥석 잡아채 뒤로 밀어내 버렸다.

"방금 뭐라고 하셨습니까?"

"……."

세일럼이 멈칫했다.

갑자기 모습을 나타낸 사람은 다름 아닌 라이오스였다.

분명 쉬러 들어갔던 그는 완전 무장을 갖춘 채였다.

언제라도 적을 맞이할 수 있을 것처럼.

라이오스가 차분하게, 그러나 서슬 퍼런 음성으로 재차 답을 재촉했다.

"아렌트가 습격당했다고 했습니까?"

"……네, 네! 루나가 알려 줬어요."

퍼뜩 정신을 차린 세일럼이 급하게 고개를 끄덕였다. 야밤의 소란에 어느새 다른 기사들 역시 하나둘씩 모이기 시작했다.

"무슨 일이십니까?"

"방금 습격이라는 말을 들은 것 같습니다만……."

모두가 당장이라도 튀어 나갈 수 있도록 채비를 마친 상태라는 것은 두말할 것도 없었다.

라이오스가 짧게 물었다.

"위치가 어딥니까."

덕분에 세일럼 역시 침착을 되찾고 한결 차분하게 답할 수 있었다.

"렉시온 님이 계신 연무장 쪽이요."

하지만 바로 그 순간.

콰아아앙!

커다란 폭음이 공기를 뒤흔들었다. 소스라치게 놀란 기사들이 고개를 퍼뜩 들었다.

"뭐지?"

"황궁 내부입니다! 이건 황자궁 쪽이 아니라, 황궁 외부 쪽……."

리히트에게 라이더가 빠르게 답을 내어 주었다. 하지만 다음 순간.

콰아아앙! 콰아앙!

공기를 울리는 폭음이 여러 차례 이어졌다. 이번에는 황궁 내부에서 비롯된 듯했다.

뒤이어 경비를 서던 기사들이 외치는 소리가 들려왔다.

"적습입니다!"

"제길, 적의 신관들이다!"

아렌트가 습격당한 것과 동시에, 황궁 안팎에서도 적의 공격이 개시된 거였다.

빠르게 판단을 마친 라이오스가 명령을 내렸다.

"리히트. 곧장 토벌 작전에 들어가라. 다들 리히트를 따라가. 황태자 전하의 처소 주변부터 우선 정리해!"

"예!"

기사들의 우렁찬 대답이 들리자마자 라이오스는 세일럼을 보았다.

"세일럼 님, 르웰린 왕자님과 함께 움직여 주십시오. 왕자님께 상황을 알리고, 지원을 부탁드립니다."

"네, 네! 알겠습니다."

세일럼이 크게 고개를 끄덕였다.

라이오스는 마지막으로 아서를 보았다.

"그리고, 아서."

아서가 움찔하며 허리를 곧추세웠다.

"네, 단장님."

"넌 나랑 같이 가자."

"……!"

마치 그 말만을 기다렸다는 듯, 아서의 눈에 이채가 돌았다.

"예!"

아렌트가 있는 곳에 필시 로저가 있을 것이다. 그런 확신이 들었다. 라이오스가 살기를 담아 읊조렸다.

"이번에야말로 죽인다."

　　　　　＊　＊　＊

화르르륵!

로저의 화염이 온 세상을 불태워 버릴 듯 사납게 불타올랐다.

하지만 절대 꺼지지 않을 것 같은 화염도 극한의 저온까지 당장 어찌할 수는 없는 듯했다.

아렌트의 주변을 감싼 새하얀 서리 탓에 화염은 더 이상 가까이 접근하지 못하고 있었다.

"야. 하나만 물어보자."

그을음이 묻었던 아렌트의 검이 다시금 새하얗게 얼어

붙었다.

"내가 그렇게 꼴 보기 싫던? 대업을 앞두고서, 우선 나부터 죽이러 올 정도로?"

쿠우우우웅!

황궁 어디선가에서 폭음이 터져 나왔다. 누군가의 비명과 함성, 그리고 경악하는 외침 역시 아스라이 들려왔다.

황궁 내부 역시 재차 습격당한 거였다.

하지만 아렌트는 로저에게서 눈을 떼지 않았다.

"이 지긋지긋한 새끼."

황금색 눈동자에 노골적인 살기가 깃들었다.

로저 앞에서 처음으로 내보인 감정 변화였다.

이제 와서 두려움이나 공포감을 볼 수 있을 거라 기대한 건 아니었지만, 그럼에도 기가 막힌 것은 어쩔 수 없었다.

'징그럽게도 한결같은 자다.'

분명 체르니온의 가호로 쓸데없는 감정을 철저히 배제할 수 있게 된 그였다.

하지만 저 애송이를 마주하면 자꾸만 기분이 더러워졌다. 그러나 로저는 이내 스스로를 다잡았다.

"단지 그대만이 목적인 것은 아니지."

로저가 무뚝뚝하게 대꾸했다.

"여기에서 그대를 붙잡아 두면, 필시 영웅이 나타날 테니."

그를 붙잡아 두는 것이 로저의 몫이었다.

익히 예상했다는 듯, 아렌트가 피식 웃음을 터뜨렸다.

"사람을 미끼 취급하면 좀 기분이 더러운데."

다음 순간, 아렌트의 신형이 눈앞에서 사라졌다. 로저는 아무런 감흥 없이 검을 옆으로 휘둘렀다.

카아아앙!

강한 쇳소리와 함께 서늘한 냉기가 끼쳐 왔다. 눈동자만을 슬쩍 굴리자, 대치하는 검 너머로 무표정한 앳된 얼굴이 보였다.

카아아앙!

아렌트는 곧장 검을 쳐내고 뒤로 훌쩍 물러섰다.

그가 착지한 자리에 새하얀 서리가 내려앉으며, 맹렬히 타오르던 화염이 삭아 들었다.

아렌트는 멈추지 않고 다시금 지면을 박찼다.

흰 서리가 폭풍을 일으키며 로저를 덮쳤다.

로저는 검을 한 번 휘두르는 것으로 간단하게 서리의 장막을 파훼해 버렸다.

은빛 서리가 걷히자 아렌트가 불쑥 튀어나와 검을 휘둘렀다. 그러나 충분히 예상했던 공격이었다.

채애애애앵!

로저와 아렌트의 검이 정면으로 부딪쳤다.

"……!"

아렌트의 낯이 설핏 굳은 다음 순간.

콰아아앙!

눈앞에서 커다란 화염이 폭발했다. 가까스로 거리를 벌려 피하는 데는 성공했지만, 바닥을 구르는 꼴은 면치 못했다.

서리로도 채 막지 못한 강한 화염 때문에 손에는 화상 자국이 남아 있었다.

그러나 몸을 채 추스를 새도 없이 다음 공격이 이어졌다.

콰아아앙!

"크윽, 콜록!"

후두둑.

폭발의 여파에 적지 않은 내상을 입었는지, 기침을 토하던 입에서 피가 쏟아졌다.

아렌트는 간신히 상체를 일으켰다.

검을 한 번 털어 낸 로저가 성큼성큼 다가오는 것이 어지러운 시야에 들어왔다.

"마지막 기회다. 체르니온 님의 앞에 무릎을 꿇는다면 그 하찮은 목숨만은 살려 주마."

"지랄도 정도껏 해야지. 죽지도 않을 거고, 치졸하기 짝이 없는 신놈들 앞에 무릎 꿇을 일은 더더욱 없을 거야."

아렌트가 비릿한 웃음을 터뜨렸다.

"신이랑 같이 지옥에나 떨어져라, 이 광신도 새끼야."

피를 뱉어 내면서도 아무렇지도 않게 욕을 쏟아 내는 꼴에서 일종의 광기마저도 느껴질 정도였다.

가면 너머 로저의 낯이 살짝 구겨졌다.

"대화의 의미가 없군. 새삼스럽진 않지만."

그렇다면 손속에 자비를 둘 필요는 없었다.

"그렇다면 넌 나랑 같이 가 줘야겠다. 성녀님의 뜻이 그러하니."

다음 순간, 로저의 신형이 모습을 감췄다. 미처 아렌트가 반응하기도 전, 그는 등 뒤에서 불쑥 모습을 드러냈다.

"……!"

간신히 몸을 돌려 검으로 방어하려던 찰나.

거대한 폭발이 일며 비교도 할 수 없을 충격이 전신을 강타했다.

콰아아앙!

치솟은 화염이 잠잠해지고 다시 시야가 확보되었을 때, 로저는 폭발의 충격으로 튕겨 나간 아렌트를 볼 수 있었다.

단 몇 합 만에 상처투성이가 된 그는 더 이상 성한 곳이 없어 보였다.

화상과 그을음으로 엉망이 된 몸으로 비틀비틀 몸을 일으키는 꼴이, 슬슬 한계인 듯했다.

로저는 아예 숨통을 끊으려 다시 몸을 움직였다.

하지만 이 순간까지도 아렌트 폰 에크하르트는 당황하지 않았다.

그는 그저 무감정한 눈으로 로저의 움직임을 좇기만 했다.

사냥감이 아니라, 마치 본인이 사냥꾼 맹수라도 된 것처럼.

"……!"

가면 너머의 낯이 일그러졌다.

저자가 할 수 있는 일은 없었다.

이번 공격을 막아 낸다더라도 유의미한 반항은 못 될 터였다. 어차피 곧 죽게 될 테니까.

그걸 잘 알고 있음에도, 뭔가가 잘못되었다는 직감이 순간 고개를 들었다.

하지만 이미 검을 물리기에는 너무 늦은 상태였다.

콰드드득!

화염을 휘감은 검이 지면에 박혔다.

"……!"

지면이 박살 나며 사방으로 파편이 튀고, 화염이 치솟았다. 하지만 그 자리에 아렌트는 없었다.

로저는 급히 눈으로 아렌트의 위치를 찾았다. 막 고개를 들어 견습 기사의 황금색 눈동자와 시선이 마주쳤다 생각한 순간.

파아아앗!

은혜로운 밤 〈119〉

기습적으로 강한 빛이 터져 나오며, 시야가 새하얗게 물들었다.

 그리고 빛이 삭아 든 뒤 간신히 눈앞이 원래대로 돌아왔을 때, 주변의 화염이 모두 가라앉아 있었다.

 게다가 아렌트 폰 에크하르트는 이미 자리를 비운 뒤였다.

 "이런……!"

 콰득.

 뒤에서 지면을 밟는 소리가 들려왔다. 로저는 급히 아티팩트를 운용하며 몸을 돌렸다.

 하지만 그는 다시 한번 멈칫할 수밖에 없었다.

 업화의 축복이 반응하지 않았다.

 "……!"

 미처 당황할 새도 없이, 푸욱.

 등 뒤에서 둔탁한 감각이 느껴졌다. 고개를 숙인 로저는 제 상체를 관통한 검을 발견했다.

 "하."

 뚝. 뚝.

 새빨간 선혈이 그의 몸을 꿰뚫은 검 끝을 타고 떨어졌다.

 헛웃음이 터져 나왔다. 다음 순간, 두 사람의 아티팩트가 동시에 발동했다.

 로저의 피를 머금은 검이 얼어붙은 것과 동시에.

콰아아앙!

거대한 화염이 주변을 휩쓸었다.

"……."
"……."

한바탕 불꽃이 사그라든 뒤, 사위에 정적이 흘렀다. 피투성이가 된 견습 기사가 억지로 상체를 일으켰다.

"드디어 그 망할 면상을 구경하네……. 콜록, 쿨럭."

기침을 한 번 뱉을 때마다 시뻘건 피가 터져 나왔다. 아렌트는 피로 얼룩진 입술을 비틀어 비릿한 미소를 지었다.

"어쩌냐? 이제 변태 가면 노릇도 못 해서."

달빛을 받은 팔찌가 희게 반짝였다. 슈타들러 백작이 제작한 아티팩트로, 한순간 주변의 마력을 차단할 수 있는 물건이었다.

전투 중 틈을 놓치지 않은 아렌트가 한순간 결계를 펼쳐, 잠깐이나마 '업화의 축복'을 무효화시킨 거였다.

로저에게서 몇 걸음 떨어진 곳에 새하얗게 얼어붙은 가면이 볼품없이 떨어져 있었다.

방금 일격을 버티지 못하고 얼굴에서 떨어져 나간 거였다.

그에게 가면이란 저주받을 빛 아래에서는 결코 낯을 드러내지 않겠다는 신앙의 증거였다.

그것이 지금 증오스러운 달빛 아래에 아무렇게나 굴러다니게 된 것이다.

쩌억. 서리의 냉기를 이기지 못한 가면에 금이 갔다.

그리고 이내 파사삭 소리를 내며 완전히 가루가 되어 버렸다.

"……."

로저는 아무런 대답도 하지 않았다. 대신 믿기지 않는다는 듯, 제 얼굴을 한 번 쓸어 볼 뿐이었다.

왼쪽 얼굴 전체를 뒤덮은 화상 자국이 밤하늘 아래에 고스란히 드러났다.

'업화의 축복'이 남긴 상흔으로, 오랜 세월 동안 가면으로 철저히 가려져 있던 거였다.

가면을 잃은 피부에 서늘한 바람이 고스란히 닿았다. 하늘에서 쏟아지는 달빛이 닿는 감각이 역겹게 느껴졌다.

"감히……."

으득.

로저가 이를 악물었다.

몸을 어떻게든 가눠 보려던 아렌트는 결국 힘이 빠져 다시 주저앉고 말았다.

조금만 움직여도 전신에서 피가 후두둑 쏟아졌다. 정면으로 로저의 폭발을 받아 냈으니 당연한 결과였다.

검을 다잡은 로저는 그를 향해 성큼 걸음을 옮겼다.

"마지막 발악이었군."

음산한 목소리가 흘러나왔다.

더 이상 저항할 힘도 없는 듯하니, 다리를 잘라 곧 달려올 영웅에게 선물하는 것도 괜찮을 것 같았다.

숨만 붙어 있으면 되니.

그러나 막 로저가 한 걸음을 떼려던 순간, 등 뒤에서 살벌한 예기가 느껴졌다.

"……!"

카아아앙!

반사적으로 휘두른 검이 기습적으로 날아든 공격을 쳐냈다. 급히 몸을 돌려 상대와 거리를 벌린 로저는 한 박자 늦게 난입자의 얼굴을 확인할 수 있었다.

"……."

로저의 낯이 일그러졌다.

흐린 달빛 아래, 성검의 영웅이 홀연히 서 있었다. 밤하늘 아래 놓인 성검은 구울과 신관들의 살점을 덕지덕지 붙인 채 저주스러운 빛을 품고 있었다.

"아렌트, 잘 버텼다."

검을 갈무리한 라이오스가 짧게 내뱉었다.

대답 대신 흐린 미소를 지은 아렌트가 그제야 긴장을 풀고 고꾸라졌다.

털썩.

"아렌트!"

그가 쓰러지자마자 아서가 달려가 급히 부축했다. 로저가 두 사람을 향해 움직이려 했지만, 라이오스의 음성이 그를 잡아챘다.

"움직이지 마라."

"……."

멈칫한 로저가 검을 꽉 틀어쥐었다.

그사이 아서는 이미 아렌트를 업고 급히 자리를 비운 뒤였다.

"아서!"

라이오스가 아서를 향해 외쳤다.

"책임지고 아렌트를 안전한 곳으로 옮겨라. 명령이다!"

"예!"

두 사람이 급히 자리를 비운 뒤. 현장에는 라이오스와 로저, 단둘만이 남았다. 로저는 노골적인 증오를 담아 라이오스를 노려보았다.

"또 방해하는군. 영웅."

"유감스럽게도 방해로만 그칠 생각은 없다."

로저는 아렌트에게는 더 미련을 남기지 않기로 했다. 어차피 다 죽어 가는 몸인 데다가…….

그를 생포할 수 있는 인원은 자신 외에도 차고 넘쳤다. 로저의 진짜 임무는 이곳에서 라이오스 드 윈프리드를 상대하는 일이었다.

분노로 일그러진 그들의 시선이 허공에서 부딪쳤다. 로

저가 먼저 사납게 으르렁거리듯 내뱉었다.

"결코 살아서 돌아가지 못할 것이다, 영웅."

늑대의 것을 닮은 손에 쥐여진 검이 다시금 새빨간 화염을 머금었다.

"우연이군."

라이오스가 검을 다잡으며 강한 자의 그림자를 발동했다.

"나도 마침 같은 말을 하려 했거든."

* * *

"젠장, 젠장!"

몇 번이나 욕을 내뱉으며, 아서는 아렌트를 업고 정신없이 달렸다.

황궁은 이미 아수라장이었다. 지난번 습격 이후 충분히 대비하고 있었다. 그러나 적들의 사력을 다한 공세에 응하기 위해서는 이쪽 역시 모든 것을 거는 수밖에 없었다.

"저기 아렌트 폰 에크하르트가 있다!"

아서와 아렌트를 발견한 적의 신관이 외쳤다. 순식간에 적들의 이목이 두 사람에게 몰렸다.

등 뒤의 아렌트는 여전히 미동조차 하지 않았다. 결국 아서는 한 손으로 검을 뽑을 수밖에 없었다.

'할 수 있을까.'

은혜로운 밤 〈125〉

그냥도 상대하기 힘든 자들을, 의식 없는 아렌트를 지키며 감당할 자신은 솔직히 없었다. 하지만 머리끝까지 열이 오른 탓에, 그런 것쯤이야 아무것도 아닌 것처럼 느껴졌다.

"저자를 생포하라는 성녀님의 명령이다! 저항이 심하면 죽여도 좋다!"

전투신관들의 지휘관이 외치자 아서 역시 악에 받쳐 외쳤다.

"이 자식한테 손끝 하나 못 댈 줄 알아라, 이 광신도 새끼들아!"

"방해하는 자는 모두 죽……!"

서걱!

명령을 내리던 신관의 목이 깔끔하게 잘려 나갔다. 뻣뻣하게 경직된 신관이 산산조각이 나고, 그 뒤에서 리히트가 나타났다.

"흥분하지 마라, 아서!"

"선배님!"

아서에게 업힌 아렌트를 본 리히트가 얼굴을 구겼다.

"일단 자리를 피해라. 아렌트와 안전한 곳에서 대기해."

"예? 하지만……."

"저놈을 안전한 곳으로 옮기는 것 아니었나? 여긴 너희 두 사람쯤이야 없어도 충분하다."

리히트가 뭐라 반박하려는 아서의 말을 끊어 버렸다.

"아까 너도 들었잖나. 적들이 아렌트를 노리고 있어. 네가 책임지고 지켜라. 내가 길을 열지."

얼굴을 딱딱하게 굳힌 아서가 고개를 끄덕였다.

"예. 맡겨 주세요."

미련 없이 몸을 돌린 아서가 황궁 밖을 향해 달리기 시작했다.

곧장 신관들이 그들을 추격하기 시작했지만, 리히트가 적들의 앞을 가로막고 섰다.

"주변에 있는 3기사단은 들어라! 아서를 엄호해!"

"예!"

저마다 적을 정신없이 상대하던 3기사단 역시 더 맹렬히 움직이기 시작했다. 아서는 동료들을 뒤로한 채 도망치는 데에만 집중했다.

"으······."

그때, 등 뒤에서 짧은 신음 소리가 들려왔다. 아서가 달리는 속도를 늦추지 않으며 다급하게 물었다.

"야, 정신이 들어? 괜찮냐?"

"······."

아렌트는 한동안 대답하지 못했다. 입술을 몇 번 달싹이던 그가 가까스로 짧은 한마디를 내뱉었다.

"대신전······."

"뭐?"

"콜록, 콜록. 대신, 대신전이요."

마른기침을 토할 때마다 피가 튀었다.

아렌트가 금방이라도 끊어질 듯한 목소리로 간신히 말을 이었다.

"……우릴, 여기 묶어 두려는 수작이에요. 빌어 처먹을, 콜록! 진즉 알아차렸어야 했는데."

"입 다물고 업혀 있기나 해! 다 죽어 가는 와중에도 그런 생각이 나냐?"

사납게 쏘아붙였지만 더 이상 대답은 들려오지 않았다.

아렌트가 흘린 피로 등이 축축해지고 있었다.

최대한 빨리 응급처치라도 하지 않는다면 생명이 위태로워질 거란 직감이 들었다.

"젠장, 젠장!"

마음이 점점 급해졌다.

"대신전이라고?"

방금 한마디로 모든 상황을 이해할 수 있었다.

놈들은 황궁을 쑥대밭으로 만들어 이곳에 라이오스와 황실 기사단을 묶어두고, 그대로 대신전을 점거하려는 것이다.

'황성 밖도 아수라장이겠지.'

연이어진 폭음은 황궁 밖에서도 들려왔다.

황성은 치안대와 엘프 전사들이 지키고 있었다.

아렌트가 말한 대로 놈들의 목표가 대신전을 완벽히 차지하는 거라면, 그들을 따돌리기 위한 공격 역시 개시했을 터였다.

엘프 전사들의 발목을 잡기 가장 쉬운 방법은, 황성의 민가에서 민간인을 상대로 학살을 벌이는 일일 테니까.

그렇다면 대신전을 지킬 만한 인원은 신전 소속 병력뿐이었다.

황실 기사단이며 엘프들도 버거워하는 존재를 그들이 감당할 수 있을 리 없었다.

'어쩌면 대신전은 이미 늦었을지도.'

체르니온 교단은 이번 일에 사활을 건 것이다. 어떻게든 제국을 무너뜨리기 위해서.

'게다가 아렌트를 생포하라 명령했다고?'

적들이 뭔가를 꾸미는 게 틀림없었다.

놈들이 눈에 불을 켜고 아렌트를 손에 넣으려 할 테니, 황궁은 이제 안전한 장소가 아니었다.

고민 끝에 아서는 달리는 방향을 바꿨다.

일단 자신에게 중요한 일은 등 뒤에 업힌 녀석을 구하는 일이었다.

아서는 황궁을 빠져나갈 수 있는 가장 가까운 출구를 향해 필사적으로 달리기 시작했다.

등에 업혀 축 늘어진 아렌트는 미동조차 하지 않았다.

* * *

이리스의 입가에 만족스러운 미소가 번졌다.
"혹시나 하였습니다만……."
여전히 아름다우나, 비웃음이 가득한 음성이었다.
"역시 지혜로우십니다, 대신관님."
루미엘은 눈을 지그시 감은 채 가만히 이리스의 조롱을 듣고만 있었다.
이미 이리스의 명령이 전달되었는지, 집무실 바깥에서 고함 소리와 비명이 뒤엉켜 들려오기 시작했다.
체르니온의 신관들이 루체의 신관들을 한데 잡아 가두기 시작한 거였다.
듣기 좋은 웃음을 터뜨린 이리스가 말했다.
"그러시다니 적어도 오늘 밤만은, 신관들의 털끝 하나 상하게 하지 않겠습니다. 루미엘 대신관님의 결단에 대단히 감사드립니다."
이리스가 고개를 기울이자, 발끝까지 쏟아지는 검은 머리칼이 폭포수처럼 쏟아졌다.
"덕분에 일이 조금 더 쉬워질 것 같습니다."
"……성녀님. 외람된 말씀이오나."
천천히 다시 눈을 뜬 루미엘이 차분히 말했다.
"성녀께서 생각하시는 것만큼, 일이 수월하지는 않을 거라 장담합니다. 분명 성녀께서는 제게 선택지를 주신 걸 후회하시게 되실 테지요. 루체 님의 이름을 걸고 맹세합니다."

 노인의 눈동자가 깊은 빛을 품고 이리스를 담아 냈다. 이리스는 빙그레 미소 지으며 답했다.

 "저는 후회 같은 것은 하지 않습니다, 대신관님."

 조곤조곤 듣기 좋은 목소리가 이어졌다.

 "억겁의 세월을 체르니온 님의 은총 아래에서 살아왔습니다. 제 지난 세월은 오로지 그분을 위한 것이었으며, 앞으로도 그럴 테지요. 후회라는 감정은 제게 의미가 없습니다. 남은 것은 그대들을 향한 증오뿐이지."

 이리스가 눈을 뜨자 새벽의 초승달을 닮은 은빛 눈동자가 드러났다.

 "그래서 오늘은 특히나 은혜로운 밤이 될 듯합니다."

 눈동자는 시력을 완전히 상실한 것 같았다. 하지만 이리스는 고작 시각 따위에 의존하지 않아도 더욱 많은 것을 볼 수 있는 듯했다.

 "오늘 밤, 칼리온 제국의 멸망이 시작됩니다. 그리고 루미엘 대신관께서는 우리에게 승리를 안겨 주실 아주 중요한 열쇠가 되어 주시겠지요."

 억겁의 세월을 담은 은빛 시선에 루미엘은 한순간 압도되는 것을 느꼈다.

 그녀 역시 짧은 세월을 살아온 것이 아니었지만, 이리스의 눈동자에 담긴 세월은 두려울 정도로 압도적이었다.

은혜로운 밤 〈131〉

그러나 그녀는 더욱 허리를 꼿꼿이 세우고 머리를 차갑게 가라앉혔다.

이리스의 느긋한 목소리가 이어졌다.

"그 아이는 정이 많고 참 다정하더군요. 영웅도 마찬가지고요. 대신관님이나 신관님들이 죽어 나가는 모습을 차마 두 눈 뜨고 보지 못할 겁니다. 비록 여러분이 먼저 그들에게서 등을 돌렸을지라도……."

이리스의 아름다운 입가가 은근한 미소를 드리웠다.

"아렌트 경은 대신관님을 외면하지 못하겠지요. 만일 오늘 밤 그들이 살아남는다면, 제법 즐거운 무대가 펼쳐질 듯합니다."

"……은혜로운 밤이라고 하셨지요."

한참동안 침묵하던 루미엘이 천천히 운을 뗐다.

"분명히 그리될 것입니다. 오늘 밤을 기점으로, 체르니온 님의 교단은 영원히 역사의 뒤편으로 사라지게 될 터이니. 이 늙은 목숨 하나는 전혀 아깝지 않으나……."

말을 이어 갈수록 긴장했던 어깨에서 천천히 힘이 풀렸다.

"다정한 아렌트 경께 좌절감을 안겨 드리고 싶지는 않군요. 그러니 저 역시 최선을 다해 살아남을 방법을 모색할 것입니다."

이내 루미엘은 평소와 같이 부드러운 어조로 덧붙였다.

"장담컨대, 아무도 죽지 않을 겁니다. 말씀대로 즐거운 무대가 되겠지요. 영웅의 손에 악적이 격퇴되는 순간은 언제나 멋진 법이니."

"……그렇군요."

잠깐 뜸을 들이던 이리스가 미소 지으며 천천히 고개를 끄덕였다.

"그렇다면 제가 악적이 될지, 새로운 시대의 선구자가 될지 함께 지켜보시면 될 일입니다."

루미엘의 도발적인 말에도 그녀는 전혀 흔들리지 않은 것 같았다.

마치 오랜 친구와 일상적인 대화를 나누듯, 이리스가 기분 좋은 미소를 지었다.

"우선 황실의 젊은 지도자……. 황태자 전하께서 오늘 밤을 넘기실 수 있을지부터. 어디 한번 함께 관전해 볼까요?"

* * *

'곤란하군.'

칸타레스는 최대한 이성을 붙잡으려 애쓰며 되뇌었다.

하지만 그런다고 해서 눈앞의 상황이 변하는 것은 아니었다.

"전하."

제레온이 침착하게 말했다.

"피하십시오. 저는 괜찮습니다."

그렇게 말하는 보좌관의 목 바로 아래에는 날카로운 검이 겨누어져 있었다. 보좌관을 인질로 잡은 신관이 말했다.

"이쪽으로 오십시오, 전하. 황족에 대한 예우를 갖춰 모시겠습니다."

로브를 뒤집어쓴 신관이 쉿소리로 말했다.

칸타레스는 급한 대로 뽑아 든 호신용 검을 더욱 꽉 쥐었다.

"들으시면 안 됩니다, 전하!"

주변을 지키던 기사가 다급하게 외쳤다. 하지만 칸타레스에게는 그 목소리조차 제대로 닿지 않았다.

처소에 급작스레 쳐들어온 적들은 모두 절명했다.

지금 제레온을 인질로 잡고 있는 지휘관급의 신관, 딱 한 명만을 제외하고.

주변을 가득 채운 피비린내 때문에 정신이 아찔해질 지경이었다.

'다이아나 단장이 이쪽으로 오고 있을 텐데.'

하지만 그녀 역시 지원하러 오는 길이 순탄치는 않을 것이다. 숱한 적들이 앞을 가로막았을 테니까.

"전하!"

결국 참다 못한 제레온이 목소리를 높였다. 그러자 검

이 목 끝을 더욱 깊이 파고들었다.

주륵.

제레온의 목을 타고 새빨간 피가 흐르기 시작했다. 하지만 보좌관은 아랑곳하지 않았다.

"도망치세요! 지금 당장!"

"시끄러워! 넌 그냥 입 다물고 가만히 있어!"

칸타레스가 버럭 고함치자, 제레온의 표정이 참담하게 일그러졌다.

'방심했어.'

차라리 적을 마주한 순간 목숨을 끊는 게 나았을지도 몰랐다. 아니, 붙잡혔을 때 혀라도 깨물었다면.

비상 탈출용 아티팩트가 분명 손안에 있었으나, 제레온은 적습을 알아차리고 난 뒤에도 섣불리 사용할 수가 없었다.

칸타레스가 무사히 빠져나간 것을 확인하지 못했으니까.

잠시 망설인 순간, 제레온은 적들의 지휘관에게 산 채로 붙잡히고 말았다.

워낙 순식간에 벌어진 일이라 제대로 손도 쓰지 못했다.

"전하!"

뒤늦게 적들을 헤치고 달려온 다이아나 역시 눈앞에 펼쳐진 광경에 멈칫했다. 칸타레스는 그녀에게는 시선도

은혜로운 밤 〈135〉

주지 않은 채 딱딱하게 말했다.

"함부로 움직이지 마, 다이아나 경. 내가 알아서 할 테니까."

"……."

곧장 검을 뽑으려던 다이아나가 움직임을 멈췄다.

다른 기사들 역시 그저 초조하게 입술만 깨물 뿐, 아무도 먼저 행동을 취하지 못했다.

"전하……."

제레온이 뭐라 더 말하려 했지만, 뒤로 꺾인 팔에서 느껴지는 통증에 얼굴을 구기고 말았다.

"윽!"

신관이 그를 붙잡은 손에 힘을 가한 거였다.

"다들 검을 내려놔라. 이쪽으로 오십시오, 전하. 해치지 않겠습니다."

칸타레스는 자신의 검을 몇 번이고 다잡으며 머리를 굴렸다.

'어떻게 해야 하지?'

주머니 안에는 아렌트가 건네준 아티팩트가 들어 있었다. 하지만 제레온을 버리고 도망치는 것은 그의 선택지에 존재하지 않았다.

제레온 역시 아티팩트를 지니고 있겠지만, 완전히 제압당한 지금은 사용할 수 없을 터였다.

'일단 저놈을 잠시라도 떨어뜨려 놓을 수 있다면…….'

제레온과 함께 도망칠 수 있다.

손아귀에 축축하게 땀이 젖어 들었다. 하지만 그럴수록 머릿속 한구석은 오히려 차갑게 가라앉고 있었다.

신관은 주변의 기사들을 경계하고 있었다. 그들이 약간이라도 무력을 행사하려는 순간, 신관은 주저 없이 제레온의 목을 그어 버릴 터였다.

'움직일 수 있는 건 나뿐이군.'

방법이 딱 한 가지 생각나긴 했다.

지나치게 위험한 모험이었지만.

"……다들 물러나라."

마음을 굳힌 칸타레스가 명령했다. 그러자 제레온의 표정이 사색이 되었다.

"전하!"

"넌 나중에 내가 책임을 단단히 물을 테니까 각오하고 있어. 그리고, 다이아나 단장."

칸타레스가 차갑기 그지없는 목소리로 말했다.

"날 믿어라. 나도 내가 누군지는 잘 알고 있어. 황실의 대가 끊길 만한 멍청한 짓은 안 해."

"전하……."

다이아나의 낯에도 강한 갈등이 어렸다. 이런 경우에는 강제로라도 황태자를 끌어내는 것이 그를 지키는 기사단장으로서 해야 할 일이었다.

그러나 다이아나는 함부로 움직일 수가 없었다.

가라앉은 음성으로 말하는 칸타레스의 어조가, 한편으로는 간절하게까지 들리기도 한 탓이었다.

"물러나. 부탁이다."

그녀의 짐작이 맞다는 걸 증명이라도 하듯, 칸타레스가 짧게 덧붙였다. 결국 다이아나 역시 검을 한 번 다잡으면서도 한 걸음 뒤로 물러날 수밖에 없었다.

"……무르시는군요, 전하."

신관이 비틀린 미소를 지었다.

"하지만 옳으신 선택이십니다."

황태자는 호신용 검을 아래로 늘어뜨린 채 한 걸음, 한 걸음 제레온과 신관에게 다가갔다.

"젠. 이번 일은 내가 두고두고 기억할 거야."

한 걸음, 한 걸음. 천천히 제레온에게 다가가며 칸타레스가 차갑게 말했다.

보좌관은 미처 아무런 말도 하지 못했다. 언제나 유순하기만 하던 눈동자는 처참한 심정을 고스란히 드러내고 있었다.

챙그랑.

황태자가 들고 있던 검이 바닥에 떨어지며 요란한 소리를 냈다.

칸타레스가 완전히 무장을 해제하자, 로브 아래 감춰진 신관의 낯에 찢어질 듯한 미소가 걸렸다.

"잘하고 계십니다."

"……."

점점 신관과 칸타레스의 거리가 가까워지고 있었다.

결국 보다 못한 기사 한 명이 나서려 했지만, 다이아나가 저지했다.

"기다려."

"하지만, 단장님……!"

"기다리라고 했다."

다이아나가 엄한 목소리로 한 번 더 반복했다. 그녀는 잔뜩 신경을 곤두세운 채 황태자와 제레온, 그리고 적을 가만히 응시했다.

'무슨 생각이 있으신 걸 테지.'

주변인을 아낀다더라도, 황태자는 언제나 자신의 위치를 잊지 않았다.

칸타레스는 제국의 후계와 일개 보좌관의 목숨을 맞바꾸는 짓을 할 정도로 어리석은 자가 아니었다.

그런데도 저런 위험한 행동을 한다는 것은, 분명 묘수가 있다는 뜻일 터였다.

지금 어설프게 움직였다가는 되려 칸타레스를 방해하는 꼴이 될지도 몰랐다.

칸타레스는 적에게서 고작 다섯 걸음 정도를 남겨 두고 그 자리에 멈춰 섰다.

"……전하."

제레온이 떨리는 목소리로 칸타레스를 불렀다. 칸타레

스는 그를 보지 않고 신관에게 천천히 말했다.

"왔다. 그러니 그 녀석을 놓아 줘."

"얄팍한 수는 통하지 않습니다, 전하."

그러나 신관은 씨익 웃으며 고개를 가로저었다.

"좀 더 가까이 오십시오. 그러신다면 보좌관을 살려 드리겠습니다."

"……."

칸타레스의 눈이 차갑게 가라앉았다.

다이아나가 조용히 검 자루를 쥐었다. 다른 기사들 역시 언제라도 뛰어들 수 있도록 온몸을 긴장시켰다.

피비린내가 가득한 황태자의 처소에 진득한 침묵이 흘렀다. 신관과 칸타레스는 한참 동안 서로를 탐색하듯이 노려보았다.

그리고 마침내.

파박!

칸타레스가 기습적으로 바닥을 박차고 적을 향해 뛰어들었다.

경악한 제레온이 비명처럼 외쳤다.

"안 돼, 칸!"

* * *

두려움, 공포, 분노와 같은 감정들은 사람을 나약하게

만든다. 필요한 것은 오직 체르니온 님을 향한 신앙과 적과 맞서 싸울 용기, 냉철한 판단을 내릴 이성뿐.

그런 까닭으로, 체르니온은 신성력으로서 통각과 방해되는 감정을 차단하는 은총을 내려 주었다.

하지만 가면이 파괴된 순간부터, 로저는 자꾸만 치솟아 오르는 분노를 어찌할 수가 없었다. 철저히 모욕당했다는 감각을 떨쳐 내지 못한 탓이었다.

콰아아아앙!

매섭게 몰아치는 화염 속에서, 라이오스의 눈동자는 점점 더 차갑게 식어 가고 있었다.

그러나 로저를 노리는 검은 지독하게도 거칠었다. 검 끝에서는 어떻게든 그를 죽이겠다는 증오가 고스란히 드러났다.

"신을 저버린 주제에, 감히 내 앞을 가로막겠다는 거냐!"

"전에도 분명 이야기했지만."

콰아아아앙!

두 사람의 검이 정면으로 부딪쳤다. 거의 동시에 거친 파동이 주변을 휩쓸었다.

자연스레 힘겨루기가 시작되며, 두 사람이 딛고 선 바닥이 쩍 갈라졌다. 정면으로 맞붙은 로저와 라이오스는 사력을 다해 서로를 몰아붙였다.

"신 따위는 상관없다."

화염이 주변을 휩쓸었지만, 라이오스는 열기 따위는 전혀 상관없다는 듯이 굴었다. 양팔과 몸 곳곳에 화상이 생겼다가 성검의 신성력으로 다시 회복되기를 반복했다.

"이건 나의 복수에 불과하다."

우득.

라이오스가 밟고 선 자리가 깊이 파였다.

"그대가 맞이할 건 명예로운 순교가 아니야. 영웅도 뭣도 아닌, 그저 원한에 찬 한낱 인간에게 살해당할 뿐이지."

한순간 힘에서 밀린 로저가 저도 모르게 한 걸음 뒤로 물러섰다. 라이오스는 그 틈을 놓치지 않고 성검을 크게 휘둘렀다.

콰아아앙!

거대한 파공음과 함께 로저가 뒤로 튕겨 나갔다. 그의 몸이 지면에 처박히며 자욱한 먼지가 피어났다.

라이오스는 로저가 몸을 추스를 시간조차 주지 않고 곧장 달려들었다. 간신히 몸을 일으킨 로저가 검을 치켜들었다.

채애애앵!

화염을 두른 검과 성검이 다시금 정면으로 맞부딪쳤다.

"감히……."

로저가 으득 이를 악물었다.

"감히 그런 말을 지껄이다니. 신 앞에서 영원히 참회하게 만들어 주마."

화르르륵!

거친 불꽃이 라이오스를 그대로 집어삼킬 듯 몰아쳤다. 라이오스의 제복에 불이 붙으며 그의 양팔과 어깨에 심각한 화상이 생겼다. 하지만 라이오스는 제 상처를 돌아보기는커녕, 강한 자의 그림자를 더욱 강하게 발동했다.

이번에도 힘겨루기에서 밀려난 쪽은 로저였다.

그는 이를 악물고 성검을 강하게 쳐냈다. 그리고는 한순간 라이오스의 눈앞에서 신형을 감췄다.

텔레포트를 사용한 거였다.

다음 순간, 로저가 나타난 곳은 라이오스의 등 뒤였다.

라이오스가 본능적으로 휘두른 성검에 로저의 일격이 가로막혔다.

콰아아앙!

재차 강한 파공음이 주변을 한바탕 휩쓸었다.

"참회?"

라이오스의 살기 가득한 푸른 눈동자가 로저를 담아냈다.

"내가 왜 참회해야 하나."

몸을 비튼 라이오스가 로저를 강하게 쳐냈다. 그러나 로저 역시 호락호락하지 않았다.

몇 번의 합이 오가며 주변이 완전히 초토화가 되었다. 시종일관 차갑기만 하던 라이오스의 낯 역시 점차 분노가 서리기 시작했다.

"살아남고자 하는 이들을 지키려는 게 신의 뜻을 반하는 거라면……."

쿠우우웅!

화염의 검과 성검이 재차 육중한 소리를 내며 정면으로 충돌했다.

"난 기꺼이 신의 얼굴에 침을 뱉을 준비가 됐다."

"더러운 불신자여."

로저가 짐승처럼 사납게 으르렁댔다.

그의 전신에서 피어난 검은 신성력이 로저의 탁한 눈동자에 깃들었다.

"지키겠다는 자들을 모두 잃고 나서야 신 앞에 무릎을 꿇게 될 것 같군."

그에게서 비롯된 화염 역시 점차 검게 물들기 시작했다.

"조만간 그리될 것이다. 체르니온 님의 이름을 걸고 맹세하지."

"그럴 일 없다. 나는 신의 손길로부터 모두를 지키기로 결심했고."

끽. 끼기긱.

맞닿은 검이 마찰하며 거친 쇳소리를 냈다. 일렁이는

화염 속에서 라이오스가 또박또박 말했다.

"너는 내 손에 누구보다도 초라한 죽음을 맞이하게 될 것이다. 누구도 네 이름을 기억하지 못할 테고, 신의 품에서 안식을 찾지도 못할 테지."

우드득.

강한 힘을 이기지 못한 어깨뼈가 엇나갔다. 하지만 그마저도 곧 신성력으로 치유되었다.

로저를 휘감은 신성력이 더욱 짙게 피어오르기 시작했다.

"네놈이……!"

막 라이오스를 몰아붙이려던 그 순간.

문득 로저가 멈칫했다.

지금껏 정신없이 싸우다, 뒤늦게 자신의 몸에서 위화감을 느낀 탓이었다.

4장. 친히 판을 깔아 주겠다니

친히 판을 깔아 주겠다니

뚝뚝.

새빨간 선혈이 고급스러운 카펫 바닥을 더럽혔다. 황태자의 처소 안에 진득한 침묵이 흘렀다.

순간 제레온은 무슨 일이 일어난 건지 제대로 이해하지 못했다.

"……."

바로 눈앞에 고통에 일그러진 칸타레스의 얼굴이 보였다. 황태자는 한 손으로는 제레온의 어깨를, 반대쪽 손으로는 방금까지 제레온의 목을 겨누고 있던 칼날을 막고 있었다.

깊이 베인 그의 살에서 새빨간 피가 쏟아지고 있었다.

그리고 동맥이 끊긴 신관은 제레온의 등 뒤에서 피 끓

는 소리를 내고 있었다.

"끅……. 컥……."

뭐가 어떻게 됐는지 이해할 수 없었다. 그건 기사들과 체르니온 교단의 신관 역시 마찬가지인 듯했다.

고통을 삭히려 이를 악문 칸타레스가 버럭 외쳤다.

"멍청아, 뭐 해? 얼른 도망쳐!"

"……!"

그제야 제레온은 자신이 뭘 해야 하는지 깨달았다. 이를 악문 제레온이 몸을 빙글 돌려 신관의 턱을 강하게 걷어찼다.

빠아아악!

멍하니 있던 신관은 기습적인 공격에 그대로 휘청이며 뒤로 물러섰다.

그 틈을 놓치지 않고, 제레온은 칸타레스를 낚아채다시피 자신 쪽으로 끌어당겼다.

"칸!"

우당탕!

두 사람이 함께 바닥을 굴렀다. 퍼뜩 정신을 차린 신관이 덜렁대는 목을 부여잡고 다시 고개를 들었다. 하지만 그때는 이미 다이아나와 검을 뽑아 든 뒤였다.

서걱!

그녀의 검이 번뜩이는 것과 동시에 신관의 목이 몸통과 분리되었다. 머리를 잃은 몸이 허우적대기 시작했지만,

그마저도 다이아나의 검격 몇 번에 완전히 제압되었다.

"전하!"

후두둑 쏟아지는 살점들을 뒤로하고, 다이아나는 급히 제레온과 칸타레스 쪽으로 달려갔다. 칸타레스는 손의 상처를 부여잡은 채 고통을 삭히고 있었다.

"젠장, 아파 뒈지겠네······."

"전하, 괜찮으십니까? 상처를 보여 주세요!"

다급히 그를 부축하려던 다이아나는 칸타레스의 목에서 반짝이는 목걸이를 발견했다.

새빨간 보석이 유난히 도드라지는 아티팩트, '식지 않는 심장'이었다.

그제야 다이아나는 칸타레스가 잠시나마 적을 제압할 수 있었던 이유를 이해할 수 있었다.

황태자는 제레온과 자신의 목숨을 미끼로 도박을 건 거였다.

그녀의 추측이 옳다는 걸 증명이라도 하듯, 칸타레스의 상처가 희미한 빛을 내며 순식간에 사라졌다.

칸타레스가 다시 한번 식지 않는 심장을 발동한 거였다.

"······하아."

그제야 칸타레스가 몸에 긴장을 풀고 뒤로 털썩 주저앉았다.

"빌어 처먹을, 진짜······. 젠, 괜찮아?"

창백하게 질린 칸타레스가 식은땀에 푹 젖은 얼굴로 제레온을 마주 보았다. 그러나 보좌관은 여전히 대답하지 못했다.

제레온은 여전히 넋이 나간 얼굴로 그를 바라보고 있었다.

"……미안. 네 목숨으로 도박할 의도는 없었어."

칸타레스는 신관이 자신을 향해 치명상이 될 만한 공격은 가하지 않을 거라 예상했다.

놈들은 그를 생포하길 원하는 듯했으니까.

그렇다면 해 볼 만한 도박이라고 생각했다. 자신 역시 어느 정도로 상처를 입겠지만 '식지 않는 심장'을 이용해 반격을 가할 수 있을 테니까.

얼마나 큰 상처를 입힌다고 한들, 구울의 신체를 가진 적에게는 큰 의미가 없다는 걸 잘 알았다.

그러니 잠깐의 틈을 만드는 걸로도 충분했다. 제레온을 빼낼 수 있을 테니까.

하지만…….

놈의 칼날이 향한 곳은 다름 아닌 제레온의 목이었다.

제레온이 목을 깊이 찔린 순간, 칸타레스는 급히 식지 않는 심장을 발동했다.

'식지 않는 심장'은 상처를 옮길 수 있을지언정, 죽은 사람을 살려 내지 못한다.

조금만 늦었어도 돌이킬 수 없는 일이 벌어질 뻔했다.

칸타레스의 모골을 송연하게 만든 건 바로 그 사실이었다.

"위험하셨습니다, 전하."

다이아나가 엄하게 꾸지람했지만 칸타레스의 시선은 여전히 제레온에게 닿아 있었다.

진짜로 죽을 뻔한 건 자신이 아니라 제레온이었으니까.

한참 만에 제레온이 입술을 달싹였다.

"너, 손……."

"뭐?"

그의 입에서 더듬더듬 흘러나온 말에 칸타레스가 얼빠진 소리를 냈다. 제레온은 마치 고장 난 사람처럼 말을 반복했다.

"칸, 너. 네, 손이……."

덜덜 떨리는 손을 뻗은 보좌관이 상처가 생겼던 칸타레스의 손을 자신 쪽으로 끌어당겼다.

금방이라도 눈물을 떨굴 것 같은 얼굴이었다. 하지만 제레온은 어떻게든 표정을 갈무리하고 고개를 푹 숙였다.

그리고 잠시 후.

"……전하."

무시무시하게 싸늘한 목소리가 흘러나왔다.

칸타레스가 반사적으로 어깨를 움찔했다. 심지어는 다

이아나까지 한순간 찔끔할 정도였다.

다시 고개를 든 제레온은 냉기가 뚝뚝 떨어지는 눈으로 칸타레스를 노려보았다.

"젠?"

"전하의 귀한 옥체를 상하게 할 바에야, 차라리 제가 죽는 편이 훨씬 나았을 겁니다."

잠깐 얼빠진 표정을 짓던 칸타레스가 울컥해 말했다.

"야, 그게 무슨 소리야? 내가 어떻게 널……."

"이 멍청아!"

그러나 칸타레스의 목소리는 뒤이어진 고함에 묻히고 말았다.

"순전히 내 실수였다고!"

좀처럼 흐트러지는 법 없는 제레온의 분노에 지켜보던 기사들은 할 말을 잃어버리고 말았다.

주먹을 꽉 말아 쥔 제레온이 칸타레스를 노려보았다.

"내가 판단을 잘못해서 그렇게 된 건데, 왜 네가 위험을 감수해? 만약에 잘못됐으면 어쩔 뻔했어?"

"잘못될 뻔한 건 내가 아니라 너잖아!"

이쯤 되니 칸타레스 역시 슬슬 부아가 치밀기 시작했다.

"난 고작 생채기 정도 입은 것뿐이지, 진짜 죽을 뻔한 사람은 네 쪽이라고!"

"칸, 너 진짜……!"

제레온이 다시 울컥해 뭐라 쏘아붙이려는 순간 다이아나가 두 사람 사이에 끼어들었다.

"이러실 때가 아닙니다."

손으로 정중하게 두 사람을 떼어 놓은 다이아나가 화제를 돌렸다.

"우선 자리를 벗어나시죠. 황궁은 위험합니다. 두 분 다 아렌트 경이 준비한 아티팩트를 소지하신 걸로 알고 있습니다."

"……"

두 사람은 분에 찬 눈으로 서로를 노려보았다. 그러나 다이아나의 말이 효과가 있었는지, 더 이상 말다툼을 이어 가지는 않았다.

결국 먼저 한숨을 푹 내쉰 제레온이 주머니에서 아티팩트를 꺼냈다.

"……일단은 탈출한 뒤에 마저 대화 나누시죠."

"알겠어."

칸타레스 역시 불만 가득한 얼굴로 아티팩트를 꺼냈다.

"다이아나 경, 현장을 부탁하지."

"걱정 마십시오. 반드시 제국을 지켜내 보이겠습니다."

한 걸음 물러난 다이아나가 정중히 예를 취했다. 칸타레스와 제레온은 동시에 아티팩트를 발동했다.

"아. 참고로 미리 말씀드리자면."

두 사람이 떠나기 직전, 그들을 물끄러미 지켜보던 다이아나가 입을 열었다.

"오늘 본 것은 고스란히 아렌트 경에게 전달하겠습니다. 보좌관께서 미적대다 인질로 잡힌 것부터, 전하께서 위험한 일을 하신 것까지 전부."

"예?"

"뭐?"

순간 제레온과 칸타레스가 동시에 얼빠진 소리를 냈다. 하지만 그것도 잠시.

파아아앗!

새하얀 빛이 터져 나오더니, 이내 두 사람이 완전히 자취를 감춰버렸다.

텅 비어 버린 자리를 본 다이아나는 혼자 피식피식 웃음을 터뜨렸다.

'이럴 상황이 아니라는 건 잘 알지만…….'

어쩐지 마음 한편이 즐거워졌다.

방금 얼핏 본 경악한 얼굴들을 떠올리는 것만으로도, 거친 전장에서 버틸 힘이 생길 것 같은 기분이 든 탓이었다.

* * *

한 번, 두 번.

격하게 합을 주고받을 때마다 로저가 느끼는 위화감 역시 강렬해졌다. 이윽고 성검과 다시 한번 정면으로 부딪쳤을 때, 로저는 드디어 자신의 한쪽 팔이 둔해졌다는 사실을 깨달았다.

'뭐지?'

하지만 길게 생각할 틈은 없었다.

콰아아앙!

두 사람의 검이 다시 한번 맞부딪치는 것과 동시에…….

우지직.

불길하기 짝이 없는 소리가 귓가를 스쳤다. 팔근육이 연달아 가해지는 강한 힘을 견디지 못하고 파열된 것이다.

"이런……!"

로저가 이를 악물고 업화의 축복을 더욱 강하게 발동했다.

화르르르륵!

불시에 펼쳐진 화염 장벽에 라이오스가 뒤로 훌쩍 물러섰다. 로저 역시 그 틈을 놓치지 않고 훌쩍 도약해 그와 거리를 벌렸다.

뒤늦게 제 몸을 돌아본 로저는 얼굴을 딱딱하게 굳힐 수밖에 없었다.

언제부터인지, 한쪽 어깨와 팔에 살얼음이 피어오르고 있었다.

관통당한 부상에서 비롯된 서리는 피에 엉겨 붙어 천천히 로저의 체온을 내리고 있었다.

한쪽 팔은 동상으로 거의 괴사한 뒤였다.

한기 때문에 뻣뻣하게 굳어 버린 근육이 라이오스의 힘을 견디지 못한 것은 당연한 결과였다.

"서리 어린 손길……!"

그의 입술에서 침음성이 흘러나왔다.

다 죽어 가던 견습 기사가 끝끝내 가한 마지막 공격이 존재감을 드러내기 시작했다.

통각이 둔해진 탓에 지금껏 알아차리지 못한 것이다. 그러나 오래 생각할 시간도 주어지지 않았다. 엄습하는 예기에 로저는 반사적으로 검을 치켜들었다.

콰아아아앙!

성검과 화염의 검이 정면으로 충돌하며 커다란 폭발이 일었다.

일렁이는 불꽃 너머로 보이는 새파란 눈동자는 마치 북풍한설을 고스란히 옮겨 둔 듯했다.

"큭……!"

로저는 저도 모르게 뒤로 물러섰다. 라이오스는 그대로 기세를 놓치지 않고 매섭게 공격을 퍼부었다.

캉, 카아앙!

화염을 일으켜 서리 어린 손길의 힘을 억눌러 보려 했지만, 근원지가 자신의 몸속인 이상 손쓸 방법이 없었다.

상반신 전체를 도려내지 않는 한, 그는 천천히 서리에 잠식당할 게 분명했다.

이대로 라이오스를 죽인다더라도, 온몸이 얼어붙어 죽게 되는 것은 기정사실이나 마찬가지였다.

'죽음은 두렵지 않다.'

하지만 적어도 라이오스나 아렌트, 둘 중 하나는 길동무로 데려가야만 했다.

그래야만 자신의 죽음에 가치가 있을 것이니.

로저는 억지로 팔을 움직여 라이오스를 쳐낸 뒤 크게 거리를 벌렸다. 그러나 라이오스는 그를 보내 주지 않았다.

빠르게 접근한 라이오스가 검을 크게 휘둘렀다.

서걱!

섬뜩한 소리와 함께 로저의 괴사한 팔이 잘려 나갔다.

툭.

진이 만들어 준 거대한 팔이 볼품없이 지면에 떨어졌다. 절단된 팔은 이내 새하얀 서리에 뒤덮여 파사삭, 소리를 내며 가루가 되어 사라졌다.

"아무래도 아까 내가 말을 잘못한 것 같군."

라이오스가 딱딱하게 내뱉은 말에 로저는 차마 아무런 대답도 하지 못했다.

아직까지 로저가 동사하지 않은 것은 순전히 '업화의 축복' 덕분이었다.

그의 죽음은 아렌트에게 일격을 허락한 순간부터 정해져 있던 거였다.
 라이오스가 다시 검을 치켜들었다.
 "널 죽이는 건 내가 아닌 모양이다."
 성검에 새하얀 빛이 깃들었다.
 로저를 죽일 이는 영웅도 뭣도 아닌 더러운 불신자, 건방진 견습 기사였다.
 라이오스는 굳이 덧붙이지 않았지만, 로저는 자연스럽게 깨달을 수 있었다. 거기까지 생각이 미치자 참을 수 없는 분노가 일었다.
 "감히……."
 꽉 틀어쥔 검에서 재차 불길이 거세게 일었다. 검은 신성력이 미친 듯이 요동치기 시작했지만, 한 번 무너지기 시작한 정신을 붙잡는 건 불가능한 일이었다.
 "네놈이 감히이이이!"
 화르르륵!
 악을 쓰듯 외친 로저가 전신에 화염을 두른 채 라이오스를 향해 돌진했다.
 자기 자신마저 불태울 기세의 화염으로, 라이오스와 함께 동귀어진할 작정이었다.
 라이오스는 기꺼이 그의 공격에 정면으로 응수했다.
 로저의 검에 어깨를 꿰뚫리는 것과 동시에, 라이오스가 한쪽 팔로 성검을 휘둘렀다.

푸우우욱!

사방에 휘몰아치던 화염이 한순간에 힘을 잃어버리고 흩어졌다.

"……헉, 허억."

라이오스는 거칠게 숨을 몰아쉬었다.

코앞에서 불쾌한 피비린내와 익숙한 한기가 느껴졌다.

간신히 시선을 들자 성검에 심장이 관통당한 로저가 눈에 들어왔다.

언제나 가면 뒤에 숨겨져 있던 얼굴이 참혹하게 일그러져 있었다. 라이오스는 가차 없이 검을 쑤욱 뽑았다.

로저의 몸이 크게 들썩이며, 차갑게 식은 피가 얼굴에 튀었다.

후두두둑.

밤하늘 아래에 검은 피가 쏟아졌다. 비틀대면서도 억지로 중심을 잡고 선 로저가 시선을 들어 라이오스를 보았다.

"죽어서도, 난, 네놈들을……."

하지만 그가 미처 저주에 찬 한 마디를 내뱉기도 전.

로저는 그대로 새하얀 서리에 잡아먹혀 절명했다.

* * *

타닥타닥.

어렴풋한 의식에 난로 장작이 타는 소리가 들려왔다. 약초 향기와 따뜻한 온기 역시 함께였다.

몇 차례 멍하니 눈을 깜빡이던 아렌트는 자신이 낯선 천장 아래에 누워 있다는 사실을 깨달았다.

무심코 상체를 일으키려던 순간, 옆에서 무뚝뚝한 목소리가 들려왔다.

"움직이지 마라."

"……."

아렌트는 고개만 간신히 돌려 상대를 확인했다. 일렁이는 촛불 아래에서 의자에 걸터앉은 라이오스가 보였다. 그 옆에는 아서가 벽에 기대어 앉은 채 완전히 곯아떨어져 있었다.

"……어떻게 됐어요? 댁이 여기 있는 걸 보니 잘 풀린 것 같긴 한데."

꽉 잠긴 목소리가 흘러나왔다. 라이오스가 가볍게 고개를 끄덕여 주었다.

"로저는 죽었다. 서리 어린 손길의 영향으로 몸이 얼어붙었지."

라이오스가 담담하게 말했다.

"관통상에서부터 아티팩트의 힘이 퍼져가는 게 보이더군. 통각을 잃은 그자는 알아차리지 못한 듯했지만."

로저라면 마력으로 서리 어린 손길의 힘을 어느 정도 누르는 것도 가능했을 터였다.

무엇보다 서리 어린 손길과 업화의 축복은 상극의 힘을 지니고 있었으니까.

아렌트가 화상을 피한 것처럼, 로저 역시 한기를 상쇄할 수 있었다.

로저가 자신의 상태를 조금이라도 빨리 알아차렸다면 결과는 달라졌을지도 몰랐다.

결국 로저의 패인은 통각을 없애 주는 신성력이었던 셈이었다.

"하……."

아렌트의 입에서 긴 한숨이 흘러나왔다. 터지고 찢어진 입술이 흐린 곡선을 드리웠다.

"꼴좋네요."

라이오스가 말을 이었다.

"여기는 치안대 건물이다. 아서가 널 데리고 이쪽으로 왔더군. 황궁은 2기사단이 지키는 중이고, 우리는 우선 이쪽을 임시 진지로 삼았다."

"대신전은요?"

아렌트가 아까보다는 꽤 또렷해진 목소리로 물었다.

"네 짐작대로다. 우리가 전투하는 사이, 대신전이 완전히 점거당했더군. 황궁 바깥에서도 전투가 벌어져서, 외부에서 대기하던 엘프 병력들도 발이 묶여 버렸다."

"……역시나."

얼굴을 찌푸린 아렌트가 억지로 상체를 일으켜 세웠다.

라이오스가 손을 뻗어 그를 도와주면서도 인상을 찌푸렸다.

"움직이지 말라고 했을 텐데."

"됐고. 렉시온 님은 아직 소식 없어요?"

여지없이 돌아온 싸가지 없는 답에 라이오스가 한숨을 푹 내쉬었다.

"……전투가 일단락되고 결계 근처로 가봤다. 아직까지 딱히 변화는 보이지 않더군."

"망할 드래곤, 진짜……."

아렌트가 뻐근한 몸을 이리저리 풀며 투덜거렸다. 급한 대로 마법사들을 불러 치료한 건지, 깊은 상처들은 어느 정도 아물어 있었다.

"움직일 수 있겠나?"

"움직여야죠."

라이오스의 짧은 물음에 아렌트가 담백히 대꾸했다. 라이오스의 표정이 착잡해졌지만, 더 말하지는 않았다.

대신 그는 한동안 뜸을 들이다 화제를 돌려 버렸다.

"보여 주고 싶은 게 있다."

"네?"

아렌트가 의아하게 자신을 보자, 라이오스는 주머니에서 뭔가를 꺼내 그에게 내밀어 주었다.

차락.

정갈히 엮인 묵주가 맑은 소리를 내며 흐린 촛불 아래

에 드러났다.

 몇 번 눈을 깜빡이던 아렌트는 곧 그것의 정체를 깨달을 수 있었다. 라이오스는 아렌트의 추측이 옳다는 걸 확인시켜 주었다.

"아티팩트다. 이름이 업화의 축복이라고 했던가. 로저의 시신에서 수습했다."

"……이걸 왜 나한테 보여 주는데요?"

아렌트가 미심쩍다는 눈으로 라이오스를 올려다보았다. 그와 시선을 맞추며, 라이오스가 담담하게 말했다.

"이것의 처분을 어떻게 할지, 우선 네게 의견을 구하고 싶다."

"그러니까 왜요? 알아서 하세요. 그놈을 처치한 건 제가 아니라 단장님이잖아요."

"아니."

라이오스가 단호하게 답하자 아렌트가 입을 꾹 다물었다.

"로저를 해치운 것은 너다. 내가 아니라."

"……."

"이것이 내 손에 있다는 걸 아는 사람은 아무도 없다. 아직 폐하와 전하께도 보고드리지 않았지."

'업화의 축복'을 전쟁에서 활용할 것이냐, 아니면 이대로 역사의 뒤안길로 사라지게 둘 것인가. 라이오스는 아렌트에게 그 선택권을 넘긴 거였다.

아렌트는 한참 동안 침묵했다. 머릿속으로 이런저런 계산을 시작한 것이다.

견습 기사가 어떤 판단을 내릴지, 라이오스는 대충 짐작할 수 있을 것 같았다. 하지만 잠시 후.

"……엘프들 쪽에 넘기면 어떨까, 싶은데요. 다른 이들이라면 몰라도 자카르 교관님 정도라면 감당할 수 있겠죠."

라이오스의 예상을 벗어난 답이 돌아왔다.

"자카르 교관님께?"

"지금은 전력이 하나라도 더 있는 편이 좋으니까요. 자신을 좀먹는 아티팩트니 조심해서 다루라는 말 정도는 전해 드려야겠죠."

로저의 화상이 그 증거였다. 아티팩트를 자유자재로 사용하기 위해서 감당해야 했던 상흔일 터였다.

문득 아렌트는 라이오스가 자신을 묘한 눈으로 보고 있다는 사실을 깨달았다.

견습 기사의 미간이 찌푸려졌다.

"왜 그렇게 보십니까?"

"……아니. 나도 네 의견에 동의하는 바다만. 넌 파괴하는 편이 낫다고 말할 거라 생각했다."

잠시 뜸을 들이던 라이오스가 솔직하게 대답했다.

"이전에 빈센트라는 자의 아티팩트를 손에 넣었을 때도 그랬으니까."

"그건 너무 위험한 물건이었어요. 게다가 그때는 넘겨 줄 사람이 없었으니까요."

아렌트가 뚱하니 대꾸하자 라이오스가 애매하게 고개를 끄덕였다.

"……그렇군."

그리고 잠시 후. 라이오스가 옅은 미소를 지으며 고개를 끄덕였다.

"그렇다면 날이 밝은 후 자카르 님께 의사를 여쭤보지."

"맘대로 하세요. 애초에 제 권한도 아닌……, 아야야야."

어깨를 으쓱하려던 아렌트가 얼굴을 찌푸리고 상처 자리를 짚었다. 라이오스는 쯧 혀를 차곤 그의 상체를 꾹 눌러 다시 자리에 눕혀 버렸다.

"일단 지금은 잠이나 자라. 지금이 아니면 제대로 쉴 수도 없을 테니까."

"아니, 그것보다."

불퉁한 얼굴로 자리에 누운 아렌트가 라이오스를 향해 툭 내뱉었다.

"단장님은 괜찮습니까? 그놈이랑 죽자고 싸웠을 텐데."

"뭐?"

이번에야말로 라이오스의 입에서 얼빠진 소리가 튀어

나왔다. 아렌트는 건방지기 짝이 없는 눈으로 라이오스를 아래위로 훑어보았다.

"뭐, 척 보아하니 멀쩡해 보이네요. 그럼 전 다시 잡니다."

"……."

그가 다시 이불을 뒤집어쓰고 돌아누울 때까지, 라이오스는 아무런 반응도 하지 못했다. 순식간에 이불 덩어리가 된 아렌트가 덧붙였다.

"꿈자리 사납게 거기서 버티고 앉아 있지 말고 가서 눈이나 붙이든 하세요. 겸사겸사 저기 있는 멍청이 선배도 데려가시고. 신경 쓰여 죽겠으니까."

"……하여튼 성질머리 하곤. 알겠다."

결국 라이오스도 피식 웃음을 터뜨리고 말았다.

'이런 상황에 좋아할 일은 아니지만.'

다른 사람을 믿지 못해 강력한 아티팩트를 파괴하고, 걱정하는 말을 입 밖에 내는 대신 퉁명스럽게 쏘아붙이는 게 일상인 녀석이었다.

그런 행동들은 아마 사람을 두지 않으려는 습관에서 비롯된 것일 터였다.

'하지만……'

그 역시 확실히 변해 가고 있는 듯했다.

아렌트가 다른 사람을, 그리고 더 나아가 칼리온 제국

까지 변화시킨 것처럼.

* * *

아침 해가 떠오른 뒤.

황궁 안팎에 머물던 중진들이 3기사단이 있는 임시 진지에 모여들었다.

현 피해 상황을 공유하고 앞으로의 일을 도모하기 위함이었다.

지휘관들이 모두 모이자마자 라이오스는 새벽에 아렌트와 나눴던 대화를 행동으로 옮겼다.

'업화의 축복'을 자카르에게 건넨 거였다.

"……이것을 정말 제가 받아도 괜찮겠습니까?"

업화의 축복을 앞에 둔 자카르가 당황해 물었다. 그러자 라이오스가 고개를 끄덕였다.

"자카르 님만 괜찮으시다면. 그리고 다른 엘프 여러분께서도 반대하지 않으신다면, 부디 맡아 주십시오."

"물론 저희는 반대하지 않을 테지만. 저것을 감당할 만한 분이 우리 중에는 자카르 교관님뿐이라는 데에도 동의합니다."

셰키나가 당혹스러운 얼굴로 말했다.

"하지만 정말로……. 이것을 엘프에게 건네주셔도 괜찮으시겠습니까?"

한참 동안 주저하던 셰키나가 결국 솔직하게 말했다.

지금이야 엘프들과 인간의 관계가 돈독하다 말할 수 있겠지만, 그 이전까지는 온갖 잡음이 있었던 게 현실이었다.

"아주 강력한 아티팩트라고 압니다. 그러니 한 번 더 재고하시는 편이 좋지 않으시겠습니까?"

셰키나의 시선이 라이오스 뒤에 선 아렌트에게 닿았다.

붕대투성이가 된 견습 기사는, 팔짱을 낀 채 시큰둥하니 사람들을 지켜보기만 할 뿐이었다.

2왕국 대장로의 약점을 단단히 잡고 협박해, 결과적으로는 엘프 전체가 칼리온 제국에 협력하게 만든 계기를 만든 게 바로 아렌트였다.

하지만 그는 이 모든 일과 자신은 전혀 상관없다는 태도였다.

그 시선을 읽어낸 르웰린이 슬쩍 끼어들었다.

"아렌트가 먼저 제안한 거라고 합니다. 그러니 깊이 생각하지 않으셔도 괜찮을 듯합니다. 아무런 사심 없이, 그저 이번 전쟁에 보탬이 되어 주셨으면 하는 바람인 듯하니까요."

"그렇…… 습니까?"

자카르가 조금 놀란 표정을 지었다. 하지만 그것도 잠시, 그가 진지하게 고개를 끄덕였다.

"그리 말씀하신다면 잠시 맡아 두는 것으로 하겠습니다. 전쟁이 끝난 뒤 칼리온 제국 황실에 반환하겠습니다."

"감사합니다."

'업화의 축복'은 그렇게 자카르에게 맡겨졌다. 자카르는 곧장 로사리오를 몇 번 감아 팔찌처럼 착용했다.

"최대한 빨리 익숙해지겠습니다."

"위험한 물건이니, 자카르 님의 안전에도 주의해서 사용하십시오."

정중하게 말한 라이오스가 새삼스럽게 좌중을 훑어보았다.

다이아나와 엘프 지휘관들, 그리고 르웰린과 세일럼까지.

남은 전투의 핵심이 될 인원들이 모두 치안대의 조촐한 회의실에 모여 있었다.

"폐하와 전하께서 모두 무사히 피난하신 바, 황궁을 비우고 이곳을 당분간 임시 지휘소로 사용하겠습니다. 이견 있으십니까?"

이제 와서 다른 의견을 말할 사람은 없었다. 라이오스는 가볍게 고개를 끄덕이고는 본격적으로 회의를 이끌어 갔다.

"그렇다면 우선 현황부터 보고 부탁드립니다."

"우선 날이 밝자마자 민간인들을 피난시키는 데 전력

을 다하고 있습니다."

가장 먼저 자카르가 입을 열었다.

"다른 것보다 생존자들을 피난시키는 게 우선이라 판단했습니다. 세키나 님과 라그날드 님이 맡은 구역 역시 마찬가지로 민간인 피난을 최우선으로 진행 중입니다."

"피난민에게 필요한 물자는 노이만 상단에서 공급해 준대요."

라이오스의 뒤에 서 있던 아렌트가 불쑥 끼어들었다.

"노이만 상단이랑 이스트 상단을 주축으로, 양측과 연합한 상단들이 각자 분담해서 지원한다고 합니다."

"그리고 마침 이쪽으로 오기 전 형님께 연락을 받았는데."

르웰린이 한쪽 손을 들고 첨언했다.

"각국 지원군들끼리 논의해서 피난민을 받을 준비를 하고 있대요. 사람들을 분산해서 인계하면 남은 건 그쪽에서 해결할 겁니다. 아무래도 그쪽은 황성보다는 피해가 덜하니까요."

"알겠습니다. 그리 처리하겠습니다."

자카르가 고개를 끄덕이자, 가만히 듣고만 있던 세일럼이 감탄사를 흘렸다.

"늘 생각하지만, 정말 놀라울 정도로 협력이 잘 되네요······."

"그렇다면 일단 황성 밖 상황에서는 조금 눈을 떼도 괜찮을 것 같습니다."

다이아나가 덧붙였다.

"언제 어디서 일이 터져도 즉각 대응할 수 있도록, 켄드릭 단장님이 대기 중이십니다. 연합군이나 피난민들이 습격당하는 일이 생기더라도 1기사단이 대응 가능합니다."

"그렇다면 지금 중요한 건 그거네요. 대신전을 강탈당했고, 놈들이 언제 어디에서 튀어나올지 모를 상황이라는 거."

잠깐 입을 다물고 있던 아렌트가 운을 뗐다. 자연스럽게 회의실 안 사람들의 시선이 그에게 모여들었다.

"게다가 아직 니케포르를 찾으러 간 놈들에게서도 별다른 소식이 없고."

아렌트는 늘 그랬듯 무심하게, 하지만 또렷한 목소리로 말했다.

"꼴을 보아하니 대신관님을 비롯한 신관님들 전부 다 인질로 붙잡힌 것 같습니다만……."

황금색 눈동자가 움직여 라이오스를 보았다.

"저 망할 광신도 새끼들을 어떻게 개박살 낼지, 고민 좀 해 보자고요."

* * *

신관들이 손수 창문을 가려 준 기도실은 암흑으로 가득

했다. 한 치 앞도 보기 힘든 어둠 속에서, 이리스는 조용히 기도를 올렸다.

한참 동안 고개를 숙이고 있던 그녀가 짧게 읊조렸다.

"……그의 영혼을 기쁘게 받아 주십시오."

이리스가 천천히 눈을 떴다.

달을 닮은 은빛 눈동자가 암흑 속에서 드러났다.

연이어 교단의 중진들이 전사했으니 심란해질 법도 했지만, 그녀는 전혀 동요하지 않았다.

결국 모든 죽음은 체르니온 신을 위함이니, 로저도 기쁘게 눈을 감았을 터.

그녀는 그리 믿어 의심치 않았다.

애초에 로저를 내보낼 때도 그가 살아 돌아올 수 있을 확률이 그리 높지 않을 거라 예상했고.

'다만…….'

영웅과 아렌트 폰 에크하르트, 둘 중 하나도 제거하지 못했다는 건 뼈아픈 실책이었다.

'그리 쉬울 거라 생각하지 않았지만.'

로저가 목숨까지 바쳤는데도 이런 결과라니.

게다가 업화의 축복마저 적의 손에 넘어갔으니, 사실상 적의 전력만 강화시켜 준 거나 다름없었다.

이리스는 가만히 앉아 제 손끝을 매만지며 생각에 잠겼다.

'큰 문제는 없어.'

가장 중요한 대신전은 손에 넣었다. 항복하겠다는 루미엘 대신관의 말에 몇몇 신관들이 크게 반발하긴 했지만, 저항하는 이들을 몇 본보기로 죽였더니 곧 조용해졌다.

 비록 '부서진 심장의 검' 일원이 모두 괴멸했다 쳐도, 그것 역시 체르니온 신의 안배라고 한다면 어쩔 수 없는 일이었다.

 '어쩔 수 없는 일인데…….'

 이리스는 속으로 한 번 더 말을 되뇌었다.

 '그분의 계획에 두 번째 실패란 존재하지 않을 터.'

 이리스는 인정할 수밖에 없었다.

 자신이 조금씩 초조해지고 있다는 것을.

 200년. 무려 200년이었다.

 루체 신의 시선을 피해 기회를 노려 온 세월이 그만큼이나 길었다. 그리고 이제야 결실을 맺으려는 참이었다.

 적들이 오랜 평화에 찌들어 나약해질 때까지 기다리며, 어둠 속에서 신의 눈을 피해 조용히 힘을 길러 왔다.

 성공을 의심치 않았고, 그래야만 했다.

 계획대로였다면, 지금쯤이면 분명 어둠의 시대가 찾아왔을 것이다.

 그간 신앙을 게걸스레 먹어 치우며 막강해진 루체 신이 한 번 세계를 되돌리지 않았더라면.

 '아니지.'

 일이 이렇게 된 것은 루체 신의 방해 때문이 아니었다.

하필 루체 신이 불러들인 게 그 아렌트 폰 에크하르트인 탓이겠지.

'결과적으로는 루체 신조차도 그에게 속수무책으로 휘둘리게 되었으니.'

루체 신도 이방인 따위를 끌어들인 것을 후회하고 있을지도 모른다.

그러나 이리스는 크게 걱정하지 않았다. 로저를 비롯한 많은 신관들이 목숨을 걸고 적의 발목을 잡아 준 덕에 대신전을 무난하게 차지할 수 있었으니까.

이리스는 다시 눈을 감고 가만히 고개를 숙였다.

'신의 영광을 되찾는 것은 이토록 고된 일이나…….'

신에게 닿는 길을 직접 닦을 수 있으니, 그조차도 축복일 터.

이리스는 그리 믿어 의심치 않았다.

"……밖에 누구 있니?"

"예, 성녀님."

곧장 문밖에서 단정한 대답이 들려왔다.

이리스가 느긋한 음성으로 지시를 내렸다.

"때가 된 것 같으니, 준비를 시작하렴."

"예, 알겠습니다."

한 치의 망설임 없는 대답에 이리스가 부드러운 미소를 지었다.

"그리고 종이와 펜을 하나 가져다주겠니? 그들에게 선

물을 하나 보내고 싶구나."

"알겠습니다."

문밖에서 경비를 서던 신관이 멀어지는 소리가 들려왔다. 이리스는 발소리에 귀를 기울이며 즐겁게 흥얼거렸다.

"아렌트 경과 가깝게 지냈던 게……. 벤노라는 아이였던가."

대부분 빛의 신관들은 항복하는 것에 반대했지만, 겁에 질린 신관들 중 몇몇은 벌써 입을 열기 시작했다.

덕분에 이리스는 적지 않은 정보들을 얻어낼 수 있었다.

'이것이 현실이지.'

평화에 찌든 빛의 신관들은, 제 목숨을 초개처럼 던질 각오조차도 되어 있지 않은 것이다.

그런 것을 과연 진정한 신앙이라고 할 수 있을까.

아렌트 폰 에크하르트와 영웅은 자신들을 내친 신전조차도 보듬어 안고 구하겠다 선언할까.

앞으로 펼쳐질 무대 위에서 그들이 어떻게 움직일지.

이리스는 기대해 보기로 했다.

* * *

다음 날.

칼리온 제국 연합군은 루체 신의 거대 신상 옆에 무언가가 세워지기 시작했다는 것을 알아차렸다.

"저게 뭐지?"

한 치안대원이 의아하게 물었다. 하지만 당장 답을 내어 줄 수 있는 사람은 아무도 없었다.

"저 새끼들, 또 무슨 짓을 하는 거야?"

근처에서 구한 목재를 아무렇게나 쌓아 올리는 꼴이, 단상을 만드는 것처럼 보였다.

망을 보던 이들이 어리둥절해하던 그때.

"무대네."

뒤에서 불쑥 목소리가 들려왔다.

"흐아악!"

"깜, 깜짝이야!"

두 대원들이 화들짝 놀라 뒤를 돌아보자, 뚱한 얼굴의 견습 기사의 얼굴이 한가득 눈에 들어왔다.

"빠져 가지곤. 정신 안 차려?"

"아, 아렌트 경……. 죄, 죄송합니다."

치안대원이 얼떨떨하게 대답했다.

"무대라니, 무슨 말씀이십니까?"

"모양새가 그렇다고. 용도는 좀 다르겠지만."

"그게 무슨……."

무심코 묻던 치안대장이 멈칫했다. 새파랗게 어린 견습 기사의 두 눈동자가 무서울 정도로 차갑다는 것을 알아차린 탓이었다.

 눈치를 살피던 치안대원이 그를 다시 한번 조심스럽게 불렀다.

 "아렌트 경?"

 "……아무래도 거래를 제안하려는 모양이지."

 잠깐 입을 다물고 있던 아렌트가 대답했다.

 "예?"

 두 사람이 동시에 의아한 목소리를 냈지만, 아렌트는 더 이상 아무런 말도 하지 않았다. 한동안 정체불명의 건축물을 노려보던 아렌트는 몸을 휙 돌려 그 자리를 벗어나 버렸다.

 저녁이 되어서야, 그들은 아렌트가 뭘 예감했던 건지 이해할 수 있었다.

 해가 모두 가라앉은 시간. 루체교의 한 신관이 피투성이가 된 채 연합군의 진지에 찾아든 거였다.

 벤노 신관이었다.

 "……"

 그를 마주한 이들은 모두 누구랄 것 없이 할 말을 잃어버리고 말았다.

 옷이 벗겨진 벤노의 상반신에는, 새빨간 근육 덩어리처럼 보이는 괴생물체가 꿈틀거리고 있었다.

 곧 구울로 분화하기 직전의 조직이었다.

 "이……. 미친 새끼들……."

누군가가 침음성을 흘렸다. 꿈틀거리는 살점은 점점 벤노 신관의 상체 깊은 곳을 파고들고 있었다.

 공포에 질린 벤노 신관은 결국 고개를 푹 떨구고 말았다.

 "……성녀의 전언입니다."

 진득한 침묵이 흐르는 동안, 사람들의 시선은 자연스레 어느 한곳으로 모여들었다.

 이 잔인한 행각이 누군가를 향한 보복이라는 직감이 강하게 든 탓이었다.

 "아렌트 경이 출두하지 않는 이상……. 대신전의 신관들을 전부 다 구울로 만들겠다 했습니다. 3일 뒤면 저는 괴물이 될 겁니다."

 뚝. 뚝.

 울먹이던 벤노 신관이 결국 굵은 눈물을 떨어뜨리기 시작했다.

 "신상 옆에 짓고 있는 처형대는…… 아렌트 경을 위한 것이라 했습니다."

 아렌트는 아무런 대답도 하지 않았다. 그저 무표정한 얼굴로 벤노 신관과 그의 상반신에서 꿈틀대는 구울 조각을 바라볼 뿐이었다.

 벤노가 눈물을 뚝뚝 흘리며 말을 이었다.

 "이걸 제거한다면 저는 즉시 죽고, 대신전 안의 신관들은 모두 구울의 숙주가 되어 희생되고 말 것입니다. 그리고 처형대 위에는 아렌트 경 대신 루미엘 대신관님이 세워질 겁니다……. 그걸 막기 위해서는 아렌트 경이 직접 성녀의 앞에 무릎 꿇는 수밖에 없다고…….”

아렌트는 여전히 대답하지 않았다. 그저 무표정한 얼굴로 벤노 신관을 바라볼 뿐이었다.

“저는 아렌트 경이 밉습니다. 루미엘 대신관님은 그러지 말라 하셨으나, 저는 결국 아렌트 경을 증오할 수밖에 없었습니다.”

눈물 젖은 시선을 든 벤노가 흐느끼며 말했다.

“모두가 힘을 합쳐야 할 상황에, 사람들이 루체 님으로부터 등을 돌리게 만들었지요. 라이오스 단장께서도 마찬가지입니다. 단장께서 저 사특한 자의 손을 들어 주신 탓에……. 제국이 흔들리게 되었습니다.”

흐느낌은 점점 더 커져 결국 꺽꺽대는 울음소리로 변하고 말았다.

“하지만……. 당신께서 누구보다도 열심히 싸웠음을 압니다. 적에게서 사람들을 지키기 위해, 목숨을 몇 번이나 걸었다는 사실도 말입니다…….”

“…….”

“아렌트 경께 이런 말을 늘어놓는 제 자신이 너무나도 싫습니다. 루체 님은 어찌 이리 잔혹하실까요? 제힘으로는 형제자매들을 구할 방법이 없습니다. 결국 아렌트 경께 원망을 늘어놓는 것 외에, 할 수 있는 것이 없단 말입니다."

결국 신관은 어린아이처럼 목 놓아서 엉엉 울기 시작했다.

"아렌트 경께서 희생당하는 걸 바라지 않습니다. 이런 말을 전하는 것도 원치 않습니다. 하지만 제 형제들과 대신관님이 치욕스런 죽음을 맞는 것은 더더욱 용납할 수 없습니다! 3일입니다, 3일 안에……. 3일 뒤면……."

지켜보는 이들의 얼굴이 참담하게 일그러졌다.

딱 한 사람, 아렌트만 빼고.

"저는 괴물이 되고, 루미엘 대신관님이 처형당합니다. 그게 아니라면 아렌트 경이 저 처형대에 세워지겠지요."

아렌트는 무슨 생각을 하는지 알 수 없는 무표정으로 한참 동안 신관을 응시했다.

잠시 후. 다소 절뚝이는 걸음걸이로, 아렌트가 벤노에게 다가갔다.

"일단은."

예고 없이 불쑥 뻗어오는 손에 신관이 멈칫하며 고개를 들었다. 아렌트는 그의 팔을 붙잡아 반강제로 일으켜 세웠다.

"일어나세요. 꼴불견이니까."

"흑……. 흐윽……."

잔혹하게 들릴 정도로 차가운 목소리였다. 벤노는 그의 팔에 의지해 비틀비틀 자리에서 일어났다.

"무섭습니다, 아렌트 경. 이제 저희는 어떻게 되는 겁니까? 저희가 죽는다고 하더라도 이 전쟁에 패배하는 것은 아니겠지요. 라이오스 단장님과 아렌트 경이 계시니까요……. 그걸 생각하면 기꺼이 목숨을 내놓아야 할 테지만……."

"시끄러우니까 그 울음부터 좀 그쳐 봐요. 뭔 말을 못 하겠네."

"흑……."

벤노는 손등으로 연신 눈물을 훔쳐냈다. 하지만 좀처럼 북받치는 울음이 멈출 기미는 보이지 않았다.

결국 한숨을 푹 내쉰 아렌트가 특단의 조치를 취했다.

콰악.

"히이익!"

갑작스레 제 양어깨를 붙잡는 손에 벤노가 기겁하며 고개를 들었다. 바로 코앞까지 불쑥 다가온 황금색 눈동자가 한눈에 들어왔다.

"진정하란 말 안 들립니까?"

"……끅."

"뚝 하시라고요. 얘기 좀 하자고."

"……."

거짓말처럼 퐁퐁 솟아나던 눈물이 멈췄다. 그제야 만족한 아렌트가 벤노를 놓아 주었다.

"일단 이 사람 옷이나 좀 가져다줘."

멍하니 있던 치안대원들이 화들짝 놀라 고개를 끄덕였다.

"예, 예!"

옷을 구하러 치안대원들이 후다닥 들어갔다. 기사들의 질색하는 시선이 아렌트에게 모여들었다.

"저 독한 새끼……."

"이제 알았나? 피도 눈물도 없는 놈이라는 거."

아서가 욕을 중얼거리자 리히트가 맞장구쳤다.

죽음의 공포에 떠는 사람을 저딴 식으로 대할 수 있는 건 하늘 아래 아렌트뿐일 터였다.

대량의 사람들을 인질로 잡혀 자신의 목숨을 위협받는 상황이라면 더욱.

"이봐요, 벤노 신관님."

"예, 예!"

후다닥 뒤로 물러서 눈물을 훔치던 신관이 놀라 대답했다. 아렌트는 주머니에 손을 찔러 넣고 그와 시선을 맞췄다.

"아직 당신 안 죽었습니다. 그리고 저도 죽을 생각이라곤 추호도 없어요."

"……."

무심하지만 늘 그렇듯 뼈가 느껴지는 음성이었다. 유난히도 귀에 잘 들어오는, 그래서 더욱 경청할 수밖에 없는 목소리.

"그러니까 질질 짜기엔 아직 이릅니다. 눈물은 일이 잘못됐을 때 흘려도 안 늦어요. 물론 그럴 기회도 없겠지만."

"……."

"왜인 줄 아십니까?"

벤노는 눈물을 흘리던 것도 잊어버리고 멍하니 아렌트를 바라보았다.

그리고 잠시 후 튀어나온 한마디에.

"내가 잘났거든."

"콜록, 콜록! 콜록!"

마른 사레가 들려 미친 듯이 기침을 토해내기 시작했다.

옆에서 기다리던 아서가 그럴 줄 알았다는 듯 후다닥 달려가 벤노의 등을 두드려 주었다.

"켁, 켁, 콜록! 아렌트 경, 그게 무슨……."

"말 그대로죠. 나름대로 뭔가 재밌는 걸 해 보고 싶었던 모양입니다만."

아렌트가 뻔뻔하게 어깨를 으쓱였다.

"그런 거에 순진하게 당해 줄 정도로 멍청하진 않아서."

"……."

눈물 때문에 엉망진창이 된 얼굴로, 벤노는 아연하게 아렌트를 바라보았다.

"허튼 수작질은 이쪽이 전문이란 말입니다. 저쪽에서

친히 판을 깔아 주겠다니, 마다할 이유도 전혀 없고."

"……."

"저쪽 뜻대로는 절대로 안 될 겁니다."

아렌트는 그와 시선을 맞췄다.

"결국에는 내 마음대로 흘러가게 할 거니까. 알아들었어요?"

오만하기 짝이 없는 말이었다.

그를 멍청하게 바라보던 벤노 역시 뭔가에 홀리기라도 한 듯, 결국 고개를 끄덕이고 말았다.

* * *

"상대를 잘못 골랐다고 해야 하나……."

르웰린이 신음처럼 중얼거렸다. 곁에 있던 세일럼 역시 조용히 고개를 끄덕였다.

"애초에 협박 같은 게 통하는 사람이 아니죠. 오히려 속이 더 긁힌다면 모를까."

이런 상황에도 아렌트는 얼핏 전혀 동요하지 않는 것처럼 보였다. 모르는 사람이 본다면 철면피라고 손가락질해도 전혀 이상하지 않을 모습이었다.

숱한 사람의 목숨이 자신의 손끝에 달린 상황임에도 전혀 아랑곳하지 않는다고.

'아, 철면피는 맞지.'

르웰린은 생각을 고쳤다. 뻔뻔하기로는 제일가는 게 바로 저놈이니까.

하지만 보기만큼 태연하지만은 않을 터였다.

평소보다 올라간 눈매, 그리고 더욱 삐딱하게 선 자세에서 느껴졌다. 아렌트가 꽤 많이 화가 난 상태라는 게.

하지만 지금 그런 사소한 것을 왈가왈부할 때는 아니었다.

르웰린은 팔짱을 끼고서 조용히 상황을 지켜보았다.

치료를 받고 상의를 빌려 입은 벤노 신관은 아까보다 훨씬 봐줄 만한 상태였다.

아렌트의 으름장이 통한 건지 더 이상 눈물을 보이지도 않았다.

치안대원이 가져다준 따뜻한 차 한잔을 앞에 둔 그는 제법 진정된 것처럼 보였다. 그의 맞은편에 앉은 라이오스가 조심스럽게 물었다.

"좀 괜찮으십니까, 신관님?"

"예……. 추태를 보여 죄송합니다."

"아시니 다행, 악!"

평소처럼 밉살맞게 말하려던 아렌트는 라이오스의 팔꿈치에 옆구리를 가격당하고 입을 다물었다. 성공적으로 아렌트를 닥치게 만든 라이오스가 아무 일도 없었던 것처럼 화제를 원래대로 되돌렸다.

"일단은 내부 상황을 좀 더 알고 싶습니다, 벤노 신관님."

"……대신관님이."

마른침을 한번 꿀꺽 삼킨 벤노가 더듬더듬 말을 이었다.

"대신관님이 항복을 선언하셨습니다. 이미 우리가 알아차렸을 때는, 대신전이 적의 병력에 포위당한 뒤였고……. 대신관님은 성녀에게 협박을 당한 것 같았습니다. 지금 당장 죽을지, 아니면 항복하고 인질로 잡힐지."

그리고 루미엘이 선택한 것은 후자였다. 고개를 떨어뜨린 벤노가 우울하게 말을 이었다.

"반발하는 신관들도 있었습니다. 그중 가장 격하게 반대했던 이들은 놈들의 손에 그만……."

찻잔을 쥔 손이 잘게 떨렸다. 벤노가 저도 모르게 짧은 기도를 덧붙였다.

"루체 님이 그들의 영혼을 받아 주셨길……."

르웰린과 세일럼은 저도 모르게 아렌트를 보았다. 신의 이름이라면 역린이라도 건드린 듯 구는 그였으니까. 하지만 아렌트는 의외로 아무런 반응도 하지 않았다. 대신 무덤덤한 목소리로 질문을 던질 뿐이었다.

"몇이나 죽었는데요?"

"다섯 명입니다."

"그 외에는요?"

"모두 개인 방에 감금되어 있었습니다. 신전을 지키던

경비들과 신전 소속 병사들의 생사는 알 수 없습니다."

냉정하게 생각하면 그들도 모두 목숨을 잃었다고 봐야 할 터였다. 인질로서의 가치가 없으니까.

아렌트가 살짝 인상을 찌푸렸다.

"방 안에 갇혀 있었다면 적의 현황도 제대로 모르겠네요."

"그렇습니다. 대신관님이 목숨을 지키고 싶다면 그들의 말을 따르라고 지시하셔서……."

벤노 신관이 기어들어 가는 목소리로 대답했다.

"그러다가 오늘 갑자기 적 신관들이 우리를 끌어내더군요. 그리고는 우리 몸에 이 흉측한 것을 심었습니다. 저는 대표로 아렌트 경에게 가서 말을 전하라는 지시를 들었고요. 거절했더니, 무자비하게 폭행을……."

다시금 그의 목소리에 공포가 서리기 시작했다. 아렌트는 쯧 혀를 찼다.

쾅!

갑작스러운 소음에 벤노가 화들짝 놀라 고개를 들었다. 아렌트는 테이블을 내려친 자세 그대로 말을 이었다.

"쓸데없는 건 생각하지 말고. 도움이 될 거나 말해요. 당장 눈에 보이는 신관은 몇이나 됐는데요?"

"꽤, 꽤 많은 수였습니다."

퍼뜩 정신을 차린 벤노가 대답했다.

"하나하나 세어 보지는 못해서 그것까지는 잘 모르겠

습니다."

"신관들의 수가 적은 거도 아니고, 왜 굳이 개인실에 한 명씩 가둬 둔 거지?"

가만히 뒤에서 듣고만 있던 르웰린이 슬쩍 끼어들었다. 그러자 벤노가 흐린 표정으로 고개를 수그렸다.

"그, 그것은 저도 잘……."

"애초부터 이럴 생각이었던 거지. 이쪽으로 한 명쯤은 보내야 하는데, 자신들의 전력을 내보이고 싶지 않았던 거야."

주머니에 손을 푹 찔러 넣은 아렌트가 투덜거리듯 대답하자, 라이오스가 천천히 고개를 끄덕였다.

"그렇다는 건……. 이번 습격의 목적은 역시 애초부터 대신전이었던 거군."

"3일이라."

자카르가 얼굴을 찌푸렸다.

"오늘은 이미 지났으니, 사실상 이틀이 남은 셈인가……."

"애초에 의미 없는 제안입니다……."

아렌트가 언짢게 말했다.

"제가 나서 봤자, 전부 다 죽게 된다는 결말은 똑같을 겁니다. 놈들이 루체교의 신관들을 살려 둘 리가 없으니까요. 단지 그 죽음들의 책임이 누구에게 돌아가느냐의 문제겠죠."

옳은 말이었다. 아렌트가 나서지 않는다면, 그들의 죽

음은 모두 황실과 라이오스, 그리고 아렌트의 책임으로 돌아갈 터였다. 그렇다고 해서 정말로 아렌트가 놈들에게 투항한다고 하더라도, 놈들이 기껏 사로잡은 대신관과 신관들을 살려 둘 리가 없었다.

"그렇지 않습니까, 벤노 신관님?"

"……."

아렌트의 물음에 벤노는 아무런 대답 없이 고개를 푹 숙이고 말았다. 차마 그 말을 부정할 수 없던 탓이었다.

자카르가 조용히 읊조렸다.

"결국 저쪽은 잃을 게 없고, 이쪽만 외통수에 당한 꼴이군."

참 유감스럽게도, 루미엘 대신관은 아렌트에게 제법 유의미한 인질이었다.

이 자리에 그 사실을 모르는 자는 없었다. 아마 성녀 역시 그 사실을 파악하고서 이런 수를 둔 것일 테고.

"아직은 맞기 전이죠. 아까 자카르 교관님이 말씀하셨잖습니까. 이틀 남았다고."

하지만 아렌트는 생각이 다른 듯했다.

"어느 쪽이 외통수에 처한 건지는, 두고 봐야 알 일 아니겠어요?"

"그리 말할 거라고는 생각했다만. 뭔가 뾰족한 방법이라도 있나?"

자카르의 물음에 아렌트가 고개를 삐딱하게 까닥였다.

"없어도 만들어야죠. 아니면 뭐, 때린다고 가만히 처맞고 있을 생각이십니까? 전 그런 취미 같은 건 없습니다만."

"……하지만, 아렌트 경. 사실 저는 아직도 잘 모르겠습니다. 다른 방법이 있을지."

가까스로 벤노가 다시 입을 열었다.

"아렌트 경을 적의 손에 넘길 수는 없습니다. 하지만 가만히 있다간 대신관님이 치욕스러운 죽음을 맞이하시게 될 겁니다."

신관의 목소리에 다시금 물기가 서리기 시작했다. 절망에 일그러진 표정을 감추려는 듯, 벤노가 손으로 제 얼굴을 감싸 쥐었다.

"도대체 어떻게 해야……. 지금 라이오스 단장께서 놈들을 치신다더라도, 제 형제자매들의 안전은 보장할 수 없잖습니까. 아무것도 못 하는 주제에 죄송합니다. 하지만 저는 더 이상 잃고 싶지 않습니다."

"거 참, 되게 징징대시네."

그러나 아렌트의 반응은 여전히 차가울 뿐이었다.

"할 줄 아는 게 없으면 그냥 입 다물고 있어요. 짜증 나게 굴지 말고. 애초에 대신관님께서 왜 그런 판단을 내리셨겠어요?"

"예?"

"고작 며칠 더 명줄을 붙잡자고 그러지는 않으셨을 테

고. 당신처럼 칭얼대는 신관들을 어떻게든 살려 보자고 내리신 결정이실 거잖아요. 그러니까 애새끼처럼 질질 짜지 말고 좀 닥치고 있어 봐요. 당신이 참견할 영역이 아니니까."

"하, 하지만……."

벤노가 상처받은 표정을 짓자, 라이오스가 한숨을 푹 내쉬며 말해주었다.

"말버릇이 못된 녀석이라 죄송합니다. 우리가 어떻게든 해 볼 테니 안심하시라는 뜻입니다."

"……."

멋대로 번역당한 아렌트의 얼굴이 떨떠름해졌다. 하지만 그것도 잠시, 아렌트가 다시 화제를 원래대로 돌렸다.

"우선 당장 해야 할 건 세 가지네요. 루미엘 대신관님 및 인질로 잡힌 신관들의 안전을 확보하고, 대신전을 탈환한 뒤 성녀를 생포하는 거."

"하나하나 난이도가 이렇게까지 높을 수가 있나, 싶은데……."

르웰린이 침음을 흘리자 아렌트가 쯧 혀를 찼다.

"내 인생이 언제 쉽게 풀린 적이 있었나. 하여튼 인기가 많아도 탈이라니까. 내 목을 갖고 싶어 하는 새끼들이 왜 이렇게 많아?"

"왜 많은지 스스로 잘 돌이켜서 생각해 보는 편이 좋을 텐데."

물러서 있던 자카르가 한 마디를 던졌다. 그러거나 말거나 아렌트는 그냥 어깨를 한 번 으쓱일 뿐이었다.

"다 제가 잘나서 그런 거죠."

"……."

차마 뭐라 대꾸할 말이 없어, 자카르는 그냥 외면해 버리는 쪽을 택했다. 대신 라이오스를 향해 물었다.

"그렇다면 적들이 제시한 조건에 대해서는 어떻게 생각하십니까?"

"고려해 볼 것도 없습니다. 우리가 적들의 조건에 응할 일은 결코 없을 것입니다."

라이오스가 단호하게 말했다.

하지만 그때.

"왜요?"

시큰둥한 목소리가 단박에 돌아왔다.

"한 번쯤은 생각해 볼 가치가 있지 않아요? 저쪽이 기껏 머리를 굴려 왔는데."

어처구니없는 말대꾸의 주인공은 당연하게도 아렌트였다.

라이오스는 제 이마를 탁 소리 나게 짚을 수밖에 없었다.

"아렌트, 제발, 제발! 너는 도대체가……. 지금 놈들이 노리는 게 누구인지는 알고 말하는 건가?"

"당연히 알죠. 방금 말했잖습니까, 내가 워낙 잘난 탓이라고."

주머니에 손을 푹 찔러 넣은 아렌트가 뚱하니 대꾸했다.

"저쪽이 패를 내밀었으니, 이쪽도 적당히 응대해 주는 것도 나쁘지 않을 것 같습니다만."

"너는 진짜……."

리히트가 아연하게 중얼거렸다. 본인의 목숨을 판 위에 걸어놓고 보일 만한 언사가 아니었다. 관자놀이를 꾹꾹 누르던 라이오스가 다시 입을 열었다.

"내가 누차 말한다만, 너는 패도 아니고 도구도 아니다. 네가 사람이라는 걸 잊어버리지 마라, 제발."

"누가 아니랬습니까? 그리고 뭐, 제가 언제 죽으러 간댔어요? 협상을 해 보자는 거죠."

견습 기사의 미간이 짜증스럽게 구겨졌다.

"놈들이 거래라고 말했잖아요. 서로 원하는 걸 취하는 게 거래라는 겁니다. 일방적으로 빼앗기는 게 아니라요. 하긴, 둔해 빠진 단장님이 이런 걸 알 턱이나 있나."

"……."

어처구니가 없어진 라이오스가 입을 쩍 벌렸다.

"우리도 요구 사항을 좀 더 자세히 내밀 수 있는 입장이라는 거예요. 아까 자카르 교관님이 말했듯, 지금 당장 우린 얻을 게 없잖아요."

그러거나 말거나 아렌트는 그저 제 할 말을 이어 갈 뿐이었다.

"아직 우리한테는 이틀이라는 시간이 있어요. 저쪽이 원하는 걸 밝혀 왔으니, 그 시간을 최대한 이용해서 협상이라는 걸 해 보자고요."

즉, 자신과 신관들의 목숨을 매대 위에 올려놓고 흥정을 해 보자는 말이었다. 그 어마어마한 발상에 사람들은 할 말을 잃어버리고 말았다.

하지만 아렌트는 여전히 당당했다.

"일단 방금 오고 간 대화부터 간략하게 정리해서 그쪽에 전달하죠. 우리는 얻을 게 없으니, 거래에 응할 이유가 없다고. 내 목을 가지고 싶다면 좀 더 실질적인 걸 건네 보라고 해요. 저를 넘기는 즉시 대신관님을 풀어준다는 맹세를 하던가."

"……."

"뭐, 꼬우십니까? 어차피 지금 당장 할 수 있는 게 없다면서요. 우리가 저쪽에 쳐들어가 봤자, 구울이 된 루체교 신관들이 반겨 줄 뿐일 걸요."

자신을 향해 모인 아연한 시선들을 향해 아렌트가 뻔뻔하게 말했다.

"일단은 거래다운 거래를 해 보자고요. 내 목을 건네줄지 말지는 나중에 정하고. 더 좋은 의견 있으면 어디 한번 말해 보시죠. 들어는 드릴 테니까."

5장. 정당한 거래도 나쁘지 않죠.

정당한 거래도 나쁘지 않죠.

다음 날 동틀 무렵.

퍽!

"뭐야?"

대신전을 지키던 체르니온 교 신관들 앞에 서신을 묶은 화살이 하나 날아들었다.

무심코 그것을 펼쳐 읽은 신관들은 이내 기가 막혀 입을 쩍 벌리고 말았다.

사이비 놈들은 거래 상대에 적합하지 않다. 그쪽의 신용도가 바닥이니 제안에 응할 이유가 없다.

거래하고 싶다면 신뢰할 만한 증거를 내어놓도록. 전원이 무사하다는 걸 증명해라. 단, 누구 한 명이라도 상해를 입은 게 확인될 시 대신전을 향해 전 병력을 동원한 공격을 감행하겠다.

"……이 자는 진정 제정신인가?"

온갖 도발적인 문구가 가득한 서신 말미에는 적들의 수장인 라이오스도 아닌, 일개 견습 기사에 불과한 자의 서명이 보란 듯이 새겨져 있었다.

서신은 곧장 성녀에게 전달되었다.

"고분고분하지 않을 거라곤 예상했지만, 설마 이런 식으로 나올 줄은……."

신관에게 내용을 전해 들은 이리스 역시 어처구니없는 웃음을 터뜨리고 말았다.

"대신관께서는 어떻게 생각하십니까?"

상석에 앉은 이리스가 맞은편에 앉은 루미엘에게 물었다.

"이 자가 감히 루미엘 대신관님을 도박판에 올려놓고 싶은 눈치입니다. 이런 식이라면, 대신관님의 손가락이라도 하나 잘라 보내는 것도 나쁘지 않을 것 같습니다만."

이리스가 희고 가느다란 손으로 자신의 턱을 쓸어내렸다.

"그러기에는 마지막 대목이 걸리는군요."

"제 의견을 물으시는 것입니까?"

루미엘이 차분하게 대답했다.

"저 역시 대부분 성녀님과 같은 생각입니다. 대신전은 거의 포위된 것과 마찬가지인 상황일 테니까요. 그리고 총공격을 견디기에는, 상황이 그리 여의찮은 것으로 압니다."

"옳으신 말씀입니다."

이리스 역시 선뜻 고개를 끄덕였다. 그녀의 입가에 재미있다는 미소가 번졌다.

"그렇다면 루미엘 대신관님, 도움을 청하는 서신이라도 쓰시겠습니까? 그 정도라면 저들도 대신관님이 아직 무사하며, 우리가 거래 대상으로 적합하다 믿어 주겠지요."

"솔직히 별로 내키지 않습니다만, 성녀님께서 원하신다면 해야지요. 일단은 인질로 붙잡힌 몸이니. 그리고 아마 아렌트 경도 그것을 원할 테니 말입니다."

"제 생각도 그렇습니다."

이리스가 소파에 천천히 등을 기댔다. 끝을 모르고 쏟아지는 긴 머리칼이 그녀의 움직임을 따라 흘러내렸다.

"일단은 시간을 벌어 보겠다는 생각으로 보입니다만……. 어떨까요."

"성녀께서는 어차피 우리를 살려 둘 생각이 없지 않으십니까? 아렌트 경의 말대로 애초에 성립될 수 없는 거래입니다."

자신의 죽음을 입에 올리면서도 루미엘은 한없이 차분하기만 했다.

정당한 거래도 나쁘지 않죠. 〈201〉

"황실의 연합군도 그 사실을 모르지는 않으리라 생각합니다. 그렇다면 아렌트 경의 요구도 정당하지요. 성녀께서 굳이 이런 방법을 선택하신 데에도 어떠한 까닭이 있으실 테고."

잠시 뜸을 들이던 루미엘이 의미심장하게 덧붙였다.

"……그대의 뜻이야, 무지한 이 늙은이가 알 리는 없지만요."

"저는 그리 생각하지 않습니다, 대신관님. 당신은 누구보다도 지혜롭고, 심계가 깊은 자입니다. 그러니 당신을 상대로 제가 방심할 일은 없을 것입니다."

이리스가 아무렇지도 않게 대답했다.

"종이 한 장을 드리겠습니다. 아렌트 경께 서신을 써 주세요. 물론 내용은 제가 직접 확인할 터이니, 허튼 일은 하지 않으시는 편이 좋을 겁니다."

* * *

"……네 말도 일리가 있군."

아렌트의 이야기를 가만히 듣던 라이오스가 고개를 끄덕였다.

"마침 같은 생각을 하던 차였다. 어째서 저런 방식을 취했는가."

"적은 전력으로 최대한 효과를 발휘할 수 있는 방법이

니까요."

 일부러 요란하게 굴며 기선을 제압하고, 인질을 잡아 이쪽을 압박하고 있었다. 그리고 분명 피난길에 오른 민간인들에게도 이 소식이 전해졌을 테고.

 덕분에 사람들이 가진 체르니온 교에 대한 공포심이 극에 달했을 터였다.

 제 편이 없던, 그리고 없다고 생각했던 아렌트가 자주 취하던 전법이었다.

 그래서 더욱 잘 알 수 있었다.

"그렇잖아도 또다시 보고가 들어왔다. 피난민 일행 중 실종자가 다수 발생하고 있다고. 적 교단에 합류한 정황이 보여."

"그렇겠죠. 다른 곳도 아니고 대신전이 점령당했다고 하니까."

 자세한 사정을 모르는 민중에게는 그만한 공포도 없을 터였다. 체르니온 신을 닮은 호문쿨루스가 출몰한데 이어, 결국 대신전조차도 루체 신의 보호를 받지 못했다는 것처럼 비쳤을 테니.

"피난민을 담당하시는 분들과도 협의했다. 이동 중 발생한 실종자에 대해서는 수색이나 구출 작전을 펼치지 않기로."

 사실상 생존해 있을 확률이 적다 판단해 내린 결단이었다.

"대부분 구울의 재료가 되어 죽었겠죠. 스스로 자초한 개죽음이니 딱히 안타깝지는 않습니다만……."

아렌트가 삐딱하게 말했다.

"덕분에 적의 머릿수를 늘리고 있으니. 그 점은 굉장히 유감인데요."

"그래서 피난민을 담당하는 이들에게 전했다. 실종자들이 자꾸 늘면, 사후 너랑 일 대 일로 긴 면담을 해야 할 거라고."

"……."

"주의하겠다 말하더군."

진지하기 짝이 없는 한 마디에 아렌트가 잠시 먼 산을 보았다.

'이걸 연기를 잘했다고 뿌듯해해야 하나.'

아니면 단장이 단단히 고장 났다는 점에 유감스러워해야 하는지 감도 잡히지 않았다. 잠깐 침묵하던 아렌트는 그냥 화제를 돌려 버렸다.

"슈타들러 백작님이 최대한 빠르게 이쪽으로 오신답니다. 아마 늦은 밤이나 내일 아침에는 도착하시겠죠."

"스텔과 워렌에게서는 여전히 소식이 없나?"

"그렇잖아도 말씀드리려고 했습니다만, 영 나쁜 소식이에요."

주머니에 손을 푹 찔러 넣은 아렌트가 뚱하게 말했다.

"잠깐 냄새를 맡은 뒤로 한동안 별다른 소득이 없었는

데요. 바로 몇 시간 전에 이변이 생겼어요."

"이변?"

라이오스의 물음에 아렌트가 간단히 고개를 까닥였다.

"그 지역 산짐승의 움직임이 이상하다고 하더라고요. 평소보다 예민하게 굴고, 몇몇 무리는 아예 이탈해서 서식지를 옮기기도 했답니다."

짐승들이 드래곤의 기척을 알아차리기 시작한 것이다.

"그리고 스텔이랑 워렌도 니케포르의 기척이 느껴지기 시작했대요. 놈이 근처에 있는 건 확실한 듯합니다. 구울들의 모체 위치는 아직 파악하지 못했지만."

라이오스의 눈이 서늘하게 가라앉았다.

"슬슬 놈이 눈을 뜰 때가 된 건가."

"아마도 그렇겠죠."

그에 반해 렉시온은 아직 잠잠했다. 아렌트가 살짝 눈살을 찌푸렸다.

"스텔의 말로는, 아주 짧은 수면기와 비슷한 상태일 거랍니다. 생명 활동을 최소한으로 해서 회복에만 집중하는 거죠. 니케포르도 아직 완전히 깨어난 것은 아닐 테니, 두 사람이 근처에 있단 건 알아차리지 못했을 겁니다."

"그건 다행이군."

"혹여 놈이 깨어난다면 스텔이 워렌을 데리고 텔레포트로 도망치기로 했습니다. 그러니 그 녀석들 안전은 걱정 안 해도 괜찮을 것 같은데…….."

아렌트가 말끝을 흐리던 그때.

밖에서 이쪽을 향해 달려오는 급한 발소리가 들려왔다. 두 사람이 동시에 고개를 들었다.

잠시 후.

쾅쾅쾅! 문밖에서 누군가가 다소 거칠게 노크를 해왔다. 뒤이어 아서의 목소리가 들려왔다.

"단장님! 적들에게서 답신이 왔습니다!"

* * *

서신은 보낼 때와 마찬가지로 화살에 묶여 돌아왔다. 급하게 소집된 회의 자리에서 라이오스가 서신을 개봉했다.

두 장의 서신 중 한 장에는 익숙한 글씨로 간결한 문구가 새겨져 있었다.

투항 이후부터 지금까지 내부 인원에 피해가 발생하지 않았음을, 루체 님의 이름으로 공증합니다.

그 아래의 서명은 이것을 직접 쓴 사람이 루미엘임을 증명하고 있었다.

"……이걸 이렇게 되돌려준다고?"

르웰린이 아연하게 중얼댔다. 다른 이들 역시 그와 비슷한 심정이었다.

딱 한 명만 빼고.

"아무래도 재미없는 촌극을 더 해 보고 싶은 모양이죠."

아렌트가 태연하게 말했다. 슬쩍 고개를 돌려 그를 본 아서가 멈칫했다.

"돌겠네, 진짜."

그의 입에서 짧은 탄식이 터져 나왔다. 망할 후배 놈이 입가에 미소를 드리운 걸 발견해 버린 탓이었다.

"루미엘 대신관님의 공증이라면 믿을 만하죠. 같이 온 서신에는 뭐라고 되어 있는데요?"

"하아……."

태연하기 짝이 없는 말에 라이오스가 한숨을 푹 내쉬었다. 뭐라 하고 싶은 말은 많았지만, 여기에서 더 잔소리 해 봤자 정신건강에만 해로울 것 같았다.

터져 나오려는 온갖 말을 억누른 라이오스는 다음 서신을 열었다.

"……."

꿈틀.

내용을 확인한 라이오스의 눈썹이 구겨졌다. 다이아나가 의아하게 물었다.

"뭐 문제라도 있나?"

"……아닙니다. 문제라고 할 것은 없습니다."

고개를 든 라이오스가 서신을 모두가 볼 수 있도록 펼쳐 주었다.

서신에는 이번에도 간결하기 짝이 없는 문장이 담겨 있었다.

목숨에 경중을 따진다면 그 값은 얼마인가요?
충분히 호의를 보였다 생각합니다. 거절하겠다면 정확히 재어 보는 것도 나쁘지 않을 일입니다.

의미심장한 문구를 읽은 이들의 표정이 정확히 반반으로 나뉘었다. 라이오스처럼 불쾌감을 드러내는 사람도 있었고, 미처 무슨 뜻인지 이해할 수 없어 어리둥절한 낯으로 고개를 기울이는 자도 있었다.
심상찮은 분위기를 읽어낸 세일럼이 옆에 있는 르웰린에게 물었다.
"저게 무슨 뜻이에요?"
"그러니까……."
르웰린이 살며시 미간을 구겼다.
"제안에 응하지 않겠다면, 흥정에 들어갔다는 뜻입니다. 아렌트 한 명의 목숨이 신관 몇 명의 가치를 지니는지."
"네?"
"내 탓을 하고 싶은 거지."
여전히 세일럼이 이해하지 못한 눈치이자, 아렌트가 무심하게 덧붙여 주었다.

"굳이 이것저것 따지지 않고 나선다면 대신관님과 신관들을 모두 풀어 주었을지도 모른다……. 하지만 이렇게 됐으니, 이제 본격적으로 저울질을 해 보자는 말이야. 고작 내 목숨에 대신전의 인원 전원과 맞바꿀 만한 가치가 있는지 비꼬는 거라고."

"……."

"쉽게 말해, 지금부터 누군가가 죽는다면 전부 다 내 책임이라고 빈정대는 거야."

뒤늦게 세일럼의 얼굴이 딱딱하게 굳어졌다. 그러나 아렌트는 태연하게 뒷목을 몇 번 주무를 뿐이었다.

"이것 참……."

모두는 잔뜩 긴장한 채 견습 기사의 눈치를 살폈다. 잠깐 뜸을 들이던 아렌트가 비릿한 미소를 지었다.

"재미있게 됐네."

황금색 눈동자가 무시무시한 냉기를 뿜기 시작했다. 흘러내리는 머리칼을 한 번 쓸어올린 아렌트가 차갑게 말했다.

"답신은 당연히 제가 써도 괜찮겠죠? 아무래도 저한테 온 서신 같은데."

잠깐 침묵하던 라이오스가 지시했다.

"종이를 가져와라."

"예!"

대기하던 치안대원이 후다닥 뛰어나갔다.

곧이어 펜과 종이를 내어 왔다. 아렌트는 별 고민도 없이 간략하기 짝이 없는 답신을 작성했다.

같은 무게라도 금화와 길바닥에 굴러다니는 자갈이 같은 가치일 리 없다.
가진 걸 전부 긁어모아도 저울은 이쪽으로 기우는 게 당연하니, 자갈 하나라도 빠뜨리면 의미 없다는 것을 유념하도록.

경악하는 기사들에게 아렌트가 담백히 말했다.
"자고로 애매할 때는 선빵이 최고입니다. 어디 한번 뒷목 좀 잡아 보라고 하죠."
"……."
차마 무슨 말을 해야 할지 알 수가 없었다.
"진짜 이 또라이 새끼."
단지 가까스로 정신을 붙잡은 아서가 짧게 욕설을 읊조렸다. 무려 대신관까지 포함된 인질을 자갈 따위에 비유하는 미친놈이 세상 아래에 또 있을까. 심각하기 짝이 없는 상황이었지만 자꾸만 아렌트의 기행 때문에 정신이 아찔해지려고 했다.
"르웰린, 아까 했던 것처럼 화살에 묶어서 보내 줘."
간단하게 말한 아렌트가 세일럼을 보았다.
"그리고, 세일럼."

"네, 네?"

멍하니 있던 세일럼이 화들짝 놀라 대답했다. 아렌트는 무표정한 얼굴로 고개를 삐딱하게 까닥였다.

"너희 새대가리 좀 빌리자."

* * *

"이것 참……."

서신의 내용을 가만히 듣던 성녀가 입을 열었다. 그녀는 마치 어떤 표정을 지어야 할지 고민하는 것처럼 한참 동안이나 뜸을 들였다. 덕분에 앞에 선 체르니온 교 신관은 등에 식은땀이 흐를 정도로 긴장할 수밖에 없었다.

잠시 후.

이리스의 입가에 가벼운 미소가 걸렸다.

"몇 번을 봐도 질리지 않는 당돌함이라고 해야 하나. 재미있는걸."

의외로 꽤 즐겁다는 목소리가 흘러나왔다. 덕분에 신관은 약간이나마 어깨에 힘을 풀 수 있었다.

"어떻게 생각하십니까, 루미엘 대신관님? 그대를 포함한 루체교 신관 전원을 길에 굴러다니는 자갈이라 표현하고 있습니다만."

"……작금의 상황에 빗대어 보면 썩 틀린 비유도 아닌 듯합니다."

잠깐 침묵하던 루미엘이 쓴웃음을 지었다.

"우리는 짐 덩어리에 불과하고, 아렌트 경은 전장에서 활약하시는 훌륭한 분이니까요."

"대신관님께서 그리 말씀하신다면야, 그렇겠지요."

이리스가 키득키득 웃으며 자신의 신관을 향해 손짓했다.

"종이를 가져오렴."

"……외람된 말씀이오나, 성녀님."

눈치를 살피던 신관이 조심스럽게 물었다.

"이런 식으로 길게 끄는 것이 어떤 의미가 있는지, 미욱한 저로서는 도저히 이해할 수가 없습니다."

"어리숙하긴. 그냥 너는 시키는 일이나 잘하면 되는 것을."

이리스가 웃음기를 거두지 않고 장난스럽게 말했다.

"송구합니다."

"하지만 알려 주지 않을 것도 없지. 다른 뜻은 없어. 이런 방법이라도 쓰지 않는다면 아렌트 경을 제거할 만한 기회는 영영 오지 않을지도 모른단다."

이리스가 소파에 편안하게 기대며 말을 이었다.

"이렇게 하지 않았다면 이 정도로 대화를 나누지도 못했겠지. 아주 고매하신 견습 기사니까."

"하지만……."

"빈센트도, 블레이크도, 거기에 진과 로저까지. 모두

그를 제거하려다 목숨을 잃었지 않니."

신관이 뭐라 반박하려는 순간, 이리스가 부드럽게 말허리를 잘랐다.

"심지어 니케포르 님마저도 실패했으니. 결코 그를 얕보지 마. 멋모르고 날뛰던 아이를 이제야 테이블에 앉혀 두게 됐잖니."

이리스의 초점 없는 은빛 시선이 루미엘이 있을 곳을 향해 닿았다.

"신성제국의 대신관님을 자갈이라 칭하는 것도 어찌 보면 당연한 일이지. 오만하긴 하나, 주제넘은 짓은 아니야."

"……제가 어리석었습니다."

"아니야. 의문이야 얼마든지 가질 수 있지. 이해했다면 얼른 심부름이나 다녀오련?"

"예!"

부드러운 목소리에 신관이 급하게 고개를 푹 숙였다.

"자갈이라 칭하면서도 굳이 저울질을 하겠다는 것을 보아하니……."

그가 자리를 비우자, 이리스는 다시 루미엘에게 말했다.

"역시나 아렌트 경은 대신관님을 무시할 수 없는 모양이지요. 그의 신임을 얻다니, 대단하십니다."

"성녀께서 한 가지 모르시는 점이 있으십니다. 아렌트

경은 생각보다 곁을 잘 내어 주는 편입니다."

루미엘이 차분한 어조로 대답했다.

"단지 조금이라도 가까워지려는 순간, 다시 멀리 도망가 버리는 나쁜 습관이 있고, 언제나 거칠게 말씀하시지만, 결국 그는 타인의 가치를 폄훼할 줄 모르는 분이랍니다."

"과연. 대신관님께서 말씀하신 부분이 아렌트 경의 본질이겠지요. 오랜 세월을 살아왔지만, 아렌트 경만큼 이면성을 가진 자는 보지 못했답니다."

느긋하게 턱을 괸 이리스가 작게 웃음을 터뜨렸다.

"대신관님. 저는 신관 전원과 루미엘 대신관님과 아렌트 경을 교환하자 제안할 생각입니다."

"그러시군요."

마치 타인의 이야기를 듣는 것처럼, 루미엘이 고개를 끄덕였다.

"그러나 모두 다 살려서 보내실 생각은 추호도 없으시겠지요."

"그렇답니다. 루미엘 대신관님을 미끼로 아렌트 경을 끌어내……. 대신관님과 아렌트 경, 그리고 빛의 신관들을 몰살할 생각입니다."

이리스가 천천히 말을 이었다.

"물론 이 점은 아렌트 경도 잘 알겠지요. 하지만 그럼에도 루미엘 대신관님을 구하려 기꺼이 위험에 몸을 맡기겠지요. 얌전히 목을 내어 줄 이가 아니니, 저 역시 최선을 다할 생각입니다."

은빛 눈동자가 반달처럼 가느다랗게 휘며 부드러운 미소를 자아냈다.

"루미엘 대신관님의 생존 여하에 따라, 칼리온 제국의 명운이 걸려 있는 것이라 말해도 과언이 아니겠지요. 대신관님과 루체 교의 신관님들은 그럴 만한 가치가 있습니다, 분명."

잠시 뜸을 들이던 이리스가 제안했다.

"……이대로 저와 함께하시는 것은 어떠십니까? 대신관님이라면 분명 저의 좋은 벗이 되어 주실 듯합니다만."

"거절하겠습니다. 저는 여전히 뜻을 굽히지 않았습니다."

루미엘이 부드러운 미소를 지으며 고개를 내저었다.

"성녀께서는 원하시는 바를 이루지 못하실 겁니다. 이 늙은 목숨이 어찌 되든지요."

"그리 생각하시는군요. 유감입니다."

크게 기대하지 않았던 듯, 이리스가 선뜻 고개를 끄덕였다.

"그러나 아렌트 경은 대신관님께서 끝까지 생존하길 원할 테지요. 그것이 아렌트 경의 패인이 되리라 확신합니다."

"무슨 일이 생기더라도 아렌트 경은 무너지지 않을 것

입니다. 그는 강한 사람이니까요."

대신관의 어조에는 강한 확신이 들어 있었다.

"이런 작은 부분에서조차 저희는 뜻이 맞지 않는군요. 좋은 친구가 될 수 있을 거라 생각했습니다만, 제 착각이었던 듯합니다."

이리스가 가벼운 웃음을 터뜨렸다.

"그렇다면 대신관님, 시간도 다소 남았겠다……. 재미있는 이야기를 해 드릴까요?"

다소 뜬금없는 화제였다. 루미엘이 의문을 담아 그녀를 바라보았다. 시선을 느낀 듯, 이리스가 눈동자를 드러내고 그녀를 마주 보았다.

"아렌트 경에 관한 이야기입니다만. 어쩌면 대신관님께 마지막으로 드릴 수 있는 선물이자……. 허망하게 잃은 제 수하들의 원한을 조금이라도 갚는 일이 될지도 모르지요."

"……."

좋지 않은 예감에 루미엘의 낯빛이 설핏 굳었다. 은빛 눈동자가 다시 눈꺼풀 아래로 모습을 감췄다.

"그리고 아렌트 경이 이 세계의 신을 그토록 증오하는 진정한 이유를, 대신관님께서도 이해하실 테지요."

"……성녀께서는 그것을 어찌 아십니까?"

루미엘이 다소 날카롭게 묻자 이리스가 답을 내어 주었다.

"신께서 알려 주셨지요."

순간 루미엘은 말문이 막히고 말았다. 이리스는 작게 웃으며 덧붙였다.

"저는 그와 대립할지언정, 아렌트 경의 증오심을 부정하지는 않습니다. 어떠신가요? 루체 님의 가장 가까운 종으로서, 세계의 이면을 잠깐 엿보시겠어요?"

* * *

슈타들러 백작이 인상을 찌푸렸다.

"확실히 말씀하신 대로 구울의 일부가 맞습니다. 구울의 모체 호문쿨루스와 비슷한 구조인 듯합니다만……. 완전한 것은 아니고, 쉽게 말해서 구울의 씨앗 정도로 보시면 됩니다."

그의 말이 이어질수록 벤노 신관의 얼굴이 창백해졌다. 뒤에서 팔짱을 끼고 지켜보던 아렌트가 짧게 물었다.

"제거할 수 있어요?"

"지금 상태로는 불가능합니다. 손을 대려는 순간 바로 분화를 시작할 테니까요."

슈타들러 백작이 벤노의 상체에서 눈을 떼고 자세를 바로 했다. 후다닥 상의를 감싸 꿈틀대는 구울을 감춘 벤노가 울먹였다.

"그, 그렇다면 방법이 없는 겁니까?"

"방금 말씀드렸다시피, 함부로 손을 댔다간 신관님께서도 변이에 휘말리실 겁니다."

슈타들러 백작이 단호하게 말했다.

"방법이 아예 없는 것은 아닙니다만, 벤노 신관님께 이변이 생긴다면 분명 성녀 역시 알아차릴 테니……."

벤노가 자유로워진 것을 알면, 적도 가만히 있지는 않을 터였다. 그렇다면 아직 대신전 안에 있는 인원들의 목숨이 위험했다.

거기까지 생각이 미친 벤노의 낯빛이 해쓱해졌다.

하지만 아렌트는 다른 곳에 집중했다.

"방법이 없진 않다고요?"

"예. 말씀드린대로 구울의 일종입니다만, 이것들도 지클린이 살아생전에 제작하던 것만큼 완벽하지는 않습니다."

"그렇다는 건, 이것도 핵이 필요한 종류의 구울이라는 말씀이시죠?"

아렌트의 물음에 슈타들러 백작이 고개를 끄덕여 주었다.

"예, 그렇습니다. 일시적으로 마력을 차단한 뒤 구울을 제거한다면 별 탈 없이 몸에서 분리해 낼 수 있을 겁니다. 가장 이상적인 방법은 신관님들을 한데 모은 뒤, 그 공간 전체의 마력을 차단하고 구울을 제거하는 겁니다만……."

백작의 눈썹이 찌푸려졌다.

"적들이 그렇게 하도록 둘 것 같지 않다는 것이 문제입니다."

"그렇겠죠. 신관들을 무사히 구해 내도 문제입니다. 그분들이 우리 손안에 들어오는 순간, 구울로 변이시켜 버리는 방법도 있으니까요."

아렌트가 팔짱을 끼며 그리 말하자 벤노의 얼굴이 더더욱 창백해졌다.

"그, 그렇다면……. 인질 구출도 의미가 없다는 말씀……."

"당신, 한 번만 더 징징대면 그냥 구울 밥에 던져 버릴 겁니다. 그냥 입 다물고 있어요"

"……."

순식간에 잠잠해진 벤노에게 슈타들러 백작이 동정 어린 시선을 보냈다.

하지만 그것도 잠시, 백작은 다시 아렌트를 향해 걱정스럽게 물었다.

"상황은 전해 들었습니다만. 혹시 뾰족한 방법이라도 있으십니까?"

"글쎄요."

평소처럼 시큰둥한 대답이 돌아왔다.

"고민 중입니다만, 어쩔까요. 아무래도 쉽게 풀리지는 않을 것 같아서요."

"……."

뭐라 더 말하려던 슈타들러 백작이 입을 다물었다. 아렌트의 방식은 백작 역시 잘 알았다.

매번 모든 것을 사수하려는 완벽주의자. 하지만 적어도 이번만큼은 그가 원하는 것을 모두 취할 수 있을 것인지, 백작도 확신할 수가 없었다.

한참 동안 고민하던 백작이 어렵사리 말했다.

"어쩌면 말입니다. 모두를 구하는 것은 어려울지도 모릅니다."

"알아요. 어린애 장난도 아니고. 애초에 저쪽은 나도, 신관님들도 살려 둘 생각이 전혀 없을 테니까."

아렌트가 무덤덤하게 대꾸했다.

"어려운 일이니까 고민하는 거죠. 쉽게 풀릴 일이라면 이 개고생도 안 하지 않겠어요?"

지극히 그다운 발언이었다. 한동안 더 침묵하던 백작이 무거운 얼굴로 고개를 끄덕였다.

"그러시겠지요. 저는 아렌트 경만 믿겠습니다. 그렇다면 일단 결계 준비를 시작할까요?"

"네. 셰키나 님께서도 곧 오실 테니 함께 움직이세요."

가볍게 말한 아렌트가 몸을 빙글 돌렸다. 벤노와 백작만을 남겨 두고 방에서 빠져나가려는 거였다.

"저도 슬슬 바빠질 것 같거든요. 아무래도 곧 저쪽에서 답을 보내올 것 같은지라. 게다가 세일럼도 맡긴 일을 마친 것 같고요."

"어떤 결정을 내리실지 모르겠습니다만, 아렌트 경."

그의 등을 향해 백작이 덧붙였다.

"부디 위험한 일은 삼가셨으면 좋겠습니다. 아직 부상도 완쾌하지 못하셨잖습니까."

"제가 알아서 합니다."

어깨를 으쓱인 아렌트가 그대로 휙 방에서 나가 버렸다.

쾅!

무심하게 닫혀 버린 문을 보며, 백작은 이마를 짚고 한숨을 푹 터뜨리고 말았다.

얼마 후. 아렌트의 예감은 얼마 지나지 않아 현실이 되었다.

이리스가 제시한 날이 되기까지 12시간 정도가 남았을 때, 적에게서 답신이 온 거였다.

화살에 묶여 날아든 전서에는 이렇게 쓰여 있었다.

3일째가 되는 새벽 해 뜰 녘.

같은 무게의 자갈과 금화 한 닢을 교환하자고.

* * *

"……."

"……."

회의실에 진득한 침묵이 흘렀다. 숨 막히는 압박에 르

웰린은 눈을 질끈 감아 버렸다. 그 원인은 물론 황태자 대신 총사령관 자리를 맡은 라이오스 드 윈프리드가 뿜어내는 조용한 분노였다.

 모두가 함부로 숨도 못 쉬는 상황에서, 딱 한 명만은 태연했다.

 다름 아닌 아렌트였다.

 "뭘 그렇게 화를 내요? 지금껏 하던 이야기에 대한 적절한 답이 돌아왔을 뿐인데."

 아서가 조용히 주먹을 쥐었다. 그리고는 시큰둥하게 말하는 후배에게 기습을 가하려 했다.

 휘익!

 하지만 아렌트는 익히 예상했다는 듯 고개를 확 숙여 피해 버렸다.

 "내가 뭐 틀린 말 했어요?"

 "눈치 챙길 생각 없으면 닥치고나 있던가, 이 망할 자식아."

 "싫은데요."

 "……."

 아서가 조용히 아렌트의 멱살을 잡고 짤짤 흔들기 시작했다. 아니, 아, 잠깐만, 하며 아렌트가 반항했지만 아서는 가차 없었다.

 "저쪽은 협상할 의지가 애초부터 없었던 모양이다만."

 회의실 한쪽에서 벌어진 작은 소동을 익숙하게 무시하

며, 다이아나가 입을 열었다.

"아렌트 경, 어떻게 생각하지?"

"어떻게 생각하고 자시고, 인질들이랑 저를 맞바꾸자는 거잖아요."

아서를 어렵사리 떼어 낸 아렌트가 대꾸했다.

"딱히 이상할 조건은 아닌데요. 협상도 나름대로 잘되었잖습니까. 저를 그냥 넘기라는 말에서, 정해진 자리에서 인질을 교환하자는 말까지 나왔으니."

"……이걸 잘됐다고 할 수 있습니까?"

결국 참다못한 세일럼이 끼어들었다.

"정령들로 적진을 한번 훑어보라고 하셔서 뭔가 다른 생각이 있으신 줄 알았는데, 결국 이런 거냐고요!"

"넘겨받을 물건에 하자가 없다는 것 정도야 미리 확인해야지."

그는 세일럼을 시켜 대신전을 염탐하게 했다.

이리스 때문에 내부에 깊이 침투하지는 못했지만, 신관들의 대략적인 위치와 생존 여부 정도는 충분히 확인할 수 있었다.

"대신관님을 포함해서 전원 생존해 있더라고요. 이 정도면 꽤 괜찮은데. 가끔씩은 정당한 거래도 나쁘지 않죠."

"하아……."

라이오스가 한숨을 푹 내쉬었다. 몇 차례 관자놀이를

꾹꾹 누르던 단장이 입을 열었다.

"애초에 그쪽은 누구도 내어 줄 생각이 없겠지. 그걸 정당한 거래라고 할 수 있나?"

"그건 저도 마찬가지예요. 단장님도 그러실 거 아닙니까."

아렌트가 어깨를 으쓱했다.

"적어도 그 점에서는 단장님도, 성녀 놈도, 저도 의견이 맞죠. 그렇다면 제법 정당한 거래 아니에요? 어차피 등 뒤에 칼을 숨긴 건 피차 마찬가지고."

"하지만, 너무 위험……."

라이오스가 뭐라 반박하려던 순간, 아렌트가 가벼운 어조로 덧붙였다.

"저 죽게 내버려두진 않으실 거잖아요."

"……."

"……뭐야, 아니에요?"

아무런 대답도 돌아오지 않자 아렌트가 황당하게 되물었다. 자카르가 가볍게 피식 웃음을 터뜨렸고, 다이아나는 어이가 없다는 듯 고개를 절레절레 내저었다.

다시금 관자놀이를 꾹꾹 누르던 라이오스가 말했다.

"물론 그럴 거지만, 그 말이 네 입에서 나왔다는 게 새삼스러워서 그런다."

"뭐야. 사람을 도대체 어떻게 본 거예요?"

짧게 투덜거린 아렌트가 화제를 돌려 버렸다.

"어쨌든, 이게 사람들을 구할 수 있는 마지막 기회일 겁니다. 동시에 잘만 하면 적들의 수장까지 처부술 수 있어요. 물론 약간이라도 실수하면 적의 수장이고 뭐고, 이쪽이 개박살 나겠지만요."

"그렇겠지."

자카르가 다시 표정을 진지하게 바꿔 말했다.

"그렇다는 건 아렌트 경, 자네는 스스로를 미끼로 해서 신관님들을 구해내겠다는 말이군. 그 후 대신전 내부의 적들을 일망타진하고."

"다소 과욕 같다만."

다이아나가 회의적으로 반응하자 아렌트가 고개를 내저었다.

"아뇨. 아까 말했다시피 마지막 기회예요. 게다가 적은 지금 허세를 부리고 있습니다. 지금 기회를 놓치고, 만일 니케포르가 다시 전장에 합류하게 된다면 이후 싸움은 더욱 힘들어질 거예요."

아렌트가 언제나 그랬듯 무심하게 말을 이었다.

"산발적인 공격에 체르니온 신을 닮은 호문쿨루스, 그리고 대신전을 점거해 벌이는 인질극……. 전부 다 빈약해진 전력을 숨기려는 거예요. 지금 당장 성녀가 자신의 위치를 대중에게 밝힌 것도 비슷한 맥락이죠."

가까이 모습을 드러내야지만 사람들이 더욱 공포를 느끼게 될 테니까.

"여튼, 요점은 이거에요. 놈들은 지금 텅 빈 껍데기나 다름없는 상태고, 그걸 감추기 위해서 광대짓이나 다름없는 촌극을 벌이는 거예요. 물론 지금도 무시할 수 있는 전력은 아니겠지만, 미래를 생각하면 지금 최대한 쳐부수는 게 맞아요."

"로저를 잃고, 니케포르가 움직이지 못하는 지금이 적기지."

라이오스가 고개를 천천히 끄덕였다.

"무엇보다 곧 니케포르가 깨어날지도 모르니. 가능하다면 이번 기회에 결판을 내야 해."

"……단장님. 그렇다면 이 작전을 허락하시는 겁니까? 아무리 그래도 너무 위험한 게 아닌가 싶습니다만."

셰키나가 시원치 않은 얼굴로 입을 열었다.

"괜찮습니다. 이게 가장 좋은 방법이라는 것도 맞는 말이고."

하지만 라이오스는 뜻을 철회하지 않았다.

"무엇보다, 아렌트가 한 말대로……. 제가 부하의 목숨을 위태롭게 할 일은 절대로 없게 할 테니 말입니다."

그렇게 말하면서도 아렌트를 향한 새파란 눈동자에는 채 거둬내지 못한 짜증과 분노가 고스란히 녹아 있었다. 다른 방법이 없으니 고집에는 꺾여 주겠지만, 여전히 마음에 들지 않는다는 기색이었다.

아렌트는 그를 삐딱하게 마주 보았다.

"당연히 그러셔야죠. 내가 이렇게까지 해 주는데, 설마 실패할 생각은 아니시죠?"

"자세한 작전은 있나?"

"놈들이 연극을 하고 싶어 하는 것 같으니까, 장단 좀 맞춰 보죠."

어깨를 으쓱인 아렌트가 좌중을 천천히 둘러보다 한 곳에서 시선을 멈췄다. 지금껏 침묵을 지키던 슈타들러 백작이 앉은 곳이었다.

"신관들을 구하기 위한 첫 번째 조건이 있습니다. 신관들을 한자리에 모을 것. 그렇게 말씀하셨죠."

"……그렇습니다."

슈타들러 백작이 움찔하며 고개를 끄덕였다. 주머니에 손을 푹 찔러 넣은 아렌트가 말을 이었다.

"마지막으로 도착한 서신에 답신을 보냈습니다. 전원이 나와 있는 걸 확인한 뒤에 인질을 교환하겠다고."

적어도 그 순간만큼은 신관들이 모두 한자리에 모여 있게 될 터였다.

"인질을 교환하는 순간, 적들은 저랑 인질들을 향해서 총공격을 퍼부을 게 분명합니다. 아니면 곧장 신관들을 변이시켜 버리던지. 바로 그 순간이 기회가 될 거예요."

"……잠깐만요, 아렌트 경. 설마……."

가만히 듣고 있던 슈타들러 백작의 표정이 묘해졌다.

"그 찰나의 순간에 구울을 전부 떼어 내라는 말씀은 아니시지요?"

"할 수 있어요?"

슈타들러 백작이 드물게도 어처구니없이 대꾸했다.

"할 수 있겠습니까?"

"그러니까 다른 방법을 생각해야죠."

어깨를 으쓱인 아렌트가 말을 이었다.

"백작님이 직접 말씀하셨잖습니까. 그걸 없앨 방법이 영 없지만은 않다고."

"……."

이쯤 되니 다들 아렌트가 무슨 말을 할지 슬슬 예상할 수 있었다. 누군가는 입을 달싹이기도 했고, 또 누구는 경악해 입을 쩍 벌리기도 했다.

"솔직히 이것도 그것만큼 미친 짓인 것 같긴 합니다만, 뭐 어때요. 조금이라도 실현 가능성이 있는 쪽에 걸어 보는 게 이득이잖아요?"

모두가 아연해져 할 말을 잃어버리고 말았다. 그런 반응을 익히 예상했다는 듯, 아렌트가 태평하게 말했다.

"아주 잠깐만 시간을 벌 수 있다면, 영 못 해 볼 일도 아니라고 생각합니다만. 어떻게 생각하세요?"

* * *

"……."

머릿속이 새하얘졌다. 차마 아무런 말도 할 수 없어, 루미엘은 덜덜 떨리는 손으로 제 입을 틀어막아 버렸다.

하지만 그럼에도 온몸의 떨림은 멎을 줄을 몰랐다.

"아니, 설마……. 그런 일이 가능할 리가……."

꾹꾹 억눌린 목소리가 갈라져서 흘러나왔다.

지금까지 이리스의 앞에서도 침착한 태도를 유지하던 것과 판이한 모습이었다.

이리스는 그녀를 향해 빙그레 미소 지었다.

"루체 님은 본인의 욕심을 위해 많은 것들을 희생시키셨지요. 오래된 약속을 깨고, 이 세상을 전부 집어삼키기 위해."

"……."

루미엘은 아무런 반응도 하지 않았다. 노쇠한 동공이 초점을 잃고 흔들렸다. 어떻게든 마음을 다잡으려 했지만, 그조차도 뜻대로 되지 않았다.

"루체 님은 정의가 아닙니다. 체르니온 님도 악이 아니지요. 루체 님은 그대의 믿음에 보답하실 뜻이 전혀 없습니다. 단지 이방인과의 내기에 정신이 팔려, 사람들이 얼마나 죽어 나가든 그저 구경만 하실 뿐이지요."

듣고 싶지 않았지만, 달콤한 독 같은 속삭임이 끊임없이 귓가를 파고들었다.

"신의 힘은 분명히 진실되나……. 사람들은 흔히 그분들의 뜻을 곡해하더군요. 정의며 선함, 악. 그런 것은 의미 없습니다."

 키득키득 웃음을 터뜨린 이리스가 은빛 눈동자를 드러냈다.

 "우리 미물을 향해 품으신 자비와 애정, 그리고 그분들의 야욕과 악의, 그리고 강인함만이 진실이자 법칙이지요."

 "……."

 "그리고 가련한 이방인은 자신이 잃은 모든 것에 대한 복수를 위해, 이 세상을 파멸로 이끌어 가려는 것이고."

 식은땀이 쏟아지다 못해 눈앞이 아찔해질 지경이었다. 그녀를 물끄러미 응시하던 이리스가 자리에서 몸을 일으켰다.

 "대신관님."

 문득 가까이에서 들려온 목소리에 루미엘이 흠칫 고개를 들었다. 흔들리는 시야에 성녀의 아름다운 모습이 가득 들어찼다.

 "이 모든 이면을 알고도, 대신관님께서는 루체 님을 정의라 믿으며 따르실 수 있으십니까?"

 "……."

 "아렌트 폰 에크하르트 경을 자처하는 그의 선의를 믿으실 수 있나요? 루체 님과 체르니온 님을 향한 그의 원한이, 결국 이 세계를 위협하는 방향으로 변질되지 않았다고. 정말로 그렇게 자신하실 수 있나요?"

한참 동안 침묵하던 루미엘이 가까스로 입술을 달싹였다.

"저는……."

하지만 그녀의 목소리는 채 문장이 되지 못하고 그대로 흩어져 버렸다.

대신 혼란이 가득한 눈동자에 서서히 물기가 맺히기 시작했다.

"다정한 성정을 지녔다고 한들, 그는 이미 망가질 대로 망가졌습니다. 대신관님께서 생각하신 것보다도 훨씬. 그런 아렌트 경이 정말로 이성적인 판단을 내릴 수 있을까요?"

"……저는."

"그는 분명 자신이 선의로 움직인다 여기겠지요. 모두를 위해서 신들로부터 등지고, 이 세계를 신에게서 해방시키겠다고. 그러나 신을 잃은 이 땅이 어떻게 될지, 대신관님은 아시지 않습니까. 그래서 아렌트 경을 아끼시면서도, 여전히 루체 교의 수장 자리에 계시는 것이고요."

루미엘이 뭐라 말하려 했지만, 이리스는 틈을 주지 않았다.

"아렌트 경의 복수극을, 모두가 선의라 믿고 있는 것은 아닐까요. 심지어는 루미엘 대신관님조차도요."

"……."

"제가 방금 들려드린 이야기가 거짓이 아님을, 루미엘 대신관님께서는 잘 아시겠지요. 저는 신께서 허락하지 않은 발언은 입에 올릴 수 없는 존재니까요."

"……."

"심지어는 가장 가까이 모시는 루체 님조차도 거짓된 정의를 자처하시는데……. 이방인의 손에 이 세계가 혼란에 빠지도록 용인해도, 대신관님은 진정 괜찮으십니까?"

"……."

참담한 심정을 감추듯, 루미엘은 천천히 눈을 감았다.

뚝. 뚝.

미처 억누르지 못한 뜨거운 눈물이 그녀의 새하얀 신관복을 적시기 시작했다.

'……루체 님.'

습관적으로 신을 찾던 루미엘은 마치 길을 잃은 어린애라도 된 듯, 자신의 옷소매를 꽉 쥐었다.

"아렌트 경……."

작게 달싹이는 입술이 애끓는 마음을 담아 청년의 이름을 입에 담았다.

* * *

여느 때보다도 긴 밤이었다.

반쪽짜리 영웅이 적을 맞이할 준비에 한창일 동안, 가

까스로 눈을 붙였던 견습 기사는 여지없이 찾아드는 악몽에 괴로워했다.

"헉……."

가까스로 가위에서 풀려나자, 눈앞에 이제 꽤 익숙해진 광경이 보였다.

전신을 감싼 물과 한 마리의 돌고래, 그리고 걱정스레 자신을 바라보는 네레이스.

"……."

아렌트는 한동안 넋을 놓고 숨을 몰아쉬기만 했다. 지긋지긋한 악몽의 여파였다.

"괜찮아?"

"……뭐어."

잠깐 뜸을 들이던 아렌트가 고개를 끄덕였다. 아마 침대에 잠들어 있을 몸은 식은땀에 푹 절어 있을 것이다. 누가 보기라도 했다면 기겁하고 깨우려 들었겠지.

아렌트의 표정이 떨떠름해졌다.

'이래서 잠들지 않으려고 했는데.'

속으로 쯧 혀를 찬 그가 화제를 돌렸다.

"뭐 할 말 있는 것 같은 얼굴인데. 얼른 말해."

"……."

네레이스의 표정이 묘해졌다. 아렌트는 네레이스를 마주 보며 담담하게 말했다.

"내일 이후로는 살아 있을지 어떨지도 모르겠으니까,

지금 말해. 너도 그렇게 생각해서 지금 찾아온 거 아냐?"
"너는 정말……."
네레이스의 표정이 단박에 흐려졌다. 작은 신은 고개를 짧게 내젓고는 화제를 돌렸다.
"네가 부탁한 거, 찾으려고 해 봤거든."
"어?"
지친 기색이 역력하던 황금색 눈에 빛이 돌아왔다.
"소득은?"
"이걸 소득이라고 해야 할지는 모르겠는데."
네레이스가 찜찜한 얼굴로 웅얼댔다.
"쭉 훑어봤거든? 분명히 잘 살펴봤단 말이야……. 정령 아이들도 도와줬고. 직접 그 근처에 다녀오기도 했거든. 그런데……."
"왜 이렇게 횡설수설하는 거야?"
"없었어."
곧 돌아온 대답에 아렌트가 멈칫했다.
"……없었다고?"
"그럴 리가 없는데. 아무리 그래도, 이 세상에서 물이 없는 곳은 없단 말이야. 하다못해 인간의 몸속에도 물이 있는데……."
그렇게 말하는 네레이스는 퍽 혼란스러워 보였다.
"그런데 아무 데도 없었어. 아예 일어나지 않은 일인 것처럼."

"……."

이번에는 아렌트도 멍해지고 말았다.

"그런 게 가능해?"

"내가 루체 님이나 체르니온 님처럼 강한 존재가 아니라는 건 사실이야. 하지만, 그렇지만……. 그렇다고 해서 이 땅의 존재가 내 눈을 피할 수는 없거든."

네레이스가 횡설수설하는 것을 들으며, 아렌트는 조금 아연해지고 말았다.

일어나지 않았던 일.

그럴 리가 없었다. '그 일'은 자신이 아렌트라는 배역을 받기 이전 생긴 일이었다.

'루체의 만행에 휘말리기 전이잖아.'

거기까지 생각한 아렌트는 문득 한 가지 결론에 다다르고 말았다.

네레이스 역시 아렌트와 같은 생각을 떠올린 듯했다.

"그래서 정령들을 시켜 보관된 서신을 확인해 봤는데……. 내 기운이 희미하게나마 남아 있다고 했어."

아렌트는 손을 들어 제 관자놀이를 꾹꾹 눌렀다.

"설마……. 진짜 이렇게 된다고."

"……하지만 충분히 있을 법해. 네 성정이라면."

시선을 아래로 내리깐 네레이스가 웅얼거렸다.

"그리고 나한테도, 불가능한 일은 아니야."

"……."

아렌트는 입을 꾹 다물었다. 하지만 그 노력이 무색하게도 어처구니없는 웃음이 터져 나왔다.

"하, 하하. 하하하."

네레이스가 아연실색한 얼굴이 되었다. 그러거나 말거나, 아렌트는 한참이나 숨죽여 웃었다.

어처구니가 없었다.

별로 큰 뜻을 가지고 찾기 시작한 것은 아니었다. 하지만 그래도, 알고 싶었을 뿐이었다.

이 모든 싸움의 시발점이 되었던 순간을.

'성검의 푸른 기사에서는 또 달랐을지도 모르지.'

하지만 이곳은 '성검의 푸른 기사'가 아니었다. 자신이, 그들이 뒤틀어 바꾼 무대지.

그렇다면 망설일 필요는 없었다. 한층 더 세상을, 그리고 자기 자신을 싫어하게 되겠지만.

"하하……. 후……."

한참 만에 웃음을 멈춘 아렌트가 다시 입을 열었다.

"……네레이스. 가능해?"

"……."

신이 입을 꾹 다물고 고개를 숙였다. 한참 만에 네레이스가 대답했다.

"가능은 해. 지금이라면 루체 님이랑 체르니온 님도 눈치채지 못할 거야. 이미 세상은 누더기가 되었고……. 두 분도 예전만큼 전지전능하지는 못하시니까."

"그래?"

"물론 나한테도 쉬운 일은 아니야. 그만한 일을 하면 당분간 이쪽 세상에 간섭하지 못하겠지. 널 지켜주는 일도 못할 거야."

"괜찮아. 이제 굳이 지켜 주지 않아도 돼."

내일이면 모든 것이 결정될 테니까.

아렌트가 짧게 덧붙였다.

"네가 괜찮다면."

"……나는 상관없어."

잠깐 뜸을 들이던 네레이스가 마음을 굳힌 듯 대답했다.

"그럼 부탁해."

아렌트가 장난스럽게 씨익 웃었다.

"마지막 부탁이라고 생각하고."

"그런 말 하지 마."

당장 눈을 흡뜬 네레이스가 이내 표정을 누그러뜨렸다.

"……난 어디에든 있을 거야. 네가 있는 모든 곳에. 지금까지처럼 직접 지켜 주지는 못하겠지만, 널 수호하겠다는 마음은 변함없어."

"그럼 하나만 물어도 되냐?"

아렌트는 꽤 오래전부터 궁금하던 것을 입에 담았다.

"왜 이렇게까지 하는 건데? 딱히 두 신한테 원한이 있는 건 아닌 것 같은데. 나한테 굳이 이 정도로 호의를 보일 필요가 있나?"

"그걸 진심으로 몰라서 묻는다는 게 참······."

네레이스가 눈썹을 휘었다. 하지만 그것도 잠시, 네레이스가 어쩔 수 없다는 미소를 지었다.

"호의는 저절로 생기는 게 아니야."

"무슨 뜻이지?"

"그냥, 그런 뜻. 사실은 나뿐만이 아니지."

루체도, 체르니온도 그에게서 시선을 떼지 못하고 있었다. 자신들의 존속을 건 싸움에서 얼떨결에 주도권을 내어 줄 정도였다.

"네가 일컫듯 이곳이 정말로 무대라면."

"······."

"주인공에게 몰입해 도움을 주고 싶어 하는 마음을 가지는 건, 어쩌면 당연한 일 아닐까? 네가 라이오스 단장에게 손을 뻗었듯이."

아렌트는 멀뚱히 눈을 깜빡이다 헛웃음을 터뜨렸다.

"난 주인공이 아닌데."

"누군가에게는 주인공일지도 모르지."

손을 뻗은 네레이스가 가볍게 아렌트의 뺨을 만졌다.

"난 루체 님과 체르니온 님으로부터 세계를 지키고 싶었고. 처음에는 나 역시 널 내 목적을 위한 하나의 수단으로 여겼을지도 모르겠지만······."

물갈퀴와 지느러미가 달린 손끝이 얼굴을 쓸어내렸다.

서늘한 감촉이 썩 나쁘지는 않아, 아렌트는 네레이스를 그냥 내버려두었다.

"적어도 지금은 아니야. 격려하고 싶고, 도움을 주고 싶어. 네 주변 사람들이 그러듯이."

"……."

아렌트는 당장 대답하지 않았다. 평소라면 딱 잘라서 부정했을지도 모를 말이었다. 아니, 분명 '이수현'이라면 말도 안 된다며 타박을 놓았을 터였다.

하지만 아렌트는 그러지 않았다.

"……그럴지도 모르지."

단지 약간 어색하게 고개를 끄덕일 뿐이었다. 네레이스는 아이답지 않은 쓴 미소를 지었다.

"그렇다면 당분간은 만나지 못하겠네. 네가 부탁한 건 차질 없이 이행해 줄게. 그리 어렵지는 않을 거야."

마지막으로 아렌트의 머리를 가볍게 쓰다듬어 준 네레이스가 한 걸음 뒤로 물러섰다.

"그럼, 건승을 빌어. 아렌트 폰 에크하르트 경."

그녀의 모습이 아스라이 멀어지며, 시야가 새하얗게 물들었다.

* * *

"……."

눈을 떴을 때는 아직 한밤중이었다. 아렌트는 누운 채 멍하니 창문 밖을 바라보았다.

닫힌 커튼 틈새로 보이는 밤하늘은 암흑에 잠겨 있었다. 해가 떠오르기 전, 가장 어두울 시간이었다.

몇 차례 눈을 깜빡이던 아렌트는 자리에서 부스스 일어나 나갈 채비를 시작했다.

그는 한 치의 흠도 없이 제복을 갖춰 입었다.

이제 의미 없어진 진주 귀걸이는 빼서 따로 보관해 두었다.

마지막으로 옷매무새를 가다듬으며, 아렌트는 거울 앞에 섰다.

"……."

투명한 거울은 그의 모습을 고스란히 비춰 냈다.

꼭 배신자 견습 기사가 자신을 원망스레 바라보는 것 같은 착각이 들었다.

꽤 많이 자라난 머리칼은 어느새 쇄골을 한참이나 넘어 있었다. 그 '아렌트'가 애지중지하던 머리칼이었다.

'나름의 유품인가, 이것도.'

짧게 한숨을 내쉰 아렌트는 머리를 정돈해 한 갈래로 묶어 버렸다.

그것으로 배신자는 어느새 사라졌다. 거울 속에 남은 것은 지금의 아렌트 폰 에크하르트뿐이었다.

"이게 내 최선이다. 네 이름으로 온갖 일을 해냈으니,

이 정도면 불만 없겠지."

그리고는 거울 속 비친 자신, 아니, 아렌트를 향해 말을 건넸다.

"나름대로 살아남으려고 수를 쓴 건지, 아니면 악신교에서 한자리 차지해 보려고 단장 뒤통수를 친 건지는 모르겠지만……."

거울 너머의 배신자는 당연하게도 답이 없었다.

네레이스와의 대화를 다시 떠올리자니, 어처구니가 없어서 헛웃음이 나올 지경이었다.

'아렌트 폰 에크하르트'를 배신자로 만든 것은, 기막히게도 자신이었다.

아렌트가 배신자가 되고 처형당하며 비극이 시작되었던 '성검의 푸른 기사'.

그리고 자신이 처형당할 아렌트가 되어 얼토당토않은 광대 짓을 벌이는 지금.

모든 것은 바로 황태자에게 날아든 익명의 편지 한 통으로 시작되었다.

아렌트는 네레이스에게 그 문제의 서신을 보낸 고발자를 찾아달라고 부탁했다.

'지금 생각해 보면 이상한 일이지.'

기이할 정도로 아무런 정보가 없었으니까. 황태자에게 직접 전서구가 도착했으니 황궁은 당연히 뒤집어졌다. 당시 황실 마법사의 고문으로 소속되어 있던 백작까지 매달려 발신인을 찾으려 했지만, 끝끝내 아무것도 알아낼 수 없었다.

이제야 그 수수께끼가 풀렸다.

'네레이스도 신인 이상, 시간선에 약간은 간섭할 수 있어.'

칸타레스에게 도착한 그 고발장은 현재의 아렌트가 네레이스를 전령 삼아 보낸 거였다.

어설픈 견습 기사에게, 칼리온 제국 황실이 뒤통수 맞지 않도록.

"네 뜻이 뭐였건, 난 저 멍청이들을 어떻게든 구해 내야겠어."

거울 속의 배신자에게 아렌트가 말했다. 그러나 배신자는 당연히 답하지 않았다.

피식피식 웃음이 새어 나왔다.

'어쩌다가 이렇게 됐을까.'

웃어야 할지 울어야 할지 알 수가 없었다.

그러나 아렌트는 일단 웃기로 했다. 심란함에 잡아먹히는 것보다야 그편이 훨씬 나을 테니까.

'결국 전부 다 내 의지였다는 거지.'

어쩌면 아주 오래전부터 정해져 있던 걸지도 모른다.

이곳에 도달한 이방인이 아렌트 폰 에크하르트라는 이름을 오롯이 받아들이기로 한 것은.

루체는 자신이 모든 것을 쥐고 있었다 여겼지만, 실상

은 아니었던 것이다.

"……꼴좋다."

모든 것을 굽어본다며 큰소리치는 주제에, 작은 신과 어설픈 배우 하나의 작은 꼼수조차 눈치채지 못했으니까.

'이제 어떻게 되려나.'

마음이 한결 가벼워졌다. 어쩌면 자포자기해서 그런 걸지도 몰랐다.

죽는다면 어쩔 수 없는 일이고, 살아남는다면 그다음부터는 오롯이 자신이 감당해야 할 일이었다.

원래 인생이란 그런 거니까.

'일단은 최선을 다해 살아남아야지.'

그러는 편이 좀 더 희극다울 것이다.

인질 교환까지 약 3시간가량이 남은 시점이었다.

* * *

해가 뜰 무렵.

황성 전체에 음산한 안개가 드리웠다.

사람들 대부분이 피난길에 올라 텅 비어버린 번화가에서 예전의 활기찬 모습은 전혀 찾아볼 수 없었다.

커다란 루체 신상 옆에 어느덧 완성된 교수대가 눈에 보였다.

체르니온 교단이 아렌트나 루미엘 대신관을 매달겠다

며 만든 물건이었다. 그것의 존재감 때문에 주변은 더욱 살풍경하게 보였다.

어디선가 혈향이 감도는 것 같은 그런 새벽녘.

모두가 지켜보는 가운데, 아렌트는 홀로 대신전 앞 광장에 발을 들였다.

이외의 기사들은 모두 광장을 반쯤 포위하고서 아렌트의 행동 하나하나에 촉각을 곤두세우고 있었다.

아렌트에게 화살 하나라도 날아온다면 그 즉시 총공격을 퍼부을 기세였다.

'서신은 잘 도착했으려나.'

그럴 때가 아니라는 것을 잘 알면서도, 아렌트는 잠깐 다른 생각을 떠올렸다.

지난밤 보낸 고발장은, 당시에는 아무것도 몰랐을 칸타레스에게 잘 도착했을까.

'성검의 푸른 기사' 속 아렌트는 배신을 시도하다 싱겁게 잡혀 버렸다.

그 까닭은 다름 아닌, 어느 날 갑자기 황태자에게 날아든 한 마리의 전서구 때문이었다.

전서구는 장소와 시간을 적은 쪽지 하나만을 전달했을 뿐이었고, 칸타레스는 쪽지의 발신자가 알려 준 그곳에 기사들을 매복시켰다.

이수현이 읽은 소설 속의 그 쪽지는 바로 아렌트가 된 현재의 자신이 보낸 거였다.

네레이스가 거기에 힘을 보태 주었고.

'성검의 푸른 기사' 3부. 견습 기사에게 배신당한 뒤 영웅이 된 라이오스의 이야기는 그렇게 시작된 것이다.

'이미 세상이 너덜너덜해진 탓에, 루체는 미처 우리 수작질을 알아차리지 못했고.'

'성검의 푸른 기사'의 시간선에서도, 그리고 지금 이 순간에도 루체는 네레이스와 지금의 아렌트가 개입했다는 사실을 눈치채지 못했다.

루체는 라이오스가 실패할 듯 하자 세계를 되감고, '이수현'을 진짜 '아렌트 폰 에크하르트' 대신 캐스팅했다.

그렇게 이수현은 '아렌트 폰 에크하르트'라는 역할을 부여받게 되었고…….

아렌트로서 살아오던 이수현은 바로 전날 밤, 네레이스에게 부탁해 모든 것의 시발점이 된 쪽지를 발신했다.

'그렇게 지금의 무대가 만들어진 거겠지.'

끝도 없이 제자리를 맴도는 쳇바퀴와도 같은 인과관계였다.

갈기갈기 찢긴 채 제각기 엉뚱한 방향으로 흐르던 극은, 아렌트가 전서를 보낸 어제 새벽이 되어서야 한 갈래로 매듭지어졌다.

드디어 극이 한 방향으로 진행되기 시작한 것이다.

신이든 이방인이든, 그 누구도 모를 엔딩을 향해서.

적당한 곳에서 우뚝 멈춰 선 아렌트가 평소 습관대로

주머니에 손을 꽂아 넣었다.

"요구한 대로 왔다. 뒤에 딸린 게 많은 건 뭐……."

조용한 광장에 견습 기사의 또렷한 목소리가 울려 퍼졌다.

"적당히 알아서 이해하도록. 관객이 많은 건 피차 마찬가지인 것 같고."

아렌트는 대신전을 향해 무심한 시선을 던졌다.

얼핏 아무런 기척도 없는 것 같았지만, 실상은 그게 아니었다.

대신전을 감싼 외벽 곳곳의 틈과 건물의 지붕 위에서부터 살기 어린 시선들이 쏟아졌다.

잠시 주변을 쓱, 둘러본 아렌트는 대신전 입구를 바라보았다.

머리부터 발끝까지 로브를 뒤집어쓴 신관들이 굳게 닫힌 문 앞을 지키고 있었다.

아렌트는 긴장한 기색도 없이 그들에게 몇 걸음 더 다가갔다.

"문 열어. 난 더 다가가지 않을 테니, 신관들을 이쪽으로 보내."

"……."

무표정으로 말하는 견습 기사를, 체르니온 교의 신관들이 무심하게 마주 보았다.

그리고 잠시 후.

신관 하나가 한쪽 손을 들어 올리자, 굳게 닫혔던 문이 천천히 열리기 시작했다.

드득. 드드드득.

스산한 소리를 내며 육중한 문이 벌어지고, 그 안에서 창백하게 질린 신관들이 모습을 드러냈다.

지켜보던 기사들은 짧게 숨을 삼켰다.

대신전 안에서 나타난 신관들은 벤노보다도 더 처참한 몰골이었다.

제압당하는 과정에서 입은 상처는 치료받지 못해 덧난 상태였다. 게다가 벌거벗겨진 상체의 절반가량은 구울에게 거의 잡아먹힌 상태였다.

"물건이 썩 멀쩡해 보이지는 않는데."

아렌트가 살짝 인상을 찌푸렸다. 물건이라는 말에 신관들이 움찔했지만, 그들은 항의하거나 반항할 의지조차도 없는 것 같았다.

체르니온 교 신관이 입을 열었다.

"약속대로 목숨은 무사히 붙어 있다."

"좀 더 가까이."

아렌트가 고개를 까닥이자 체르니온 교 신관이 인질들의 등을 떠밀었다.

신관들이 주춤주춤 밖으로 나오기 시작했다. 자신들의 처지가 그저 한스러운지, 대부분 고개를 푹 숙이고 있었다.

정당한 거래도 나쁘지 않죠. 〈247〉

개중 몇몇은 벤노가 그랬던 것처럼 눈물을 뚝뚝 떨어뜨리기도 했다.

아렌트는 무심한 눈으로 그들을 한 번 훑어보았다.

'대략 서른 명 정도인가.'

견습 기사의 미간이 살며시 찌푸려졌다.

생각했던 것보다 인원이 더 많았다.

발을 질질 끌며 나온 루체 교의 신관들은 활짝 열린 문 앞에 나란히 줄 세워졌다.

그들을 하나하나 눈으로 훑던 아렌트는 문득 한 사람이 없다는 사실을 깨달았다.

"대신관님은?"

"그분은……."

가장 앞에 있던 체르니온 교 신관이 대답했다.

"자갈이 되길 거부하셨다."

"……뭐?"

순간 아렌트는 저도 모르게 인상을 찌푸렸다. 그러자 인질로 잡혀 있던 루체 교 신관 중 한 사람이 입을 열었다.

"아무리 그래도 대신전을 비울 수는 없다고……. 그리 말씀하셨습니다. 성전을 적의 손에 오롯이 넘기는 것은 루체 님의 뜻에 반하는 짓이라……."

"……."

아렌트는 잠시 아무런 말도 하지 못했다. 잠깐 뜸을 들이던 그가 물었다.

"대신관님이 직접 그리 말씀하셨습니까?"

"예에······."

루체 교 신관이 고개를 푹 숙였다.

그 모습을 보고 있자니, 어쩐지 루미엘이 신관들에게 거짓말을 했을 거란 직감이 들었다. 신관들도 그녀가 한 말이 거짓임을 알면서도 억지로 믿는 척하는 것일 테고.

적의 손에 홀로 남게 된다고 한들, 루미엘은 교환하는 인질들과 함께 하기를 거부한 거였다.

어쩐지 안 좋은 예감이 들었다.

아렌트의 낯이 딱딱하게 굳었다.

"······단 한 사람도 빠져선 안된다고, 분명히 내가 그렇게 말하지 않았던가?"

"그대가 칭한 것은 자갈들 뿐이었지."

체르니온 교의 신관이 비웃음을 터뜨렸다.

"루체 교의 대신관께서는 그대가 매긴 값에 책정되길 거부하셨다."

대신전에서 빠져나오길, 루미엘 자신이 스스로 거부했다는 의미였다. 루체 교의 신관들은 저마다 시선을 피한 채 아무런 말도 하지 않았다.

적극적으로 부정하지 않는 모습에서 알 수 있었다.

체르니온 교의 신관이 거짓을 말하는 게 아니라고.

가만히 상황을 지켜보던 리히트가 라이오스를 불렀다.

"……단장님."

이것은 상정하지 못한 상황이었다.

"일단은 지켜보자."

라이오스가 짧게 대답했다.

"대신관님께서도 다 생각이 있으시겠지. 아렌트에게 비상 탈출용 아티팩트도 받아 가셨으니."

모든 것을 아렌트에게 맡긴 지금, 그들은 더 이상 개입할 수 없었다.

리히트가 다시 입을 다물었다.

견습 기사의 넓지 않은 등을 바라보는 시선에 불안감이 드리웠다.

아렌트가 개운치 않게 고개를 끄덕였다.

"……뭐. 됐어."

루미엘이 스스로 그리 판단했다면 어쩔 수 없었다.

'무슨 생각이 있으시겠지.'

아렌트가 고개를 비스듬히 기울였다.

"인질들이 우리 쪽으로 무사히 인계될 때까지, 약간이라도 수작질 부려 봐. 대신전이랑 같이 불바다로 만들어 주지."

"지금 협박하는 건가? 건방지군."

체르니온 교 신관이 비릿한 웃음을 터뜨렸다.

"지금 무릎 꿇고 빌어야 할 쪽은 우리가 아닌 듯하다만."

"……."

"불리한 건 그쪽 아니던가?"

틀린 말은 아니라, 아렌트는 입을 다물었다.

심지어는 대신관마저도 잔류하는 쪽을 택했으니까.

아렌트가 턱짓으로 신관들을 가리켰다.

"……개인적으로는 거래를 파토 내고 싶은데. 저것들은 나한테 별로 의미가 없어서."

루체 교 신관들의 낯빛이 희게 질렸다. 그 꼴을 본 아렌트가 어깨를 으쓱였다.

"뭐, 이 한 몸 희생해서 어린 양들을 구하는 것도 나쁘지 않나. 방금 네놈들이 말한 대로 특별히 숙이고 들어가 주지."

이런 상황에도 아렌트는 여전히 여유를 잃어버리지 않았다. 그는 무심하기 짝이 없는 눈으로 적들을 훑어보았다.

"동시에 움직이는 거야. 어때? 내가 그쪽으로 가는 동안, 인질들도 이쪽으로 이동하는 거지. 서로의 진영에 다다르기 전엔 양쪽 다 아무 짓도 하지 않는 것으로."

"나쁘지 않군."

체르니온 교 신관이 고개를 끄덕이자 아렌트가 덧붙였다.

"그쪽이 먼저 움직여. 머릿수가 많으니까. 정당히 거래하기로 약속했으니, 그 정도는 양보해. 저 사람들이 세

보 움직일 때마다 난 한 걸음 다가가지."

"반대로 하지."

어둠의 신관이 짧게 말했다.

"네가 세 보. 그리고 인질들이 한 걸음이다. 네가 먼저 움직여."

"……."

아렌트는 태연한 얼굴로 어깨를 으쓱였다. 마음대로 하라는 뜻이었다.

주춤대는 신관들이 발을 질질 끌며 한 걸음 다가왔다.

아렌트는 단정한 걸음걸이, 정확한 보폭으로 대신전을 향해 세 걸음 다가갔다.

누구 하나 입을 열지 않았다.

천천히 밝아 오는 하늘 아래 잔뜩 얼어붙은 침묵이 흘렀다.

세 걸음, 또 한 걸음.

아렌트와 인질들이 점점 가까워지고 있었다.

"준비해라."

라이오스가 작게 읊조리자 기사들과 엘프 전사들이 소리 없이 무기를 다잡았다.

"흑……. 으흑……."

루체 교 신관들이 하나둘 흐느껴 울기 시작했다.

이제 스물을 넘긴 지 얼마 안 된 청년에게 목숨을 빚지게 된 처지가 한스러운 탓이었다.

게다가 자신들은 신을 배반했다는 이유로 그에게서 매몰차게 등을 돌리지 않았던가.

하지만 아렌트는 여전히 아무렇지도 않은 얼굴이었다.

세 걸음.

한 걸음.

이제 아렌트는 포로 일행의 가장 선두와 고작 한 걸음 정도 남겨둔 상태였다.

아렌트는 서슴없이 다시 앞으로 나섰다.

세 걸음.

또 한 걸음.

아렌트는 일행의 중간쯤에 잠시 멈춰 섰다.

"보기 흉하니까 쓸데없이 질질 짜지 마세요."

무심히 한마디를 던진 그가 다시 성큼 앞으로 나섰다. 이제 아렌트는 일행의 가장 말미의 신관들과 어깨를 나란히 하게 되었다.

한 걸음만 더 나아가면 아렌트는 적진, 포로들은 연합군의 영역 안에 발을 들이게 된다.

역시 그 마지막 한 발은 망설여지는지, 아렌트가 잠시 멈칫했다.

"……아렌트 경……."

젊은 신관이 눈물범벅이 된 얼굴로 아렌트를 불렀다. 아렌트는 가라앉은 목소리로 답했다.

"돌아보지 말고 곧장 뛰어가세요."

"어찌, 끄흑, 우리가 어찌 그럴 수가 있겠습니까…….."

얼굴조차 들지 못할 정도로 부끄러웠다. 자갈로 치부했다고 한들, 아렌트가 제 목숨을 걸고 자신들을 구하려 한다는 점은 달라지지 않았으니까.

"거 참 말귀 못 알아들으시네."

아렌트가 쯧 혀를 찼다.

"방해되니까 빨리 꺼지라는 뜻입니다."

하지만 이제 와서 그 말이 곧이곧대로 들릴 리 없었다. 신관들은 모두 고개를 푹 숙인 채 소리 죽여 울고 있었다.

고개를 내저은 아렌트는 발로 신관의 정강이를 아프지 않게 툭 찼다.

"움직여요."

"……."

그 재촉에 신관들은 한 걸음 앞으로 나아갈 수밖에 없었다.

신관들이 아렌트를 스쳐 지나갔다. 아렌트 역시 아무렇지도 않게 마지막 걸음을 뗐다.

어둠의 신관은 아렌트를 인도받기 위해 한 걸음 앞으로 나섰다.

"이쪽으로…….."

바로 그 순간.

퍼억!

어디선가 날아든 강철 화살 하나가, 아렌트에게 다가선 신관의 머리를 정확히 꿰뚫었다.

* * *

"……안 받는군."

스텔이 드물게도 초조하게 말했다.

벌써 통신구로 몇 번이나 통신을 시도하고 있었지만, 연합군 측에서는 여전히 응답이 돌아오지 않았다.

결국 스텔은 통신을 포기하고 통신구를 갈무리했다.

그러는 사이 주변을 살피던 워렌이 착잡하게 말했다.

"왜 하필 이럴 때……."

그의 예리한 시선에 급히 도망치는 사슴 무리가 포착되었다. 토끼 몇 마리 역시 사슴들과 같은 방향으로 허겁지겁 달려가고 있었다.

몬스터들과 다른 짐승들은 이미 산을 떠나 버리고, 저들이 사실상 이 산에 남은 마지막 야생 동물들이었다.

이제는 그들도 피부로 느끼고 있었다.

드래곤의 기척이 점점 강해진다는 것을.

"……완전히 정신을 차린 것은 아닌 것 같다만. 아무래도 위험해."

스텔이 하늘을 올려다보았다. 어스름이 밝아오는 하늘은 얼핏 평화로운 듯했지만, 숲에서 날아오는 새들이 바

삐 도망치는 모습은 전혀 그렇지 못했다.

"얼마 안 남았어. 빠르면 몇 시간 뒤에 깨어날 거다."

"진짜 돌겠군. 우리도 현장을 이탈해야 하는 것 아닌가?"

"그 견습 애송이는 그리하라고 말했다만……."

워렌의 물음에 스텔이 인상을 찌푸렸다. 어쩐지 워렌은 그 뒷말을 짐작할 수 있을 것 같았다.

"고작 애새끼 명령을 우리가 따를 필요는 없다, 이 말이군."

"……."

워렌이 슬쩍 웃음을 흘리자 스텔이 침묵으로 긍정을 표했다. 워렌 역시 곧 미소를 지우고 화제를 돌렸다.

"드래곤과 싸울 건가? 난 그것도 나쁘지 않다고 생각한다만."

"아니. 그건 우리 몫이 아니다."

스텔이 딱 잘라 말했다.

"우리가 할 일이 아직 하나 더 있을 텐데. 거기에 매진하지."

분명 레어 주변에 구울 모체가 된 호문쿨루스가 숨어 있을 터였다. 니케포르가 수면을 깨고 나오려는 지금이라면 그 흔적을 찾을 수 있을지도 몰랐다.

워렌이 떨떠름하게 말했다.

"……틀린 말은 아니다만, 그쪽도 제법 싸가지가 없군.

어느 애새끼 견습 기사처럼."

"모욕적이군. 취소해라."

"잠깐 생각해 보니 내가 말이 좀 심했던 것 같다. 취소하지."

쓸데없는 대거리를 한 뒤, 두 사람은 각자 본체 모습으로 변신했다.

워렌은 거대한 늑대로, 스텔은 그보다도 더 큰 늙은 개로. 그러고는 드래곤의 기운을 피해 허겁지겁 도망치는 야생 동물 떼를 가로질러 달리기 시작했다.

* * *

눈 깜짝할 새 벌어진 일이었다.

머리가 터져 버린 신관이 바닥에 널브러진 채 손발을 허우적댔다.

그 누구도 예상치 못한 상황에 모두가 당황했다. 체르니온 교 신관들에 인질들, 그리고 심지어는 아렌트마저도.

"야, 이 멍청아!"

아렌트가 급히 뒤를 돌아보며 외쳤다. 기사들 사이에서 어정쩡하게 화살을 든 르웰린 왕자가 급히 변명하려 했다.

"아니, 난 그냥······."

하지만 그가 말을 이을 틈도 없이.

콰아아앙!

방금 공격에 대한 보복이라도 되듯, 강한 폭발이 광장 전체를 휩쓸었다.

"크으으윽!"

강한 빛이 터져 나오자, 신관들은 저도 모르게 눈앞을 가렸다.

그리고 한참 뒤 시야가 돌아왔을 때, 그들의 눈앞에는 참혹한 광경이 펼쳐져 있었다.

"케에에에엑!"

"크에에에에엑!"

루체교 신관들을 씨앗으로 태어난 구울들이 추한 비명을 질렀다. 차마 대비하지도 못한 채 습격당한 아렌트 폰 에크하르트는 이미 구울들의 손에 의해 갈기갈기 찢긴 상태였다.

방금 폭발은 신관들이 한꺼번에 구울로 변이한 여파 때문에 발생한 것인 듯했다.

"크에에에에엑!"

신관일 적의 모습 따위는 전혀 찾아볼 수 없게 된 구울들은, 곧장 표적을 돌려 라이오스와 기사들을 향해 질주하기 시작했다.

기사들은 곧장 무기를 치켜들고 응대했다.

아무렇게나 버려진 아렌트의 시신은 이제 원래 모습을

찾아보기 힘들 정도로 산산조각 난 채였다.

얼어붙은 채 그 광경을 바라보던 체르니온 교 신관이 아득하게 읊조렸다.

"……결국 이렇게 되는가."

"아니다."

그때, 누군가가 짧게 툭 내뱉었다. 바로 옆에 서 있던 다른 신관이었다.

이를 으득 악문 신관이 호령했다.

"멍청하게 서 있지 말고 쏴라! 저건 환영이다!"

"환영이라고?"

멍청하게 그리 묻는 순간, 처참한 광경을 뚫고 새하얀 서리 폭풍이 몰아쳤다.

"어서 쏴, 궁수들은 뭐 하……."

서걱!

희게 얼어붙은 목을 깔끔하게 베어 냈다. 다른 신관들이 아렌트 폰 에크하르트의 존재를 인지한 것은, 얼음 동상이 된 아군이 그대로 쓰러져 서리 가루가 되고 난 다음이었다.

"얼간이들."

짧게 비웃음을 흘린 아렌트가 멍하니 선 신관들을 향해 돌진했다.

"뭐, 뭐야?!"

카아아앙!

아렌트의 검을 막아 내면서도 신관이 얼이 빠져 외쳤다.

"케에에에엑!"

여전히 광장 한가운데에서는 구울들이 소란을 피우고 있었다. 갈기갈기 찢긴 아렌트 폰 에크하르트의 시신 역시 그대로였다.

하지만 눈앞에는 팔팔하게 살아 있는 아렌트가 그들을 향해 맹렬히 공격하고 있었다.

성벽 위에서 누군가가 외쳤다.

"환영 마법이다!"

장막처럼 광장 한가운데에 펼쳐진 환영 마법 뒤로, 루체 교 신관들이 정신없이 연합군 진영을 향해 내달리고 있었다.

"당장 쏴!"

대신전 성벽 위에 대기하던 궁수들이 환영 마법을 향해 화살을 퍼부었다. 하지만 그것들은 포로들을 꿰뚫는 대신, 금빛 폭풍에 휘말려 맥없이 바닥에 떨어져 버렸다.

세일럼의 정령, 레이가 다시 한번 움직인 거였다.

"젠장, 젠장!"

고요하던 광장은 순식간에 아수라장이 되었다. 아렌트는 혼란을 틈타 서슴없이 적들을 베어 넘겼다.

그러는 사이, 라이오스를 향해 내달리던 포로들의 몸에도 이변이 생기기 시작했다.

"악……. 으아아아악!"

상체를 파고든 구울이 꿈틀대며 변이하기 시작한 거였다.

"이, 이걸 어떻게 좀!"

"차라리 죽여 주십시오! 괴물이 되고 싶지는 않습니다!"

두려움에 질린 신관들이 비명을 지르는 그때.

"움직이지 마세요!"

르웰린 왕자가 커다랗게 외쳤다.

콰드득!

그가 쏜 화살이 신관들이 몸부림치는 곳의 지면 깊숙이 박혔다. 강철로 만든 화살 끝에는 결계를 펼칠 수 있는 마정석이 박혀 있었다.

콱, 콰드득!

연달아 세 발 더 발사된 화살들이 포로들의 발치에 박혔다. 그리고 다음 순간.

환한 빛이 터져 나오며 펼쳐진 반투명한 결계가 겁에 질린 루체 교 신관들을 완전히 감싸 안았다.

"……."

한순간에 결계 속에 갇힌 꼴이 된 신관들은 넋을 놓고 말았다. 마력 차단 결계의 영향으로, 금방이라도 분화할 것 같던 구울들도 움직임을 멈춘 뒤였다.

"상황이 종료될 때까지 거기에서 기다리세요."

르웰린이 활을 거두며 침착하게 말했다. 방금 당황하며 아렌트에게 변명을 늘어놓으려 하던 모습은 온데간데없이 사라져 있었다.

모든 일이 순식간에 벌어졌다.

"쏴라!"

체르니온 교 신관의 명령에, 포로들과 연합군을 향해 화살이 쏟아지기 시작했다.

그것을 본 세키나가 때를 놓치지 않고 앞으로 치고 나갔다.

콰아아앙!

그녀가 펼친 마법 방어막에 막힌 화살들이 후드득 바닥에 떨어졌다.

"제가 지켜드리겠습니다."

세키나를 따르는 엘프 전사들 역시 신관들을 지키려 합류했다.

루체 교 신관들이 안전해졌다는 것을 확인한 라이오스가 성검을 뽑아 들었다.

"모두 진격해라! 아렌트를 엄호해!"

지금 이 순간에도 아렌트는 적진 한가운데에서 미친 듯이 싸우고 있었다. 그가 한 걸음 내딛을 때마다 새하얀 서리꽃이 전장 한가운데에 피어났다.

"저 발칙한 자를 살려 두지 마라!"

시간이 갈수록 아렌트를 향해 달려드는 자들의 머릿수

가 늘어나고 있었다.

 애초부터 아군에서 멀리 떨어져, 홀로 적진과 너무 가까이 있던 그였다. 순식간에 적의 세력에 포위당한 것은 당연한 일이었다.

 하지만 그렇다고 해서 물러설 아렌트도 아니었다.

 "사기도 상대를 봐 가면서 쳐야지."

 비웃음을 흘린 아렌트가 신관들을 한꺼번에 베어냈다.

 "괜히 뜸 들이면서 간 보다가 이렇게 면전에서 뒤통수 처맞는 거야."

 그가 재미있어 죽겠다는 듯이 웃음을 터뜨렸다.

 "알겠냐, 이 사이비 광신도 새끼들아!"

 전장과 전혀 어울리지 않은 유쾌함은, 차라리 광기에 더 가까워 보였다. 평소와 다를 바 없는 듯하기도 했지만, 어쩐지 불안정해 보이는 모습이었다.

 초조해진 아서가 눈앞을 막는 적들을 베어 내고 외쳤다.

 "멍청아, 왜 흥분하고 난리……."

 하지만 그도 급히 몸을 뒤로 뺄 수밖에 없었다.

 발아래에서 기습적으로 소환진이 생성된 탓이었다.

 "제기랄!"

 욕설을 퍼붓는 그의 앞에 환영이 아닌 진짜 구울들이 소환되기 시작했다.

 "케에에에엑!"

"키아아아아아악!"

 최근 잇따라 발견되던, 인간형 구울들이었다. 그들은 마치 피에 젖은 채 절규하는 사람들처럼 어기적대며 기사들을 향해 달려들었다.

 아렌트에게 가려면 우선 그것들부터 모두 상대해야만 했다.

"루나! 아렌트 경을 도와줘!"

 발이 묶인 기사들을 대신해 세일럼이 정령에게 명령했다. 루나는 금빛 광채를 내뿜으며 아렌트를 향해 날아들었다.

 르웰린 역시 잠깐 내려놓았던 화살을 다시 잡았다. 그의 곁에는 레이가 보조를 위해 대기하고 있었다.

 퍽!

 아렌트를 노리던 신관의 머리가 화살에 맞아 터져 나갔다.

 그런데도 죽지 않고 팔다리를 허우적대던 신관은 곧 새하얀 서리에 뒤덮여 절명했다.

 아렌트는 화살이 날아온 방향을 보지도 않고 적을 베어내기만 했다.

 언제나 절제되어 있던 움직임과는 사뭇 달리, 검 끝은 사납고 거칠기만 했다.

 마치 껍데기 따위는 전부 벗어 던져 버린 것처럼…….

 혹은 뭔가를 포기한 사람처럼.

구울들을 상대하던 리히트가 가까스로 외쳤다.

"아렌트! 진정해라!"

"싫습니다! 남한테 참견할 시간 있으면 손이나 부지런히 놀리십쇼!"

웃음기를 섞어 되돌아온 대답마저도 어쩐지 평소의 그와는 달라 보였다.

"저 새끼 왜 저래?"

"전들 압니까!"

글렌의 물음에 라이더가 신경질적으로 대꾸했다.

적들 역시 그저 당하고만 있지는 않았다.

연합군을 맞이하기 위해 광장에 미리 설치해 둔 소환진들이 끝도 없이 시전되었다.

역시나, 적들 역시 그 누구도 이 자리에서 살려 보낼 생각이 없던 거였다.

라이오스는 닥치는 대로 적들을 베어 내며 앞으로 전진했다.

서걱!

성검이 한 번 빛을 발할 때마다 구울들이 맥없이 녹아내렸다.

하지만 라이오스는 비명을 질러대는 구울들에게는 전혀 관심을 두지 않았다.

그의 시선은 적들 사이를 누비는 아렌트에게 꽂혀 있다.

"케에에에엑!"

또 한바탕 소환된 구울들이 라이오스를 향해 달려들었다. 라이오스는 검을 치켜들고 차갑게 말했다.

"방해하지 마라."

하지만 이지 따위 남아 있지 않은 괴물들에게 그 경고가 먹혀들 리 없었다.

라이오스는 한 손으로 가볍게 검을 휘둘렀다.

성검이 새하얀 빛을 내며 적들을 한꺼번에 쓸어버렸다.

라이오스는 자신이 뚫은 길을 따라 아렌트를 향해 성큼성큼 걸음을 옮겼다. 하지만 그것도 잠시, 다시금 소환된 구울들이 꾸역꾸역 밀려들었다.

마치 쓰레기를 치워 버리듯, 라이오스는 무감정하게 구울들을 쓸어버리고 걸음을 내딛길 반복했다.

그리고 마침내.

덥석.

라이오스가 뻗은 손이 아렌트의 어깨를 잡아챘다.

"혼자 날뛰지 마라. 제발."

무덤덤한 목소리가 아렌트의 귓전을 파고들었다.

금방이라도 터질 것처럼 가득 찼던 머릿속이 순식간에 가라앉았다.

라이오스는 아렌트를 뒤로 밀쳐내고, 그를 대신해 적들의 검을 받아 냈다.

콰아아앙!

한꺼번에 달려든 신관들의 검이 라이오스에게 간단히 차단되었다.

"……."

미친 듯이 움직이던 아렌트는 그 자리에 우뚝 멈춰 서버렸다.

고장 난 인형처럼 몇 번 눈을 깜빡이던 아렌트가 입을 비죽였다.

"그러게 빨리 움직이셨어야죠."

밉살맞기 그지없는 대꾸가 돌아오자 라이오스가 슬쩍 입꼬리를 올렸다.

"하여튼, 입만 살았군."

* * *

맞기 전에 때려야 한다.

기사답다고는 죽었다 깨어나도 말하지 못할 아렌트의 평소 지론이었다. 그리고 이번에도 아렌트는 자신의 그 확고한 신념을 작전으로 제안했다.

"이쪽이 먼저 선공을 가하는 겁니다. 그리고 싸움이 벌어지면, 신관님들을 한데 모은 뒤 보호하면서 전투하는 거예요."

명확하면서도 어처구니없는 작전에 사람들은 아연해질

수밖에 없었다.

자신에게 모인 황당한 시선들을 듬뿍 받아들이며 아렌트가 말을 이었다.

"우리가 무슨 수작질이든 벌이면, 신관님들이 구울로 변한다고 했죠. 그게 거짓말일 리는 없고, 그쪽도 아마 신관님들을 이용해 함정을 팔 생각이겠죠."

"그렇겠지. 인질을 교환하는 순간 신관님들을 구울로 변이시켜 버린다거나……. 아니면 대신전 주변에 매복을 심었을지도 모른다."

라이오스가 침착하게 고개를 끄덕이자 아렌트가 대답했다.

"아마 둘 다일 거예요. 놈들이 지금껏 해 온 방식이 어디로 가진 않을 테고. 인질을 저랑 맞바꾸는 순간, 구울들이 소환되고 신관 놈들도 구울로 변해 죽어 버릴 확률이 커요."

"다 좋다만, 아렌트. 신관님들을 놈이라고 불러선 안 된다."

단장이 지적했지만, 아렌트는 당연하게도 못 들은 척했다.

"그러니까 우리가 먼저 치는 겁니다. 아니, 정확히는 치는 것처럼 보이게 하는 거죠. 그러고는 시각에 의존하는 놈들의 약점을 이용하는 겁니다."

"약점을 이용하다니, 어떻게?"

"환영 마법이요."

자카르의 물음에 아렌트가 담백하게 대답했다.

"전에 다른 왕국의 병력이랑 치안대를 훈련시키려고 만든 게 있잖아요. 그걸 써먹어 보자고요. 약간만 손보면 꽤 쓸만해질 거예요."

상당히 얄팍한 수작이었지만, 성공만 한다면 적의 허를 효과적으로 찌를 수 있을 터였다.

"놈들은 다른 감각이 둔한 탓에 약간 반응이 느려요. 눈앞에서 뜻밖의 상황이 펼쳐질 때 특히요. 뭐가 어떻게 돌아가는지 파악하느라 허둥지둥대는 겁니다."

그간 이안과 로저 등의 존재들과 싸우며 몸소 터득한 거였다.

"우선 신관님들을 우리 쪽으로 최대한 끌어와야 해요. 뭐, 그건 제가 알아서 할 일이고."

"……잘났다, 이 자식아."

아서가 넣는 추임새도 무시한 뒤, 아렌트가 말을 이었다.

"제가 적들의 영역에 발을 들이는 순간, 먼저 선공을 날리는 겁니다. 동시에 환영 마법으로 신관님들을 놈들의 시야에서 숨기고, 적들이 알아차리기 전에 신관 놈들을 최대한 아군 진영으로 이끌어요. 그런 뒤에 마력 차단 결계를 펼쳐, 신관 놈들을 지키면서 싸우는 겁니다."

"……무모하군. 한 사람이라도 실수하면 돌이킬 수 없

는 일이 벌어질 거야."

다이아나가 신음처럼 읊조렸다. 신관들이 변이로부터 안전해질 수 있는 결계를 펼친다더라도, 그들을 끝까지 지켜내며 전투를 이어 가야 한다는 숙제가 남아 있었다.

잠깐 뜸을 들이던 슈타들러 백작이 입을 열었다.

"하지만 전원을 구출할 수 있는 확실하고 유일한 방법이라는 것도 사실입니다."

지극히 아렌트다운 방식이었다. 잠시 침묵하던 라이오스가 운을 뗐다.

"그렇다면 저는 더 고민할 의미가 없다고 생각합니다만."

"모든 게 잘 풀릴 거란 보장은, 늘 그렇듯 없지만."

주머니에 손을 푹 찔러 넣은 아렌트가 느긋하게 덧붙였다.

"안 되는 걸 되게 하는 편이 더 멋지지 않습니까? 겸사겸사 꼴 보기 싫은 것들한테 엿도 처먹일 겸."

"······."

그렇게 말하는 아렌트에게 토를 달 수 있는 사람은 많지 않았다. 짧게 한숨을 푹 내쉰 라이오스가 말했다.

"다 좋다만, 조건이 있다."

"예?"

견습 기사의 미간이 단박에 찌푸려졌다.

"신관님들을 모두 구해 낼 수 있다는 건 알겠다만, 네가 위험해지는 건 아무도 원치 않는다."

하지만 라이오스는 늘 그랬듯 단호했다.

"신관님들을 모두 구해 내면, 너도 최대한 빨리 아군 진영으로 귀환해라. 단장 명령이다."

* * *

"정말 명령이라곤 쥐뿔만큼도 듣지 않는군."

적을 무자비하게 쓸어버리면서도 라이오스는 언짢은 티를 고스란히 드러냈다. 주변을 새하얀 서리로 물들이며 아렌트가 시큰둥하게 대꾸했다.

"갑자기 말 잘 들으면 그건 그것대로 무서울 텐데요."

"정말 그런다면 치료실에 데려가 볼 생각이다."

"것 보십쇼."

꾸준히 입을 놀리면서도 라이오스와 아렌트는 꾸준히 적의 머릿수를 줄여 나갔다.

라이오스는 잠깐 틈이 생긴 사이 자신을 등진 아렌트를 슬쩍 보았다.

'착각인가?'

어느새 아렌트는 그가 아는 건방진 견습 기사로 돌아와 있었다.

방금 전, 머리에 열이 오른 것처럼 굴던 모습은 온데간데없이 사라진 뒤였다.

정당한 거래도 나쁘지 않죠. 〈271〉

'아냐.'

분명 기분 탓이 아니었다.

방금 전의 아렌트는 진심으로 적들을 향해 증오를 퍼부어 대고 있었다. 연기나 시선 몰이 따위가 아니라, 진심으로 눈앞의 적들을 몰살시키고 싶어 했던 거였다.

한순간 동료들의 목소리조차도 듣지 못할 정도였다.

라이오스가 다가와 말을 걸고 나서야 퍼뜩 정신을 차린 듯 원래 모습으로 돌아온 거고.

이것이 좋은 징조인지 나쁜 징조인지 알 수 없었다.

"넌 나중에 나랑 이야기 좀 하자."

"그때까지 피차 살아 있다면요."

짧게 대답한 아렌트가 지면을 박차고 멀어졌다. 라이오스가 포위되지 않도록, 아군들과 라이오스 사이에 길을 뚫으려는 움직임이었다.

그가 알던 아렌트 특유의 정갈한 움직임이었다.

하지만 그것조차도 라이오스는 다소 마음에 들지 않았다.

'뭔가가……'

뭔가가 답답했다. 그 원인은 알 수 없었다. 딱 한 걸음만 더 가면 알 수 있을 것 같은데, 그 마지막 한 발이 모자란 것 같았다.

그때, 멀찍이서 아렌트의 목소리가 불쑥 상념을 침범하고 들었다.

"왜 답지도 않게 딴생각을 하고 그러십니까?"

"……."

"나중에 이야기하자면서요, 나중에."

그 말에 라이오스는 재차 검을 다잡았다.

역시나 적들도 호락호락하지는 않았다. 간부들이 모두 죽은 것으로 전력이 반토막 난 것과 다름없는 상태였지만, 아직도 악신교 신관들에게는 저력이 남아 있었다.

게다가 정면 승부에 가까운 만큼, 신관들을 지키며 싸워야 하는 연합군 측이 불리할 수밖에 없었다.

게다가 루미엘이 아직 대신전 안에 남아 있으니까.

"발사 준비!"

다시금 대신전의 문이 굳게 잠기고, 신전과 광장을 가르는 벽 위에서 궁수 신관들이 모습을 드러냈다.

번뜩이는 숱한 화살들을 목격한 세일럼이 급히 외쳤다.

"루나, 레이! 저 화살들을 막아!"

"발사!"

거의 동시에, 화살비가 신관들의 손아귀를 벗어났다.

두 정령이 급히 날아가 화살들을 흩어 버렸지만, 그 많은 수를 막아 낼 수는 없는 노릇이었다.

퍽, 퍽!

"아아악!"

"크윽!"

이곳저곳에서 화살에 맞은 피해자가 속출하기 시작했다.

다이아나가 커다랗게 호령했다.

"부상자는 뒤로 빠져! 움직일 수 있는 자들은 후방에 합류해 엄호해라!"

"예!"

하지만 고작 화살 정도로 단련된 기사들과 엘프 전사들을 막기란 불가능했다.

연합군은 부지런히 적을 베어 내며 앞으로 나아갔다.

최전방에서 날뛰는 라이오스, 아렌트와 뒤처진 연합군 본대 사이의 거리가 점점 좁혀지고 있었다.

"2차 소환!"

적의 신관이 커다랗게 외쳤다. 그러자 다시금 사방에 새빨간 소환진이 생성되더니, 한층 더 많은 구울들이 쏟아져 나오기 시작했다.

"이 미친 새끼들, 아렌트 하나 죽이자고 이렇게까지 했단 말이야?

정신없이 적을 상대하던 라이더가 욕설을 내뱉었다.

결국 이번에도 아렌트가 옳았던 셈이었다.

만약 르웰린이 작전에 따라 적진을 향해 먼저 화살을 날리지 않았더라면.

아렌트가 적의 영역에 발을 딛는 순간, 소환진이 발동하고 신관들이 모두 구울로 변했을 터였다.

아렌트는 순식간에 구울들과 적 신관들에게 둘러싸인 꼴이 됐을 테고.

아무리 서리 어린 손길이 있다고 한들, 이 정도의 머릿수를 아렌트가 혼자 상대하는 건 불가능했다.

지켜보던 본대가 급히 합류한대도, 구울과 신관들에게 가로막혔겠지.

그랬다면 그들은 아렌트가 살해당하는 꼴을 지켜만 봐야 했을 것이다.

'무서운 놈.'

등줄기가 섬뜩해지는 기분이었다.

함정의 존재를 뻔히 예상하고도, 아렌트는 작전을 위해 스스로 미끼가 되겠다고 자처했으니까.

제정신이 아닌 녀석이었다.

'그리고 대신관님을 구하겠다는 일념 역시 있었을 테고.'

하지만 루미엘이 나오지 않은 지금, 아렌트의 속은 말이 아닐 터였다.

방금 보인 흐트러진 모습의 원인도 아마 그것이겠지.

"비열한 새끼들."

결국 라이더의 입에서 욕이 흘러나왔다.

"대신전을 수복할 때까지, 검을 멈추지 마라!"

마침 같은 생각을 했는지, 리히트가 분노한 목소리로 커다랗게 외쳤다.

라이오스가 최전방으로 가 버린 지금, 뒤에 남은 3기사단을 지휘해야 할 사람은 바로 리히트였다.

"예!"

한층 더 사기를 끌어올린 기사들이 사납게 적들을 몰아세웠다.

퍽!

등 뒤에서 날아온 르웰린의 화살들이 정확히 적들의 머리를 터뜨려 놓으며 그들을 보조했다.

이따금 머리 위에서 적의 화살이 날아들기도 했지만, 기사들은 전혀 신경 쓰지 않았다.

아예 그쪽은 세일럼에게 맡겨 버린 거였다.

"신관님들을 지켜라! 손끝 하나 대지 못하게 해!"

신관들을 지키는 역할을 맡은 셰키나 역시 부하들에게 호령했다.

적들이 결계에 갇힌 루체 교 신관들을 향해 꾸역꾸역 밀려들었다. 단지 그들의 피를 탐하고 싶은 구울도 있었고, 어떻게든 그들의 결계를 깨기 위해 위협을 가하는 적 신관들도 존재했다.

"그깟 수가 언제까지 통할 거라 생각하나!"

체르니온 교 신관이 외치는 소리에 셰키나가 차분하게 대답했다.

"일단은 최선을 다해 볼 생각입니다."

그녀의 주변으로 가볍게 미풍이 몰아치더니, 셰키나의 발아래에 새하얀 마법진이 피어났다.

잠시 후. 마력 차단 결계 위로 한 겹 더 반투명한 보호막이 형성되었다.

셰키나가 시전한 방어 마법이었다.

"다들 눈앞의 적에만 집중해라! 방어는 내가 맡겠다!"

셰키나의 호령에 엘프 전사들이 커다랗게 대답했다.

"명 따르겠습니다!"

엘프 전사들이 반투명한 보호막을 등지고 제각기 앞의 적들을 처리해 나가기 시작했다.

쐐애애액!

그때, 루체 교 신관들을 향해 화살이 맹렬히 날아들었다. 신관들이 움찔하며 몸을 웅크렸지만, 화살은 팅 소리를 내며 방어막에 부딪혀 싱겁게 튕겨 나갔다.

"아……."

신관들이 짧게 탄성을 터뜨렸다. 그중 누군가가 습관적으로 입술을 달싹였다.

"루체 님……."

"딱 하나 규칙을 정하겠습니다."

그때, 마법을 유지하는 데 집중하던 셰키나가 단호하게 말했다.

"적어도 지금만큼은, 루체 님께 기도하는 것은 금지입니다. 사기가 떨어질 것 같으니까요."

"예?"

신관들이 얼빠진 목소리로 물었다. 하지만 셰키나는 더 이상 대답하지 않았다. 주변을 지키는 다른 전사들과 기사들 역시 마찬가지였다.

세키나의 말에 부정도, 긍정도 하지 않은 채 적을 없애는 데에만 집중할 뿐이었다.

루체 교 신관들은 그제야 뼈저리게 깨달을 수 있었다.

"……."

적어도 이 전장에는, 그리고 라이오스를 따르는 이들 중에서는, 더 이상 루체를 향해 진심 어린 기도를 바치는 자가 없었다.

루체는 그들을 지켜 주지 못했다. 아니, 지켜 주지 않았다.

지금 그들을 위해 목숨 걸고 싸우는 것은 신에게서 등을 돌린 변절자들이었다.

루체 신이 아니라.

"……."

이 전쟁이 벌어진 것은 분명 신의 의도였을 터. 라이오스를 영웅으로 고른 것도 루체, 아렌트에게 자비를 베풀어 목숨을 구해준 것도 루체였다.

그러나 모든 것들은 오직 체르니온 교와의 전쟁에서 승리하고픈 욕망에서 비롯된 자비였을 뿐.

진정 세상을 구하기 위해 나선 영웅은 따로 있었다.

루체는, 그들이 지금까지 몸과 마음을 모두 바치던 존재는, 더 이상 정의가 아니었다.

* * *

쿵. 쿠우우웅.

대신전과는 어울리지 않은 폭음이 이따금 공기를 울렸다. 누군가의 비명 소리와 성난 외침, 그리고 무기들이 서로 부딪치며 서로를 향해 으르렁대는 소리 역시 함께였다.

마치 아름다운 음악을 감상하듯, 이리스는 한참 동안 외부 소음에 귀를 기울였다.

그러기를 한참, 이리스가 넌지시 입을 열었다.

"아무래도 그대의 신관들은 모두 살아남은 모양입니다, 루미엘 대신관님. 저는 다소 유감스럽지만, 대신관님께는 다행스러운 결과로군요."

"……."

하지만 루미엘은 대답하지 않았다. 그다지 말을 섞고 싶지 않은 듯, 그저 우두커니 앉아서 기도하는 것처럼 두 손을 모으고 눈을 감고 있을 뿐이었다.

하지만 이리스는 그녀가 자신에게 귀를 기울이고 있다는 사실을 잘 알고 있었다.

"하지만 이제 시작일 뿐이니……. 결과가 어떻게 될지는 한참 뒤에나 알 수 있을 거예요. 대신관님께서는 이곳에서 편안히 관전하실 수 있을 겁니다."

"……."

그제서야 루미엘이 천천히 눈을 떴다. 아까보다 어두워진 낯빛은 금방이라도 쓰러질 것 같았다.

"……그렇습니까?"

"후회는 없으십니까?"

"예. 자리를 지키는 것은 저 하나면 충분하니까요."

루미엘이 차가운 목소리로 대답했다.

"그리고 오해 마시길 바랍니다. 저는 결코 루체 님을 등지지 않을 것입니다. 그대의 편이 되는 일은 결코 없습니다."

루미엘이 차갑게 대답했다. 이리스는 그것으로 만족한 듯 빙그레 미소 지었다.

"저도 잘 알고 있답니다. 당연히 그러셔야지요. 대신관님은 루체 님의 종이시니."

그녀의 신앙을 부정할 생각은 추호도 없었다. 루체 역시 신성한 존재임은 틀림없으니.

단지 루미엘이 아렌트 폰 에크하르트의 손을 들어 주는 모습이 그다지 마음에 들지 않았을 뿐이었다.

"합당한 일입니다."

이리스가 조용히 속삭였다.

"불신자와 배교도를 품으려 하신 대신관님의 인품은 존경할 만 하나……. 어린애의 복수극에 휘말리는 것은 루체 님께도 바람직한 일이 아닐 테니까요. 그렇지요?"

"유감스럽게도, 성녀님."

루미엘이 다시 눈을 감았다.
"저는 그저 루체 님의 곁을 지키고 싶을 뿐입니다."
"그러시군요."
작게 웃은 이리스는 다시 소파에 등을 기댔다.
"대신관님과 생사를 함께 거는 것도, 나쁘지는 않군요. 저들이 이기면 저는 죽고, 우리가 이기면 대신관님께서 아렌트 경과 함께 저 처형대에 세워질 테니까요."
"……성녀께서는 얼마든지 빠져나가실 능력이 있다고 압니다."
"하지만 도망치는 것은 정정당당하지 못한 일이지요."
이리스가 담담하게 대답했다.
"이번 싸움에서 패한다면, 우리도 당분간 재기가 어렵습니다. 그러니 도망치는 것도 의미가 없는 일이지요."
"하지만 그대에게는 죽음 또한 하나의 도주로일 뿐이겠지요."
루미엘의 음성이 다소 날카로워졌다.
"오랜 세월 동안 삶을 거듭해 오셨다고 들었습니다. 그 과정에서 성녀께서는 무엇을 얻으셨나요?"
"체르니온 님의 무한한 사랑과 믿음이랍니다. 매 삶을 성녀로서 살게 해 주셨으니, 이 얼마나 영광스러운 일인가요."
성녀가 즐겁게 대답했다.
"이번 삶도 보람되었습니다. 이대로 체르니온 님의 시

대를 열게 된다면, 더 이상 바랄 것이 없겠지요."

"성녀께서는 결코 뜻을 이루지 못하실 겁니다."

두 손을 가지런히 모은 루미엘이 차분하게 대답했다.

"이번은 물론이고, 몇 번이나 삶을 거듭해도 마찬가지입니다. 체르니온 님과 성녀님은 절대로 세상을 손에 넣지 못하실 겁니다."

평소의 그녀답지 않은, 저주 비슷한 말이었다. 이리스는 그냥 웃어 버렸다. 그조차도 재미있다는 듯이.

"그러하다면 저는 이번의 승리를 간절히 기원할 수밖에 없군요. 하지만 루미엘 대신관님께서 바라시는 것과는 달리, 전망이 그리 나쁘지만은 않습니다."

아렌트와 라이오스가 활약할수록, 루체를 향한 신앙심은 깎여나갈 터였다. 당장 저 전장에서 루체를 향해 기도하는 사람은 단 한 사람도 없을 거라, 이리스는 자신할 수 있었다.

만일 승리한다면, 이리스는 아렌트를 사람들이 보는 앞에서 할 수 있는 한 가장 처참하게 죽일 생각이었다.

루체 신을 부정하고, 체르니온을 향해 반기를 들었던 자를 본보기 삼는 것보다 효과적인 포교가 어디에 있을까.

루체 신에게 버려지고 영웅마저 잃은 사람들은 결국 체르니온에게 굴복할 수밖에 없을 터였다.

"그것이 바로 연극이라는 거겠지요."

이리스가 쿡쿡 웃음소리를 냈다.

아렌트가 종종 입에 올리는 말버릇이었다. 루미엘은 이번에도 대답하지 않았다.

그저 기도하듯, 조용히 손을 모으로 눈을 감고 있을 뿐이었다.

* * *

라이오스와 아렌트가 맹렬히 적진을 파고들었다. 리히트가 점점 멀어지는 두 사람을 향해 소리 질렀다.

"너무 깊이 들어가지 마십시오! 포위당하면 위험합니다! 돌아오세요, 단장님!"

하지만 두 사람 다 듣지 못한건지, 아니면 들은 척도 하지 않는 것인지 그 자리에서 꿈쩍도 하지 않았다. 덕분에 리히트는 속에서 천불이 끓는 심정이었다.

"하여튼 두 사람 다 사람 말 안 듣는 건 알아 줘야 한다니까요!"

아서가 이를 북북 갈며 더욱 빠르게 적들을 베어 나가기 시작했다. 글렌이 그를 향해 경고했다.

"너야말로 날뛰지 마, 이 자식아!"

"선배님은 바빠 죽겠는데 그런 말씀이 나오십니까?"

이런 와중에도 버릇이 되어 버린 입씨름은 멈출 줄을 몰랐다.

싸움에나 집중하라고 한 마디 쏘아붙이려던 리히트는 그냥 모든 것을 다 포기해 버렸다.

언제나 그랬듯 한숨만 푹 내쉴 뿐이지.

'치열한 것보다는 차라리 이게 낫나.'

누구도 죽을 생각은 없어 보이니까.

리히트는 초조한 마음을 억누르며 단장과 후배가 있는 최전선으로 시선을 던졌다.

멀찍이 보이는 라이오스와 아렌트는 마치 한 몸이라도 되는 것처럼 움직이고 있었다.

잠깐 불안해 보이던 아렌트는, 라이오스가 합류한 순간부터 이성을 붙잡은듯 보였다.

'그 점은 다행이지만······.'

라이오스와 아렌트, 둘 다 곡예에 가까운 움직임을 보이고 있다는 사실만큼은 여전히 변하지 않았다.

두 사람이 휩쓸고 지나간 곳은 구울의 시신만이 남았다.

성검에 베인 구울들은 맥없이 녹아내렸고, 아렌트의 영향권에 닿은 적들은 차마 비명도 지르지 못한 채 흰 서리에 집어삼켜졌다.

두 사람을 중심으로 만들어진 공간은 점차 굳게 닫힌 대신전의 문을 향해 확장되고 있었다.

그리고 마침내.

콰아아앙!

라이오스의 검이 잠긴 문을 강하게 내려쳤다.

무시무시한 폭음이 전장을 한바탕 휩쓸었다.

적들이 강화 마법을 걸어 둔 듯, 문이 당장 박살 나지는 않았다. 하지만 고작 마법 정도로 라이오스의 힘을 감당해 내기란 불가능한 일이었다.

쩌적.

양각 조각으로 꾸며진 루체 신의 아름다운 낯에 금이 흉한 금이 생겼다.

라이오스가 마지막 일격을 가하려 할때, 재차 적들이 밀려들기 시작했다. 라이오스는 문을 등지고 다시 적들을 상대했다.

그와 교대하듯 나선 것은 바로 아렌트였다.

서걱!

단칼에 적들을 떨쳐내 버린 아렌트는 곧장 금이 간 문을 향해 지면을 박찼다.

그를 저지하려 한 무리의 신관들이 달려들었지만, 이내 라이오스의 검에 절명했다.

"커어어억!"

"막아! 커헉!"

익히 그럴 줄 알았다는 듯, 아렌트는 뒤도 돌아보지 않고 희게 얼어붙은 검을 양 손으로 붙잡았다.

그리고 있는 힘껏, 크게 균열이 생긴 루체의 얼굴을 향해 검을 내려쳤다.

콰아아앙!

싸늘한 바람이 주변을 휩쓸었다.

아렌트의 검이 박힌 문이 새하얀 서리에 잡아먹히기 시작했다.

바닥에 착지한 아렌트는 위태롭게 흔들리는 문을 향해 재차 돌진했다.

콰드드득!

새하얀 검이 루체 신의 얼굴을 가로로 베어 버렸다.

쩌억, 쩌어억.

대문이 살벌한 소리를 내며 갈라지기 시작했다.

그리고 마침내.

콰아아앙!

극한의 한기를 이기지 못한 문이 커다란 폭발과 함께 산산히 조각났다. 사방으로 튀어나간 파편들은 이내 완전히 서리에 뒤덮여 얼음 가루로 변해 흩어져 버렸다.

그때, 라이오스는 주변 마력 흐름의 이변을 느꼈다.

적들을 한꺼번에 떨쳐낸 라이오스가 급히 외쳤다.

"아렌트, 물러서라!"

"……!"

아렌트가 급히 땅을 박차고 라이오스가 있는 곳까지 물러섰다.

바로 그 순간.

화아아악!

문이 있던 자리를 중심으로 거대한 소환진이 생성되었다.

호문쿨루스가 소환되려는 조짐이었다.

"……!"

아렌트는 급히 주변을 둘러보았다. 성벽 위에 소환수를 펼친 신관이 눈에 들어왔다.

"아오, 이 귀찮은 새끼들!"

욕설을 내뱉은 아렌트는 라이오스와 함께 소환진의 영향권에서 벗어났다.

콰득, 콰드드득!

검붉은 소환진에 닿은 구울과 신관들은 순식간에 한줌의 핏물이 되어 사라졌다.

호문쿨루스의 양분이 되어 소환진에 흡수된 거였다.

상황이 급박해진 것은 다른 쪽 역시 마찬가지였다.

"크아아아악!"

"소환진에 닿지 마라!"

자카르가 급하게 명령했다.

미처 소환진을 피하지 못한 피해자들이 이곳저곳에서 속출하기 시작했다.

"물러서! 물러서라!"

발 아래에서 몰아치는 마력을 느낀 리히트 역시 급하게 명령했다. 3기사단은 저마다 상대하던 적들을 모두 쳐내고는 급하게 몸을 뺐다.

아니나다를까, 방금 전까지 3기사단이 사투를 벌이던 전장이 순식간에 검붉은 소환진으로 뒤덮혔다.

콰드드드득!

신화 속 괴물이라도 된 것처럼 소환진은 제 위에 있는 모든 것들을 먹어 치우기 시작했다.

미처 완성되지 못한 호문쿨루스의 힘을 채우기 위함이었다.

"……."

정신없이 싸우던 이들도 그 광경에 아연해질 수밖에 없었다.

희생되는 건 대부분 구울과 체르니온 교의 신관들이었다. 아군에게 큰 해를 입히는데도, 체르니온 교단은 소환을 멈추지 않았다.

심지어는 소환마법을 시전한 신관 역시 코와 입에서 피를 뚝뚝 떨어뜨리고 있었다.

"르웰린 왕자님!"

"알고 있어요!"

셰키나의 외침에 르웰린이 소환자를 향해 화살을 겨누었다.

쐐애애애액!

아티팩트의 힘을 받은 화살이 맹렬하게 날아들었다. 하지만 그것은 소환자에게 닿지 못했다.

소환술을 펼치는 옆에서 지키고 있던 신관이 대신 화살

을 맞은 탓이었다.

퍽!

화살이 신관의 머리를 정확히 터뜨려 놓았다. 쯧 혀를 찬 르웰린이 다시 화살을 준비하려 했다.

하지만 때는 이미 늦었다.

세 개의 소환진 위에 거대한 그림자와도 같은 존재가 서서히 모습을 드러내기 시작했다.

"……."

거대한 그림자는 꿈틀대며 서서히 제 몸체를 마법진 밖으로 끌어냈다. 엘프 전사들과 기사들이 화살이며 단검을 던져 공격했지만, 그것조차도 마법진에 닿는 순간 가루가 되어 호문쿨루스에게 흡수되고 말았다.

결국 그들은 호문쿨루스가 소환되는 순간을 손 놓고 지켜보는 수밖에 없었다.

거센 진동과 함께 검은 그림자가 제멋대로 꿈틀대며 서서히 형체를 갖춰 나갔다.

가장 먼저 깎아 만든 듯한 아름다운 얼굴이 그림자 속에서 고개를 들었다. 그 다음으로는 폭포수처럼 쏟아지는 머리칼, 가느다란 어깨와 가슴 앞에 곱게 모인 양 손.

칠흑색의 표면은 마치 밤의 한 조각을 빚어 낸 것 같았다.

지켜보던 이들은 그만 할 말을 잃어버리고 말았다.

"오오, 아름답지 아니한가!"

"저 모습이야말로 체르니온 님의 축복을 증명하는 것이다!"

체르니온 교 신관들 측에서 황홀경에 젖은 외침이 들려왔다.

드디어 이 땅 위에 고개를 든 어둠의 신의 신형이, 전장 한가운데에 거대한 존재감을 드리웠다.

6장. 후회하지 않습니다.

후회하지 않습니다.

 드득. 드드드득.
 땅울림이 점차 강해지고 있었다. 더 이상 짐승조차 남아 있지 않은 깊은 산. 정상 쪽에서 흙더미와 바위까지 굴러떨어지기 시작했다.
 정면에서 떨어지는 커다란 돌을 발견한 워렌과 스텔이 급하게 몸을 옆으로 날렸다.
 콰아아앙!
 굴러떨어지던 바위는 거목과 부딪혀 두 쪽으로 갈라졌다. 나무는 그대로 부러져 고꾸라지고 말았다.
 콰드드득!
 워렌은 부러진 나무줄기와 조각난 바위가 함께 쏟아지는 것을 질린 눈으로 보았다.

"드래곤이라는 게 원래 이렇게 요란하게 깨어나는 건가?"

"아니. 더 휴식이 필요한 상황에서 억지로 움직이려 하니 이렇게 되는 거다."

스텔이 딱딱하게 대답했다.

"니케포르는 노룡이다. 회복이 더딜 수밖에. 게다가 수면기도 보내는 둥 마는 둥 하며 지냈던 것 같으니, 떨어지지 않는 눈꺼풀을 들어 올리려 발버둥을 치는 거다."

원래 백 년에서 수백 년을 수면기로 보내야 하는 드래곤이었다. 전쟁이 끝나기 전 부상을 입고 수면기에 든 렉시온과는 달리, 니케포르는 몇 달, 몇 주씩 눈을 붙이는 것으로 버텨 온 거였다.

오직 신만을 위해서 자신의 본능마저 억누르던 부작용이었다.

"원래는 조용히 잠들었다가 깨어나는 게 정상이다. 니케포르는 정신력으로 수면기를 이겨 내려는 거지."

"진짜 독한 새끼……."

워렌이 혀를 내두르는 것을 대충 흘려들으며, 스텔은 공기 중의 냄새에 집중했다.

"시간이 얼마 없다."

"정말로 괜찮은 거 맞나? 드래곤이 자리를 비우면 구울의 거점을 찾기는 더 편할 테지만."

워렌이 살짝 인상을 찌푸렸다.

"적을 전장으로 보낸다면, 그쪽 사람들의 안전을 보장

할 수 없어져."

 마지막으로 상황을 공유했을 때, 황성에서 큰 전투의 조짐이 보인다고 했으니…….

 아마 지금쯤 황성은 전장에 휘말려 초토화가 되었을 것이다.

 거기에 만일 깨어난 니케포르마저 가세한다면 제아무리 영웅과 아렌트라고 한들 속수무책으로 당할 수밖에 없을 터였다.

 "내가 말했을 텐데."

 스텔이 무뚝뚝하게 대꾸했다.

 "거기까지는 우리가 상관할 부분이 아니라고."

 "그러니까 지금 그런 말을 할……."

 답답해진 워렌이 쏘아붙이려다 문득 입을 다물었다. 아무리 스텔이 무심한 자라고 한들, 황성이 위험해지는 것을 그냥 두고만 볼 자는 아니었다.

 스텔이 짧게 덧붙였다.

 "난 주인님께 또 혼나고 싶지 않아."

 그제야 워렌은 아까부터 스텔이 묘하게 언짢아 보였던 이유를 깨달았다.

 잠깐 뜸을 들이던 워렌이 툭 내뱉었다.

 "……역시 강아지가 맞군."

 "죽고 싶나?"

* * *

"……."

본능적인 거부감이 꿈틀거렸다.

신의 아름다움을 모방한 저것은, 그들로 하여금 전에 없던 불쾌감과 역겨움을 불러일으켰다.

전장에 닳고 닳은 기사들마저도 한순간 얼어 붙어버릴 정도로.

"와……."

아서의 입에서 얼빠진 탄식이 흘러나왔다. 인정하고 싶지 않았지만, 거대한 신을 마주한 순간부터 손바닥이 식은땀으로 축축하게 젖어 들고 있었다.

차마 이루 말할 수 없는 거부감이 배알을 뒤틀리게 했다. 전투에 참여했던 이들 중 몇몇은 그 자리에 주저앉아 속을 게워 냈다.

'저건 호문쿨루스가 아니라…….'

신성력의 결집체, 신의 파편에 더 가까워 보였다. 적들이 만들어 내려 했던 궁극의 호문쿨루스가 바로 저것이겠지.

특히나 강한 기적에 민감한 엘프들의 낯빛은 사색이 되어 있었다. 금방이라도 기절해 쓰러질 것처럼 몸을 휘청였다.

그러나.

"정신 차려라! 저것은 적일 뿐이다!"

다이아나의 호령에 모두가 퍼뜩 이성을 붙잡았다.

"신의 형상을 모방한다고 해서, 무슨 의미가 있나!"

정신을 다잡은 다이아나가 가장 먼저 호문쿨루스를 향해 거침없이 나아가기 시작했다.

정신을 차린 리히트가 급히 명령을 내렸다.

"2기사단은 자리를 지켜라! 3기사단, 다이아나 단장님을 따라라!"

"예!

사방에서 우렁찬 대답이 돌아왔다. 아서는 리히트의 뒤를 따르기 전, 저도 모르게 아렌트를 보았다.

거대한 괴물 앞에 놓인 아렌트와 라이오스가 유난히 작아 보였다.

누구보다도 신성모독에 앞장서는 두 사람은, 거대한 신의 모습에도 전혀 아랑곳하지 않는 듯했다.

그러나······.

아서는 보고야 말았다.

아렌트가 습관적으로 목의 상처를 뜯는 것을.

하지만 그것도 잠시.

아렌트는 금세 다시 검을 다잡고, 곧장 전투태세에 들어갔다.

'독한 새끼.'

아서는 속으로 혀를 내두를 수밖에 없었다.

스스로 상처를 낼 정도로 압박감을 느끼면서도, 의연하게 구는 꼴이 어처구니가 없었다.

"아서, 집중해!"

라이더의 냉정한 말에 아서가 불현듯 고개를 들었다.

그와 눈을 마주친 라이더가 짧게 말했다.

"단장님이 알아서 하실 거다."

"예!"

그제야 아서도 마음을 다잡고 고개를 끄덕였다. 그러고는 막 사투를 벌이기 시작한 다이아나와 제 선배들을 따라 전장에 발을 들였다.

"움직일 수 있는 자는 나를 따르라! 상대는 신이 아닌 호문쿨루스다. 두려워할 필요 없다!"

자카르 역시 한 무리의 엘프 전사들을 대동한 채 나머지 호문쿨루스를 상대하기 위해 나섰다. 후방에 남은 셰키나의 전사들과 병사들에게는 자연스레 그들을 엄호하며 구울들을 견제하는 임무가 생겼다.

"자카르 님을 엄호해!"

"예!"

셰키나의 명령에 엘프 궁수들이 정신을 차리고 다시금 화살을 집었다. 여전히 체르니온 교 신관들과 구울들은 루체 교 신관들이 있는 곳을 향해 꾸역꾸역 밀려들고 있었다.

"레이! 셰키나 님께 가서 적들을 견제해! 루나! 르웰린

님을 도와줘!"

 세일럼이 몇 개째일지 모를 마정석을 쥐며 정령들에게 명령했다.

 새로운 마정석이 공급되자, 정령들은 한결 더 밝은 금빛을 뿜으며 저마다의 자리를 찾아갔다.

 뜨거운 금빛 돌풍이 적들을 한꺼번에 쓸어버렸다.

 "크아아악!"

 정령 특유의 생기 넘치는 마력은, 죽은 신체를 가진 신관들에게는 뜨거운 횃불과도 같았다.

 신관들이 급히 눈을 가리자 정령의 마력을 고스란히 받아낸 팔뚝의 피부가 녹아내리기 시작했다.

 구울들도 마찬가지였다. 시력에 의존하던 구울들은 순식간에 안구가 녹아내려 혼란에 빠졌다.

 셰키나는 그 틈을 놓치지 않았다.

 "발사!"

 셰키나의 명령에 엘프 전사들이 일제히 화살을 쏘았다.

 퍽, 퍽!

 강한 마력이 실린 화살이 적들의 머리를 정확히 꿰뚫었다. 그렇다고 적이 곧바로 죽는 것은 아니었지만, 두부를 잃은 적들은 곧장 방향을 잃고 우왕좌왕했다.

 허우적대는 적들을 완전히 끝장내는 것은 기사들과 병사들의 몫이었다.

한편, 라이오스와 아렌트 역시 행동을 개시했다.
"대충 힘닿는 대로 막아 봐요!"
아렌트의 외침에 라이오스가 홀로 호문쿨루스에게 돌진했다.
"단장에게 그런 식으로 말하면 안 된다!"
신을 닮아 아름다운 상반신은 검은 눈동자로 세상을 내려다보고 있었다.
반면에 여전히 괴물체에서 벗어나지 못한 하반신은 제멋대로 꿈틀대며 적들을 집어삼키려 했다.
다행히도 주변을 닥치는 대로 분쇄하던 소환진은 멈췄지만, 그렇다고 해서 방심할 수 있는 것은 결코 아니었다.
호문쿨루스의 하반신에서 줄기가 매섭게 뻗어 나왔다.
라이오스는 그것을 피하지 않고 정면으로 막아 냈다.
쿠우우웅!
상반되는 두 신성력이 맞닿으며 거대한 폭발을 일으켰다.
콰아아아앙!
라이오스가 딛고 선 자리부터 커다란 돌풍이 휘몰아쳤다. 그들에게 달려들려던 구울들이 균형을 잃고 나가떨어질 정도였다.
하지만 라이오스는 꿈쩍도 하지 않았다.
쾅, 콰아아앙!

검은 줄기가 수 개로 갈라지며, 라이오스를 향해 호문쿨루스의 공격이 연달아 이어졌다.

"큭……!"

라이오스의 입에서 붉은 선혈이 터져 나왔다.

드드득.

발이 뒤로 밀려나며 단단히 딛고 선 지면에 상흔이 남았다.

그러는 사이, 아렌트는 호문쿨루스의 뒤로 접근했다.

뒤늦게 아렌트의 존재를 알아차린 호문쿨루스가 꿈틀대는 본체를 움직여 공격을 감행했다.

콰아아앙!

방금 전까지 아렌트가 서 있던 자리가 완전히 가루가 되었다. 가볍게 도약한 아렌트는 호문쿨루스의 몸체를 발판 삼아 더욱 높이 뛰어올랐다.

바로 그때, 미동도 없던 상반신이 움직였다.

"……!"

아렌트가 반사적으로 검을 치켜드는 것과 동시에, 검붉은 줄기가 그를 향해 똑바로 날아들었다.

허공에서 갑자기 방향을 바꾸는 것은 무리였다. 게다가 지금 피해 버리면 지상에서 싸우는 이들에게 피해가 갈 수도 있었다.

빠르게 판단을 마친 아렌트는 정면에서 공격을 받아 내는 것을 선택했다.

콰아아아앙!

아렌트의 검과 신성력의 응집체가 닿는 순간, 커다란 폭발이 일어났다.

새하얀 서리가 사방에 흩뿌려졌다. 그것과 함께 마치 먼지 덩어리 같은 검은 신성력이 눈처럼 나풀나풀 쏟아졌다.

기괴한 광경이었다.

급히 착지한 아렌트가 몸을 옆으로 굴렸다.

그와 동시에, 그가 착지했던 자리에 검은 줄기가 솟아올랐다.

"아오, 뭐가 이렇게 빨라?"

아렌트가 결국 신경질을 터뜨렸다. 잽싸게 몸을 일으킨 아렌트는 다시 달려들려다, 자신을 향해 날아드는 공격을 피해 방향을 바꿀 수밖에 없었다.

"다들 조심해라! 반응 속도가 보통 호문쿨루스와는 전혀 다르다!"

마침 다이아나 쪽에서도 그런 외침이 터져 나왔다.

이 호문쿨루스는 그간 공략당했던 약점을 모두 보완한, 말 그대로 '기적의 병사'였다.

"신의 힘 앞에 무릎을 꿇어라!"

기사에게 베인 체르니온 교 신관의 목이 바닥을 뒹굴며 낄낄 웃음을 터뜨렸다.

"진 님이 틀을 만들고 이리스 님께서 은혜를 담아 완성된, 그야말로 신의 분신과도 같은 존재가 아닌가!"

그때, 퍽.

어디선가 날아든 화살이 머리통을 완전히 깨부숴 버렸다.

르웰린의 작품이었다.

아렌트가 피가 터진 입술을 한 번 훔치며 짜증을 터뜨렸다.

"이거 진짜 미친 새끼 아냐? 저딴 걸 신이라고 모시고 싶냐? 신성모독은 내가 아니라 너희들이 하는 거겠지!"

다른 호문쿨루스와 싸우던 아서가 짜증을 터뜨렸다.

"미친 새끼는 너야, 멍청아! 너는 이 와중에 그런 소리가 나오냐?"

싸우는 데 집중하던 엘프 전사가 질린 목소리를 냈다.

"저 사람들은 이런 와중에도 여전하군요."

"신경 쓰지 마라. 괜히 말려든다."

자카르의 진지한 조언이었다.

* * *

소란에 휩싸인 대신전과는 정반대로, 황궁은 그저 고요하기만 했다.

곳곳에 남은 상흔만이, 얼마 전에 이곳에 격한 전쟁이 있었다는 사실만이 있었다는 것을 알려 줄 뿐이었다.

사람들 대부분이 피난을 가거나 전장으로 떠난 통에, 황궁은 고요한 침묵에 잠겨 있었다.

아직도 이곳에 남은 시종들과 몇몇 사람들만이 남아 조용히 뒷수습을 진행할 뿐이었다.

그런 와중에 황태자가 어릴 적 사용하던 연무장에 관심을 기울이는 사람은 아무도 없었다.

이 주변은 특히나 더 을씨년스러웠다.

로저와 아렌트, 그리고 라이오스가 싸움을 벌인 흔적이 고스란히 남아 있기에 더욱 그랬다.

쥐새끼 한 마리 얼씬대지 않는 이곳에서, 조용히 웅크린 거대한 존재가 조금씩 기지개를 켜고 있었다.

"……."

쩍. 쩌적.

미세한 소리와 함께, 스텔이 펼쳐 둔 반투명한 결계에 금이 가기 시작했다.

* * *

생각보다도 기분 더러운 일이었다.

언제나 악몽에서 자신을 괴롭히던 존재를 현실에서 마주한다는 것은.

'아니, 꼭 꿈에서만도 아니지.'

저 존재는 아주 오랜 시간 동안 모든 공간, 모든 장소에서 그를 호시탐탐 노려왔다.

최전선에 있는 것이 오히려 다행인지도 몰랐다.

목숨을 위태롭게 만드는 공격 하나하나가, 그에게 현실감을 일깨워 주고 있었으니까.

방금 긁은 목의 상처와 전신에서 느껴지는 통증, 그리고 이따금 들려오는 고함 소리.

이 전장의 그 모든 것들이 알려 주고 있었다.

여기는 꿈도 환각도 아니며, 심지어는 무대 위조차도 아니라는 것을.

"크윽!"

콰아아앙!

아렌트의 검과 거대한 줄기가 맞부딪쳤다. 뒤로 주욱 밀려난 아렌트는 가까스로 호문쿨루스의 공격을 흘려보냈다.

다시금 아렌트에게 공격이 날아들었다.

그때, 쐐애애액!

뒤에서 날아온 화살이 검은 줄기의 한가운데를 꿰뚫었다.

파악!

파공음과 함께 중간에서 절단된 검은 줄기가 아래로 툭 떨어졌다. 아렌트는 그 틈을 놓치지 않고 회수되는 줄기를 향해 검을 휘둘렀다.

쩌억.

새하얀 서리 폭풍이 몰아치며, 잘려 나간 줄기의 단면을 얼려버렸다.

아렌트가 사뿐히 바닥에 착지한 순간.

뒤이어 날아온 르웰린의 화살이 얼어붙은 줄기에 명중했다.

쨍그랑!

루나와 아티팩트의 힘을 실은 화살에 직격당한 줄기가 산산조각 나 반짝이는 얼음 파편이 되어 흩어졌다.

"헉, 헉……."

르웰린은 숨을 몰아쉬며 다시 화살을 꺼냈다. 화살을 쥔 그의 손끝은 이미 엉망으로 터져 피투성이가 되어 있었다.

평소라면 누구든 한마디 잔소리를 했을 테지만. 유감스럽게도 그럴 여유가 있는 사람은 아무도 없었다.

아렌트와 라이오스 역시 마찬가지였다.

가까스로 숨을 돌리려던 아렌트는, 라이오스가 미처 막아내지 못한 공격을 포착하고는 몸을 날려야만 했다.

콰아아앙!

하지만 상상을 초월하는 힘을 아렌트가 오롯이 견뎌내는 것은 불가능했다.

"커헉!"

결국 아렌트의 입에서 피가 튀었다. 하지만 그는 뒤로 밀려나면서도 단단히 붙잡은 검을 놓치지 않았다.

아렌트가 잠깐 시간을 번 사이, 라이오스는 자신을 가로막은 줄기들을 단칼에 베어 냈다.

서걱!

새하얀 검광이 가로로 횡을 그으며, 꿈틀대는 호문쿨루스를 완전히 갈라놓았다. 무수한 조각으로 부서진 적을 확인할 틈도 없이, 라이오스는 아렌트를 압박하는 검은 줄기 역시 베어 냈다.

쿠우우웅!

육중한 소리를 내며 바닥에 떨어진 파편은 그대로 그림자 속에 녹아들었다.

신성력과 서리 어린 손길 때문에 상당 부분 결손되었지만, 그래도 대부분은 본체로 돌아가 재생에 쓰인 듯했다.

"끝이 없군."

라이오스가 쯧 혀를 찼다.

다이아나가 이끄는 2, 3기사단과 자카르의 전사들도 고전을 면치 못하는 것은 마찬가지였다.

이따금 루나와 레이가 호문쿨루스의 회복을 방해하며 그들을 도왔지만, 고작 정령 둘로는 괴물들을 감당하기 어려웠다.

"화공을 준비해!"

르웰린이 커다랗게 명령하자 그와 함께 있던 궁수들이 기름을 먹인 화살을 들기 시작했다.

셰키나의 궁수들 역시 마찬가지였다.

르웰린의 신호에 셰키나의 마법이 새겨진 화살을 손에 쥐었다.

"셰키나 님, 괜찮으시겠습니까?"

엘프 궁수가 셰키나에게 물었다. 그녀는 이미 루체 교 신관들을 지키기 위해 방어 마법을 펼친 상태였다. 게다가 전투에도 직접 임하며 벌써 몇 번이나 마법을 중첩해서 사용하고 있었다.

당연히 몸에 부담이 갈 수밖에 없었다.

"물론이지."

하지만 셰키나는 한 치의 흔들림도 없이 대답했다.

"살면서 이런 기회가 또 오진 않겠지. 이렇게 많은 마정석을 소모하면서, 마법을 몇 겹이나 시전하는 것 말이야."

그녀의 발아래에는 벌써 몇 개나 되는 마정석이 빛을 잃은 채 아무렇게나 굴러다니고 있었다.

전쟁 직전 합류한 슈타들러 백작은 광산에서 최대한 많은 마정석을 공수해 왔다.

덕분에 기사들과 셰키나, 르웰린, 그리고 세일럼은 마력 걱정 없이 날뛰고 있었다.

"다들 준비해! 표적은 호문쿨루스의 상반신이다! 각자 가장 가까운 개체를 노려! 나머지는 계속해서 구울들을 견제해!"

르웰린이 호령하며 자신 역시 활시위를 당겼다. 어딘가에서 날아온 루나가 그의 화살 끝에 사뿐히 내려앉았다.

"준비!"

화르르륵!

궁수들의 화살촉에 거센 불길이 일었다.

"발사!"

쐐애애액!

불화살이 유선형을 그리며 세 체의 호문쿨루스를 향해 쏟아졌다. 그것을 인지한 호문쿨루스 역시 반격에 나섰다.

상반신에서 뻗어 나온 줄기들이 공기를 가르며 화살들을 흩어 버렸다.

사방으로 흩어진 화살들은 대신전의 성벽에, 그리고 아래에 있던 구울들과 심지어는 아군의 병사들에게까지 쏟아졌다.

"으아아악!"

"피해라!"

그때, 금빛 바람이 몰아쳐 병사들을 위기에서 구해 주었다.

세일럼의 명령을 받은 레이가 움직인 거였다.

퍽, 퍽, 퍽!

사방으로 날아간 화살의 불길이 서서히 옮겨붙기 시작했다.

몇몇 화살은 성공적으로 호문쿨루스의 상반신에 명중했다.

호문쿨루스에게 닿은 화살은 신성력에 닿아 금세 잿가루가 되어 버렸다.

하지만 깊이 박힌 화살촉에서 비롯된 불길은 조금씩 제 영역을 넓혀 가고 있었다.

콰아아앙! 콰아아앙!

셰키나의 마법이 시전되며 이곳저곳에서 거센 폭발이 일며 불길을 더욱 크게 키워냈다.

"케에에에엑!"

"끼엑! 끼에에에엑!"

화염에 휩싸인 구울들이 몸부림치며 비명을 질렀다. 하지만 통각을 느끼지 못하는 구울들은 타오르는 와중에도 적을 찾아 헤맸다.

덕분에 불길은 더욱 넓게 번지고 있었다.

"앗, 뜨거!"

"자신 없는 자는 후방으로 물러서라! 지금부터는 난전이다!"

덩달아 혼란에 빠진 병사들과 치안대원들을 향해 리히트가 고함쳤다. 그러고는 뒤에서 호문쿨루스와 고전을 벌이는 아서를 향해 외쳤다.

"아서!"

"예!"

따로 명령을 듣지 않아도 알겠다는 듯, 아서가 자리를 이탈했다.

아서가 비운 자리는 라이더가 대신했다.

아서와 리히트는 꾸역꾸역 밀려드는 구울 떼를 향해 검을 휘둘렀다.

"마력을 다루지 못하는 자들은 퇴각해라! 부상이 없는 자들은 후방 지원으로 합류해!"

퇴로를 열며 리히트가 명령했다.

"물러서! 물러서라!"

"부상자는 들쳐 업어라! 전사자를 늘리지 마라!"

퇴각하는 이들의 뒤를 지키며, 아서는 리히트와 함께 구울들을 도륙하기 시작했다.

어느새 구울들을 쏟아 내던 소환진은 움직임을 멈춘 뒤였다.

적들 역시 전력을 다 내보인 거였다. 이제부터 남은 일은 서로의 머릿수를 줄여 가며, 서로를 향해 총공격을 퍼붓는 일뿐이었다.

* * *

바깥의 소란이 점점 심해질수록, 루미엘의 손 역시 떨림을 더해 갔다. 그녀를 물끄러미 지켜보던 이리스가 말했다.

"추우신가요?"

"……"

그러나 루미엘은 대답하지 않았다. 이리스가 다시 물었다.

"혹은 두려우신가요? 무엇 때문에?"

"……."

"아니면 대신관님의 선택을 후회하시는 건가요?"

조곤조곤한 물음에, 드디어 루미엘이 대답했다.

"……아닙니다. 후회하지 않습니다. 저는 최선을 다했습니다."

"그러시군요. 솔직히 저로서는 이해할 수 없는 일입니다만."

이리스가 천천히 고개를 끄덕였다.

"만일 저였다면, 신관들을 불신자와 배교도들의 손에 맡기지 않았을 것입니다."

쿠우우웅.

아득한 곳에서 거대한 울림이 들려왔다.

"차라리 함께 이곳에 남거나, 죽음을 선택하는 편이 나았을 것을."

이리스가 진심으로 안타깝다는 듯이 말했다.

"루체 교의 믿음이란, 한없이 얄팍하기만 하더군요. 오랜 평화의 안일함이 낳은 결과일까요."

"……어떤 선택이든."

잠깐 뜸을 들이던 루미엘이 느릿느릿 말했다.

"죽음보다 나쁜 것은 없습니다."

"살아남으려 발버둥 치는 것 무의미하다고 하더라도요?"

"제 발로 삶을 포기하는 것보다는 낫겠지요. 그대의 것만큼 삶의 무게가 가볍지 않습니다."

루미엘은 불안감을 가라앉히려는 듯, 자신의 상체를 끌어안았다.

"……저는 그리 생각합니다. 그리고 제 가르침, 아니 루체 님의 가르침을 받은 신관들도 분명 같은 생각일 것이라 믿습니다."

"호오……."

가만히 듣던 성녀가 흥미롭다는 듯 고개를 기울였다.

"신관님들이 살아남기만 한다면, 신에게 등을 돌리더라도 아무런 문제가 없다는 말씀이신지?"

"살아만 있다면 언제든지 마음은 다시 바꿀 수 있을 테니까요. 오늘 일로 루체 님으로부터 등을 돌린다더라도, 살아만 있다면 언제고 다시 돌아올 수 있을 테지요."

불안정한 음성으로도 루미엘은 최대한 차분하게 말하려 애썼다. 이리스는 묘한 위화감을 깨닫고는 고개를 비스듬히 기울였다.

"대신관님."

"말씀하시지요."

"그렇다면 대신관님께서는 어째서 이곳에 남으신 건가요?"

그제야 루미엘이 고개를 들었다.

"방금 말씀드렸다시피, 저는 최선의 선택을 한 것뿐입니다."

창백하게 질린 얼굴은 금방이라도 쓰러질 것처럼 보였다.

"모두를 위한……. 그리고 저와 루체 님을 위한 선택이기도 하지요."

"묘한 말씀이십니다. 더 자세히 설명을 부탁드려도 될까요?"

"제가 남으라 했다면, 신관들은 분명 그리했을 것입니다."

루미엘이 느릿느릿 말을 이었다.

"루체 님의 이름하에서 명예롭게 죽음을 택하는 것도, 저의 신관들에게는 나쁘지 않은 선택지였을 테지요. 자신들이 등졌던 어린 기사에게 목숨을 빚지는 것보다는……. 오히려 그들에겐 더 나은 길이었을지도 모릅니다."

아렌트와 라이오스에게 목숨을 구원받는다는 건 곧 루체 신을 등지는 일이었다.

그건 지금까지의 삶을 완전히 부정하는 것과도 같았다.

"그게 얼마나 고통인지는, 저도 잘 압니다. 그러니 저는 지금 이곳에 도망쳐 있지요."

콰아아아앙!

재차 거친 폭음이 터져 나왔다. 신전에 남은 체르니온교 신관들이 불을 끄라며 악을 쓰는 소리가 들려왔다. 이제 화재가 대신전 안까지 번진 듯했다.

"신관들을 살리고 싶었던 것은 사실입니다. 전장에서 죽을지언정, 이곳에서 당신들의 손에 허망하게 죽도록 내버려두고 싶지 않았던 겁니다. 하지만 그것 때문만은 아닙니다. 저는……."

루미엘이 마른침을 삼켰다. 지금껏 소파에서 못 박힌 듯 움직이지 않던 루미엘이 천천히 몸을 일으켰다.

"저는 아렌트 경을 믿습니다."

"……."

이리스를 내려다보는 루미엘의 눈동자에 서글픔이 깃들었다.

"저는 고작 그런 마음으로, 신관들을 저 전장으로 내보낸 겁니다. 아렌트 경이라면 저들을 모두 구해 줄 것이라……. 또 그 아이의 어깨에 짐을 지워 버린 것입니다."

그녀의 손에는 어느새 편지 봉투를 뜯을 때 사용하는 작은 나이프가 들려 있었다.

"루체 님의 곁을 끝까지 지키는 건 저로 충분합니다. 적어도 제게는, 끝까지 루체 님의 곁을 지킬 의무가 있습니다. 하지만 젊은이들에겐 새로운 길을 찾을 권리가 있어요."

루미엘은 그것을 어설프게 양손으로 잡았다.

이리스는 무감한 얼굴로 루미엘을 가만히 응시했다.
"이 늙은이의 죽음이야, 어쩔 수 없는 일입니다. 저는 살 만큼 살았으니……. 누차 말씀드렸던 대로, 후회하지 않습니다."
필요 이상으로 강하게 쥔 칼끝이 사정없이 떨리고 있었다.
"단지 그 다정한 젊은이에게, 저의 죽음이 오랜 고통이 되지 않길 바랄 뿐입니다."

* * *

"이런."
이리스가 살짝 인상을 찌푸렸다. 그녀의 앞에는 너무나도 간단히 제압되어 버린 루미엘이 쓰러져 있었다.
"죄송하지만 뜻하시는 바는 이룰 수 없을 듯합니다, 루미엘 대신관님."
창백한 얼굴로 기절한 루미엘은, 의식을 잃는 순간까지도 칼을 손에서 놓지 않았다. 이리스는 짧게 한숨을 내쉬었다.
"밖에 누구 있니? 대신관님 좀 모셔 가렴."
"예!"
대기하던 신관 둘이 곧장 들어와 루미엘을 들쳐 업었다. 이리스가 그들에게 명령했다.

"가장 깊은 방 안에 가둬 두렴. 아무래도 내가 이분을 너무 쉽게 봤던 모양이야. 만에 하나라도 자결하지 못하도록 철저히 조치하고."

"예, 알겠습니다!"

두 신관이 루미엘을 데리고 나가자, 이리스는 고개를 절레절레 내저었다.

"독하다 해야 하는 건지, 아니면 어리석다 해야 하는 건지."

그녀는 아직 자신에게 루체를 위해 목숨을 바칠 기회가 있다고 여기는 듯했다. 하지만 그것은 엄청난 착각이었다.

그녀의 생사여탈권을 쥐고 있는 건 바로 자신이었으니까.

'쉽게 죽도록 내버려둘 수는 없지.'

루미엘은 사람들을 체르니온에게 굴복시키는 데 쓰일 중요한 '무대 장치'였다.

이 전쟁의 끝에서, 이리스는 루체교의 대신관을 처형대에 매달 예정이었다.

루미엘의 처형으로 루체 신의 시대는 막을 내린다.

그런 다음 라이오스와 아렌트의 시신이라도 찾아 효수한다면, 신성제국의 어리석은 이들도 뼈저리게 깨닫게 될 터였다.

'체르니온 님을 배신한 죄가 얼마나 무거운지.'

그리고 대전쟁이 끝난 직후부터, 무려 200여 년 동안 묵힌 원한이 얼마나 깊은지.

삶을 거듭하고 다시 눈을 떴을 때, 체르니온이라는 이름조차도 남지 않았다는 사실을 깨달은 자신이 느낀 좌절감이 얼마나 컸던지.

긴 머리칼을 매만지던 손끝이 움직임을 멈췄다.

"……부디 세상의 정의가 되어 주십시오, 체르니온 님."

그녀의 입에서 조용한 기도가 흘러나왔다.

"저는, 그리고 이 세상은 당신을 떠받들 준비가 충분히 되었나이다. 간악한 빛을 어둠의 장막 밖으로 추방할 수 있도록, 당신의 아이들을 살펴 주시길."

애초에 이 싸움을 먼저 시작한 것은 루체 신이었다. 저 무수한 죽음들을 책임질 존재도 바로 루체였다.

루체는 정의를 표방할 자격이 없다.

그렇다면 자신들이 얼마나 잔혹한 짓을 해왔다고 하더라도, 체르니온의 이름 앞에 악이라는 단어를 붙일 수 없을 터였다.

'더러운 빛의 수호를 받은 그 누구도 살아 있을 자격이 없지.'

팔걸이에 걸쳐진 손끝에 힘이 들어갔다.

감히 신을 부정하려 했던 이들.

그리고 배신당해 침전한 이를 향해, 감히 악이라고 칭한 이들 모두…….

죽음으로도 그 죄를 모두 갚지 못할 것이다.

'절대로 실패해서는 안 돼.'

체르니온 님을 더 기다리게 할 수는 없는 데다가…….

어쩌면 이번이 마지막 기회일지도 모르니까, 잃을 게 없다고 호언장담했지만, 사실은 마음에 걸리는 것이 많았다.

아렌트의 영향으로, 신의 존재 자체에 거부감을 느끼기 시작한 대중들이 그랬다.

점점 세력을 늘려 나가는 불신자들을 지금 한꺼번에 처단해야만 했다.

그렇지 못하고 또다시 생을 거듭하게 된다면…….

다시 눈을 떴을 때.

체르니온은커녕, 신 자체가 부정당하는 세상이 찾아와 있을지도 모른다는 생각이 든 탓이었다.

* * *

"크윽!"

예기치 못한 방향에서 날아든 공격이 아렌트를 정면으로 후려쳤다.

가까스로 검로를 틀어 막아내는 데는 성공했지만, 미처 대비하지 못한 몸이 튕겨 나가는 것은 어쩔 수 없었다.

"야!"

마침 그것을 목격한 아서가 몸을 날려 그를 받아냈다.

아서의 도움을 받아 가까스로 착지한 아렌트가 비틀거리며 몸을 일으켜 세웠다.

"미친놈아, 이제 후방으로 물러서!"

"싫, 콜록, 콜록!"

뭐라 대꾸하려던 아렌트의 입에서 피가 울컥 터져 나왔다.

다리에 힘이 풀려 휘청이는 그를, 이번에도 아서가 일으켜 세워 주었다.

"야, 야!"

아렌트는 간신히 기침을 멈추고 손등으로 피를 닦아 냈다.

"싫습니다. 지금 그럴 말 할 상황이에요?"

"아오, 진짜! 네 꼴을 보고나 말해!"

"그 말 그대로 반사입니다. 선배는 어디 쓰레기장에서 구르다 왔어요? 꼴이 왜 그래요?"

아서가 왈칵 복장을 터뜨렸지만, 당연히 삐딱한 대답이 돌아올 뿐이었다.

하지만 실랑이할 수 있는 시간도 얼마 없었다.

"죽어라!"

기습적으로 덮쳐 온 신관이 그들을 향해 검을 휘둘러 온 거였다.

"……!"

카아아앙!

아슬아슬하게 뻗어나간 아서의 검이 공격을 쳐냈다. 적이 멈칫하는 찰나, 앞으로 치고 나간 아렌트가 신관을 베어 버렸다.

쩌억, 쨍그랑!

순식간에 희게 얼어붙은 적이 한기를 이기지 못하고 산산조각 나 허공에 흩어졌다.

"바빠 죽겠으니 말싸움은 나중에 하자고요."

"알았다, 망할 새끼야. 크게 다치면 가만 안 둬."

"이쪽이 할 소리예요."

격려인지 저주인지 모를 말을 나눈 그들은 지면을 박찼다. 다시 각자의 자리로 돌아가기 위해서.

"괜찮나?"

"그럭저럭요."

라이오스의 물음에 아렌트가 짧게 대답했다.

그래도 그간의 공격이 무의미하지는 않았던 듯, 호문쿨루스의 상반신 곳곳에 서리에 뒤덮인 상흔이 남아 있었다. 라이오스의 성검에 닿은 자리 역시 커다란 검상이 새겨진 채였다.

하지만 부상이 늘어난 것은 아렌트와 라이오스 역시 마찬가지였다.

라이오스의 상처는 성검의 힘으로 꾸준히 회복되고 있었지만, 슬슬 상처가 낫는 속도가 더뎌지고 있었다.

라이오스의 체력도 점점 바닥나고 있다는 뜻이었다.

'상황이 별로야.'

아렌트는 검을 다잡으며 전황을 확인했다.

구울들과 체르니온 교 신관들을 막는 이들도 사력을 다하고 있었고, 다른 두 호문쿨루스를 상대하는 이들도 역시나 고전을 면치 못하고 있었다.

이따금 터져 나오는 비명 소리를 듣자 하니 전사자 역시 속출하는 듯했다.

'정신 차려.'

일단 지금 자신에게 중요한 것은 눈앞의 적을 저지하는 거였다.

아렌트는 전신의 통증을 무시해 버리고 호문쿨루스에게 집중했다.

'굳이 이놈의 약점을 꼽자면……. 상반신, 그리고 등 뒤인가.'

물론 다른 호문쿨루스와는 달리, 이 호문쿨루스는 신성력의 힘 덕분인지 시야의 사각지대에서 날아드는 공격도 무난히 막아 냈다.

하지만 역시 시력에 많은 감각을 의존하는 만큼, 등 뒤에서 날아드는 공격에는 다소 둔한 모습을 보였다.

그리고 체르니온 신의 형태를 유지하는 데 꽤 많은 힘이 들어가는지, 아니면 지클린이 죽음으로서 제대로 된 호문쿨루스 구현이 불가능해진 탓인지…….

'다른 놈들보다 재생력이 약해.'

괴생명체의 형태로 제멋대로 요동치는 하체는 그나마 덜했다. 하지만 상반신은 평범한 불화살 때문에 생긴 상흔조차도 아직까지 고스란히 남아 있었다.

다이아나와 자카르가 담당한 호문쿨루스들 역시 마찬가지였다.

두 사람이 검격으로 남긴 검상이 신의 형체에 그대로 상흔을 남긴 채였다.

천천히 상처가 수복되는 것 같긴 했지만, 그럼에도 다른 개체만큼 재생 속도가 빠르지 않다는 것만큼은 확실한 사실이었다.

'그렇다면 처리하는 방법도 하나뿐이지.'

콰아아앙!

아렌트는 자신에게 날아든 공격을 가볍게 피해냈다. 지면을 한 번 박찬 아렌트는 맹렬하게 호문쿨루스를 향해 달려들었다.

놀란 라이오스가 외쳤다.

"아렌트!"

"최대한 빨리 처리하는 게 답입니다, 이 새끼는! 회복력이 느려요!"

아렌트의 대답에 라이오스가 뭔가를 깨달은 듯했다. 막 합류하려던 라이오스는 아렌트에게 날아드는 공격을 알아차리곤 몸을 비틀었다.

콰아아앙!

라이오스는 검을 틀어 줄기가 날아드는 방향을 바꿔 버렸다.

콰드드드득!

흙먼지를 일으키며 거대한 줄기가 지면에 처박혔다. 거의 동시에 라이오스를 향해 재차 공격이 날아왔다. 라이오스는 줄기를 발받침 삼아 훌쩍 도약했다.

콰아아앙!

두 번째 줄기가 지면에 박히고, 라이오스는 공중으로 몸을 띄웠다.

양손으로 성검을 고쳐 쥔 라이오스가 크게 검을 내려쳤다.

쿠우우웅!

새하얀 신성력이 검로를 따라 깔끔한 직선을 내리그었다. 하반신에서 뻗어 나온 검은 줄기들은 단칼에 두 동강으로 베여졌다.

그러는 사이, 아렌트는 호문쿨루스의 등 뒤로 이동했다.

"콜록, 콜록!"

뼛속까지 스미는 한기가 폐부를 찔렀다. 하지만 아렌트는 익숙하게 무시해 버렸다. 서리 어린 손길이 강하게 발동되며 그의 검이 희게 얼어붙었다.

아렌트를 인지한 호문쿨루스가 고개를 돌리려 했다. 그

와 동시에, 라이오스에게 집중되던 공격이 아렌트를 향하기 시작했다.

서걱!

아슬아슬하게 스쳐 지나간 줄기가 아렌트의 어깨에 커다란 상흔을 남겼다.

제복이 찢어지며 상처에서 피가 스며 나오기 시작했지만, 아렌트는 움직임을 멈추지 않았다.

한 차례 도약한 아렌트는 지면에 박혀 회수되기 전의 줄기에 사뿐히 착지했다.

그의 걸음이 닿는 곳에 새하얀 서리가 내려앉았다.

아렌트는 자신을 향해 천천히 고개를 돌리는 상체를 향해 전속력으로 돌진했다.

어깨에서 솟아 나온 공격이 다시금 아렌트를 노렸다. 하지만.

콰아아앙!

때마침 날아온 화살이 명중하며 검은 줄기를 산산조각 내버렸다.

아렌트는 그대로 한 번 더 뛰어올라, 새하얗게 얼어붙은 검을 크게 내려쳤다.

서걱!

"……!"

아름다운 얼굴에 서리가 엉겨 붙은 거대한 상흔이 남았다. 호문쿨루스는 당황한 듯, 손을 움직여 얼굴을 가리려고 했다.

"신은 지랄."

호문쿨루스의 한쪽 눈이 완전히 얼어붙어 있었다.

검은 얼굴에 달라붙은 흰 서리는 꼭 '부서진 심장의 검' 일원이 착용하던 가면과도 비슷해 보였다.

비릿한 미소를 지은 아렌트가 바닥에 사뿐히 착지했다.

"그냥 거대한 변태 가면일 뿐이지."

결계 속의 신관이 얼이 빠져 입술을 달싹였다.

"저분은 도대체……."

그의 곡예와도 같은 움직임에 지켜보던 이들은 넋을 놓고 말았다.

아렌트의 화려한 일격은 다른 사람들에게도 한 가지 깨달음을 주었다.

호문쿨루스의 공격을 막기에만 급급하던 다이아나와 자카르가 잠시 멈칫했다.

"……!"

정면에서 공격을 막던 라이오스와, 괴물 놈의 뒤로 돌아가서 빠른 움직임으로 기어이 한 방 먹인 아렌트.

그리고 아직까지 회복되지 않은 얼굴의 상처와, 비교적 느린 움직임을 보이던 상체까지.

다른 이들 역시 공략 방법을 깨달은 거였다.

"두 개 분대로 나뉘어서 움직여라!"

다이아나가 명령했다. 그리고 자카르 역시 외쳤다.

"날랜 자들은 적의 시선을 분산시키는 데 집중해라! 끊임없이 공격을 퍼부어! 놈이 회복할 틈을 주지 마!"

곧장 행동으로 옮기는 그들을 확인한 아렌트가 다시 적에게 집중했다.

"저놈, 핵은 어디에 있을 것 같아요? 심장?"

"의외로 하반신일 수도 있다. 그쪽이 가장 회복이 빠르고, 반응 역시 민감하니까."

라이오스가 짧게 대답했다.

지금까지의 경험상, 긴가민가할 때의 답은 딱 하나뿐이었다.

적의 살을 하나하나 깎아나가며 핵의 위치를 찾아내는 것.

좀 더 노골적으로 말해서, 정답을 맞힐 때까지 모든 부위를 두들겨 패 보는 거였다.

* * *

아렌트의 판단은 정확했다.

자카르와 다이아나가 공격 방식을 바꾼 뒤부터, 영원히 굳건하기만 할 것 같던 호문쿨루스에게 점차 피해가 축적되기 시작했다.

"공격이 먹힙니다!"

엘프 전사가 외쳤다.

후방의 궁수들과 르웰린 역시 호문쿨루스의 얼굴을 중심으로 계속해서 공격을 퍼부어 댔다.

신을 모방한 얼굴을 향해 불화살이 연달아 쏟아졌다.

호문쿨루스는 계속해서 상처를 재생했지만, 다른 개체보다 느린 회복력은 공격이 퍼부어지는 속도를 따라잡지 못했다.

피이이잉!

르웰린이 사력을 다해 쏜 화살이, 다이아나가 상대하던 호문쿨루스의 머리를 향해 날아갔다.

신성력이 짙게 응집하며 화살의 진로를 방해하려 했다.

하지만 때마침 날아든 레이가 힘찬 날갯짓으로 신성력을 잠깐 흩어 버렸다.

퍼억!

똑바로 나아간 정확히 호문쿨루스의 이마에 명중했다. 르웰린은 거기에서 그치지 않고, 화살에 응집된 아티팩트의 힘을 폭발시켰다.

콰아아앙!

강한 폭음과 함께, 호문쿨루스의 두부에 커다란 구멍이 생겼다.

"크윽……!"

갑자기 마력이 확 빠져나가는 감각에 르웰린이 크게 휘

청였다. 깜짝 놀란 세일럼이 손을 뻗어 그를 부축했다.
"왕자님!"
"괜찮, 괜찮습니다."
새파랗게 질린 얼굴로 르웰린이 대답했다. 그는 세일럼의 도움도 거절한 채 비틀대며 다시 자세를 잡았다.
호문쿨루스의 머리는 마치 포탄이라도 맞은 듯 크게 파여 있었다.
천천히 상처가 회복되려 했지만, 그 틈을 노려 달려든 리히트가 재차 검을 크게 내질렀다
서걱!
화살 때문에 약해진 머리 일부분이 완전히 잘려 나갔다. 착지하는 리히트와 함께 아래로 떨어진 파편은 곧장 꿈틀대며 본체에 합류하려 했다.
하지만 기다렸다는 듯 달려든 기사들이 그것을 산산조각 내 버리자, 잘려 나간 조각은 본체로 돌아가지 못하고 그대로 소멸해 버렸다.
한편, 그 꼴을 본 아렌트가 말했다.
"일단 머리는 아닌 걸로."
머리 일부가 날아가면서도 놈은 방어하려는 기색이 전혀 없었다. 사정없이 날아드는 검은 줄기들을 상대하던 라이오스가 아렌트의 옆에 가뿐히 착지했다.
"그렇다면 더 아래를 노려 보지."
"말씀 안 하셔도 그럴 생각이었습니다."

머리 다음은 어깨와 가슴. 서서히 범위를 줄여 나가는 것이 목표였다.

두 사람은 동시에 움직였다. 라이오스가 날아드는 공격을 막아선 순간.

퍼억!

아렌트는 사뿐히 도약해 라이오스의 어깨를 밟고 허공으로 박차 올랐다.

한순간 휘청인 라이오스가 짜증을 터뜨렸다.

"사람 좀 밟지 마라!"

"그러게 왜 거기 계십니까!"

싸가지 없는 대답을 날린 직후, 아렌트는 막 회수되는 줄기를 발받침 삼아 한 번 더 뛰어올랐다. 그러자 아까 아렌트를 막아섰던 신성력의 응집체가 다시 드리우기 시작했다.

하지만, 피이잉!

때마침 날아든 르웰린의 화살이 신성력 덩어리를 흩어 버렸다.

아렌트는 허공에서 몸을 빙글 돌려, 자신에게 날아드는 줄기를 짓밟고는 한 번 더 도약했다.

서걱!

은빛 서리가 휘몰아치며 어깨와 가슴께에 기다란 상흔을 남겼다. 거의 동시에, 아렌트를 향해 재차 공격이 날아들었다.

콰아아앙!

순식간에 튕겨나간 아렌트가 자욱한 먼지와 함께 지면에 처박혔다. 라이오스가 다급하게 외쳤다.

"아렌트!"

라이오스가 다급히 외쳤다. 하지만 아렌트는 한동안 몸을 일으키지 못했다. 라이오스는 그쪽으로 다가가려 했지만, 재차 날아드는 공격 탓에 급히 몸을 피해야만 했다.

"아오, 씨……."

아렌트는 혼자 상체를 일으켰다. 온몸에서 후두둑, 자갈과 흙먼지가 떨어졌다.

'아직 괜찮아.'

아직 움직일 수 있다. 아렌트는 비틀대며 억지로 몸을 일으켜 세웠다.

온몸은 피와 먼지, 그리고 머리칼이 엉겨 붙어 엉망진창이었다. 하지만 여전히 빛을 잃지 않은 황금색 눈동자만큼은 더욱 진한 독기가 자리 잡아 있었다.

그가 딛고 선 지면에 새하얀 서리가 내려앉기 시작했다.

'고작 소품일 뿐이다.'

아니, 저건 소품이 아니다. 넘기 힘든 산, 감당하기 힘든 적이었다.

하지만 그럴수록 더욱 영웅서사에 걸맞은 법이었다.

"누가 이기는지 한번 해 보자고, 이 괴물 새끼야."

저것을 처리하지 못하면 다음 극으로 나아갈 수 없다.

전투가 시작될 때만 해도 새벽이었던 하늘은 어느새 늦은 오후를 향해 달려가고 있었다.

호문쿨루스들은 베이고 파이고 깎여나가 신이 위엄을 점차 잃어버리고 있었다.

그럴수록 아군의 부상자와 전사자들도 늘어 가고 있었다.

적에게 시신을 빼앗기지 않기 위해, 급히 시신을 옮기는 의무병들이 울부짖는 소리가 이따금 들려왔다.

머리가 울렸다.

현실과 이야기는 다르다.

연극의 스포트라이트가 향하는 곳은 오직 주인공과 주연들 뿐.

허무하게 죽어가는 병사들, 가족을 잃은 이들, 저마다의 무대에서 퇴출당한 자들의 비명과 통곡은 생략되어 버린다.

'현실은 잔혹하지.'

아렌트는 멍하니 되뇌었다.

시야가 자꾸만 흔들렸다.

잔혹하기에, 어줍잖은 무대보다 더욱 아름답다.

그러니 적의 손에서 현실을 지켜내야만 했다.

모든 걸 자신이 책임지는 것은 불가능하지만, 그래도

미약한 힘을 보태 좀 더 나은 세상으로 만드는 것은 가능할 터였다.

그게 통곡하는 자들과 목숨을 잃은 자들에게 자신이 보일 수 있는 유일한 신의일 것이다.

철컥.

아렌트는 검을 고쳐 잡았다.

어지럽던 시야가, 멍하던 소리가 한꺼번에 돌아왔다.

"아렌트! 괜찮나?"

라이오스의 다급한 목소리가 빨려들듯 뇌리에 꽂혔다.

덕분에 아렌트는 다시 대사를 내뱉을 수 있었다.

"그럼 죽었겠습니까? 시끄러우니까 자꾸 부르지 마시죠."

"……."

갑자기 주변의 공기가 달라졌다.

라이오스만이 아니라, 주변의 다른 이들도 싸가지없는 대답에 순간 울컥한 탓이었다.

턱을 타고 흐르는 피를 닦아낸 아렌트가 검을 한 번 털어 냈다. 그리고는 움직이지 않으려는 다리를 채찍질해 다시 전장에 합류하려 했다.

하지만 그때.

멈칫한 아렌트가 눈을 크게 떴다.

"단장님!"

아렌트의 시선은, 방금 자카르가 날린 일격을 회복하는

호문쿨루스를 향해 있었다.
 저도 모르게 입을 벌린 아렌트가 커다랗게 외쳤다.
 "명치! 명치 부근입니다!"
 거대한 검상이 명치를 중심으로 마치 빨려들듯이 사라지고 있었다. 아렌트의 외침에 라이오스는 물론이고 자카르와 다이아나 역시 멈칫했다.
 드디어 이 긴 싸움의 실마리가 보이기 시작한 거였다.

* * *

 산울림이 더욱 심해지고 있었다. 워렌은 스텔의 뒤를 따르면서도, 이따금 정상에서 떨어지는 바윗덩어리를 피해 급히 방향을 바꿔야만 했다.
 렉시온을 모시는 자인 만큼, 스텔은 드래곤의 기척에 예민했다. 그래서 어느 순간부터 웨어 울프인 워렌은 별로 도움이 안 되는 상황이었다.
 지금도 마찬가지였다.
 뭔가 냄새를 맡았다며, 스텔은 개의 모습으로 변해 맹렬히 앞으로 달려 나가고 있었다.
 '이러다간 산사태 정도가 아니라……'
 산이 통째로 무너질지도 몰랐다. 거기에 휘말린다면 스텔과 워렌 역시 무사하지 못할 것이다. 지진은 점점 심해져, 이제 인간의 모습으로는 한 발짝 제대로 내딛기도 힘들 지경이었다.

와지끈!

바로 옆에서 부러지는 나무를 힐끗 곁눈질한 워렌은 다시 스텔을 보았다.

'어디로 가는 거지?'

스텔은 진원지와는 반대쪽으로 그를 이끌고 있었다. 처음 렉시온의 냄새를 맡은 곳에서부터도 점점 멀어지고 있었다.

'지금은 믿을 수밖에.'

워렌은 그냥 입을 다물고 스텔의 뒤를 따르기만 했다.

그러기를 한참, 갑자기 스텔이 펄쩍 뛰어 방향을 비틀었다.

콰아아앙!

지면이 치솟으며 커다란 바위가 바닥을 뚫고 올라왔다. 워렌이 주춤하자, 순식간에 덩치를 키운 스텔이 그의 뒷덜미를 물고 크게 도약했다.

갑작스러운 상황에 당황한 워렌이 발버둥 치려 했다.

하지만 다음 순간, 눈에 들어온 광경에.

그는 **뻣뻣**하게 얼어붙고 말았다.

"……."

우르르릉.

산이 커다랗게 비명을 질렀다. 이제 제법 멀어진 산의 정상 주변에 새카만 먹구름이 모여들고 있었다.

갑자기 밤이 찾아온 것처럼.

그리고 먹구름 사이에서 어떤 존재가 천천히 고개를 들고 있었다.

차마 뭐라고 표현해야 할지 알 수 없었다.

그것은 자연 그 자체였으며, 동시에 거대한 생명체이기도 했다.

신과 가장 가까운 존재라는 칭호를 가지게 된, 지상 최강의 생물이 거대한 날개를 펼쳤다.

본능적인 두려움이 느껴졌다.

저것이 날개를 한번 펄럭이는 순간, 사방 모든 것이 파멸에 이를 것 같은 직감이.

"……."

햇살을 받은 금빛 비늘이 번뜩였다.

콰르르릉!

하늘에 가득 모인 먹구름에서 기어이 번개가 내리치며, 이내 갑작스러운 폭우가 쏟아지기 시작했다.

마치 그에 응답하듯, 거대한 드래곤이 입을 살짝 벌렸다.

워렌이 넋을 놓고 그 모습을 바라보는 순간.

크오오오오오!

산울림보다도 더욱 거대한 진동이 공기를 찢어 놓았다.

워렌의 동공이 미친 듯이 흔들리기 시작했다. 속이 뒤

틀리며 헛구역질이 날 것 같았다.

금빛 드래곤의 아름다운 본체가 창공 아래에 고스란히 드러났다.

거대한 날개가 하늘을 가리고, 움츠렸던 몸이 활개를 펼쳤다.

그리고 잠시 후.

콰드득.

두 발로 산 정상을 움켜잡은 드래곤이 크게 도약했다.

콰아아앙!

마치 화약을 몇 개나 터뜨린 것 같은 폭음이 주변을 휩쓸었다. 워렌이 반사적으로 눈을 질끈 감았다가 떴을 때, 이미 니케포르의 모습은 거기에 없었다.

그제야 워렌을 내려놓은 스텔이 순식간에 인간 모습으로 돌아왔다.

"괜찮나?"

"……."

워렌은 한동안 대답하지 못했다. 아니, 대답은 고사하고 인간 모습으로 변신조차도 할 수 없었다.

한참 동안 얼어 있는 그를 힐끗 본 스텔이 극약 처방을 내렸다.

퍽!

"깽!"

있는 힘껏 그를 걷어찬 거였다.

"얼빠진 채로 있을 시간 없다."
"……!"
그제야 퍼뜩 정신을 차린 워렌이 인간 모습으로 돌아왔다.
"……그, 미안하군."
어느새 주변의 흔들림은 멎어 있었다. 워렌은 니케포르가 떠나간 방향을 보며 얼이 빠져 말했다.
"왜 그냥 가는 거지? 우릴 알아차리지 못했을 리가 없는데?"
"텔레포트 마법을 시전할 수 없을 정도로 이성이 나간 상태다. 본능적으로 성녀가 있는 곳을 향해간 거지."
스텔이 언짢게 대꾸했다.
"아까도 말했지만, 니케포르는 노룡이다. 게다가…….
너희들이 대전쟁이라 부르는 그 전쟁이 끝난 뒤에도 교단을 유지하기 위해 억지로 수면기까지 줄여 왔겠지."
그리고 최근에는 렉시온과 격렬한 전투 끝에 깊은 부상을 당하기까지 했다.
"드디어 한계가 찾아온 거다."
"그렇다면……."
워렌이 입술을 달싹이자, 스텔이 단호하기 짝이 없이 대답했다.
"하지만 방심할 수 있는 것은 아냐. 네가 무슨 명청한 생각을 하는지는 잘 알겠다만."

"……."

"이성을 잃고 폭주하는 드래곤은 자연재해, 그 이상이다."

괜히 신과 가장 가까운 존재라고 불리는 것이 아니었다.

니케포르가 사라진 하늘을 착잡하게 보던 스텔이 워렌을 재촉했다.

"……우리도 움직이지. 조금이라도 도움이 되고 싶다면, 너도 정신 차려라. 드래곤이 떠났으니 이제 너도 냄새를 맡을 수 있을 거다."

"냄새라니, 무슨……."

얼떨떨하게 묻던 워렌이 입을 다물었다.

자연의 싱그러운 냄새 틈에서, 은근히 섞여 나오는 이질적인 냄새를 알아차린 거였다.

차마 뭐라 표현할 수 없는 악취였다. 혈향 같기도 했고, 시체가 썩는 냄새 같기도 했다.

구울들의 생산지가 멀지 않은 곳에 있다는 뜻이었다.

7장. 후회하셔야 할 겁니다.

후회하셔야 할 겁니다.

 빠르고 신속하게, 그리고 일격마다 최대한의 힘을 실을 것.
 호문쿨루스를 제대로 상대할 수 있는 방법은 오직 그것 하나뿐이었다. 모두가 사력을 다해 달려드는 것.
 아군의 피해가 늘어날 수밖에 없는 전법이었다. 하지만 적에게도 확실하게 먹히는 유일한 방법이라는 것도 사실이었다.
 서걱!
 라이오스의 검격에 호문쿨루스의 팔이 절단되었다.
 쿠우우웅!
 육중한 소리를 내며 떨어진 팔은 곧장 꿈틀대며 모습을 바꿔 본체에 합류하려 했다. 하지만 아렌트가 그리 두지 않았다.

새하얀 서리 폭풍이 전장을 휩쓸었다.

희게 얼어붙은 팔이 몇 번 꿈틀대다 이내 쩌적, 소리를 내며 깨졌다.

아렌트는 뒤를 돌아보지도 않고 곧장 호문쿨루스를 향해 돌진했다.

"좀 죽어라!"

아까보다 확연히 기세가 줄어든 공격이 아렌트를 향해 날아들었다.

아렌트는 공격을 간단히 옆으로 흘려 버리고는, 호문쿨루스를 향해 파고들었다.

그러고는 결국, 서걱!

하반신과 상반신의 경계에 새하얀 상흔을 남기는 데 성공했다.

콰아아앙!

급하게 끼어든 라이오스가 아렌트를 향해 날아드는 공격을 막아 냈다.

"성급하게 움직이지 마라!"

"……."

라이오스의 충고에 아렌트가 멈칫했다.

자신이 급하게 움직이고 있다는 사실조차도 자각하지 못하고 있던 탓이었다.

"일단은 눈앞에 있는 일이 먼저다. 집중해!"

한 번 더 외친 라이오스가 검은 줄기들을 한꺼번에 튕겨 내 버렸다.

콰아아앙!

라이오스의 힘에 검은 줄기들이 사방으로 튕겨 나갔다.

재차 다잡은 성검에 새하얀 신성력이 깃들었다. 동시에 라이오스는 강렬한 역한 기분을 느꼈다.

"……!"

이런 느낌은 처음이었다.

속이 뒤집어지는 것 같았다. 성검과 자신이 서로를 강하게 거부하고 있었다.

'이게 부작용인가.'

언젠가는 찾아올 거라 생각했다. 하지만 지금은 시기가 좋지 못했다.

'아니, 오히려 좀 늦었을지도.'

더 이상 루체 신을, 그리고 신성력을 받아들이길 거부하는 주제에 성검을 휘두르고 있으니.

라이오스는 역겨운 감각을 억지로 무시해 버렸다.

그러고는 재차 자신을 향해 날아드는 공격을 깔끔하게 베어 냈다.

"뭐야, 단장님은 또 왜 그래요?"

"아니다, 아무것도."

라이오스가 아무렇지도 않게 대답하자 아렌트가 못마

땅한 표정을 지어 보였다. 하지만 라이오스는 그 얼굴에 속지 않았다.

"태연한 척하지 마라. 초조하면 그냥 그렇다고 말해."

"싫습니다. 모양 빠져요."

"진짜 웃기지도 않는군."

잠깐 잡담을 나눈 뒤, 아렌트와 라이오스는 동시에 자리를 박찼다.

콰아아앙!

방금까지 두 사람이 서 있던 자리에 검은 줄기가 사정없이 파고들었다. 사뿐히 착지한 아렌트는 가볍게 지면을 박차고 다시 도약했다. 라이오스는 그런 그를 보호하며 계속해서 검은 줄기들을 상대했다.

'성급하다고?'

아렌트는 검을 더욱 꽉 쥐었다. 확실히 무의식 속에서 그랬을지도 모르겠다.

루미엘의 안전을 확인할 수 없으니까.

'무슨 생각이신지 모르겠지만……'

바람직하지 않은 일이 벌어졌다는 것만큼은 확신할 수 있었다.

전투 상황이 아니었다면 표정을 제대로 숨기지도 못했겠지.

루미엘이 이성적인 생각을 포기했을지도 모른다는 일말의 가능성이……

초조해서 미칠 것 같았다.

콰아아앙!

높이 뛰어오른 아렌트가 호문쿨루스의 반대쪽 어깨를 강하게 내려쳤다.

감정이 실린 탓인지, 한층 더 살벌한 서리 폭풍이 검로를 따라 거세게 몰아쳤다.

콰드드드득!

새하얗게 얼어붙은 어깨에 검이 깊숙이 파고들었다. 하지만 완전히 베어 내기는 힘이 다소 모자랐는지, 검은 중간 지점에서 멈추고 말았다.

아렌트가 멈칫한 순간, 미처 인지하지 못한 공격이 그를 향해 날아들었다.

"……!"

아렌트는 그대로 검을 놓고 아래로 뛰어내렸다.

그리고 마치 교대하듯, 라이오스가 땅에 박힌 검은 줄기를 짓밟고 크게 도약했다.

단번에 호문쿨루스의 머리까지 뛰어오른 라이오스는 자신이 할 수 있는 한 모든 힘을 검 끝에 실었다.

쿠웅!

지상에 착지한 아렌트가 다급히 라이오스 쪽을 보았다.

"단장님!"

성검이 폭발이라도 할 듯 새하얀 광채를 내뿜고 있었다.

신성력과 강한 자의 그림자의 힘, 그리고 라이오스 본연의 검기까지.

그가 혼신을 다하고 있다는 것은 분명했다.

라이오스가 검을 있는 힘껏 내려쳤다.

콰아아앙!

엄청난 폭음이 주변을 뒤흔들며 새하얀 빛이 사방을 휩쓸었다.

아렌트는 그런 와중에도 자신을 향해 날아드는 제 검을 알아볼 수 있었다.

허공에서 검을 낚아챈 아렌트는, 자신을 향해 떨어지는 거대한 검은 존재를 알아차렸다.

"저건……"

호문쿨루스의 남은 한쪽 팔이었다.

쿠우우웅!

거대한 팔이 지면과 부딪치며 커다란 진동이 울렸다. 이번에도 괴물은 어떻게든 재생하려 했지만, 아렌트가 달려들어 얼음 가루로 만들어 버렸다.

쿠우웅!

재차 들려온 육중한 소리에 아렌트가 고개를 돌렸다. 막 지면에 착지한 라이오스가 비틀대며 몸을 일으키고 있었다.

"아렌트."

호문쿨루스를 노려보며, 라이오스가 툭 내뱉었다.

"최대한 빨리 끝낸다."

아렌트가 순간 멍한 표정을 지었다.

"그다음은, 내가 굳이 말하지 않아도 알겠지. 루미엘 대신관님을 구출해. 단장 명령이다."

영웅의 새파란 눈동자는, 일렁이는 푸른 불꽃과 닮아 있었다.

아렌트는 굳은 얼굴로 고개를 끄덕였다.

"네."

적어도 이번만큼은 빈정거림도, 농담도 없었다.

타닥!

아렌트는 이번에도 먼저 움직였다. 그를 향해 숱한 공격이 퍼부어졌다. 하지만 아렌트는 마치 곡예와도 같은 움직임으로 호문쿨루스를 향해 빠르게 접근했다.

푸욱!

날카로운 공격이 아슬아슬하게 스치며 상처가 하나둘씩 늘어났지만, 아렌트는 눈 하나 깜짝하지 않았다.

그리고 마침내 그는 호문쿨루스의 바로 앞까지 접근했다.

콰아아앙!

상반신에서 뻗어 나온 공격이 아렌트를 덮쳤다. 아렌트는 다급히 몸을 날려 피했다.

콰당탕!

제대로 착지하지 못한 아렌트가 엉망진창으로 바닥을

굴렀다.

"크으윽!"

호문쿨루스의 시선이 자연스럽게 아렌트를 따라갔다.

그 순간.

양팔을 잃은 호문쿨루스의 등 뒤로 라이오스가 홀연히 나타났다.

"......!"

미처 제대로 반응할 틈도 주지 않고, 라이오스는 다시 사력을 다해 검을 휘둘렀다.

서걱!

호문쿨루스가 하나밖에 남지 않은 눈을 크게 떴다. 잠시 후.

스르륵.

호문쿨루스의 거대한 머리가 목과 분리되었다. 소리 없이 굴러떨어지는 목을, 적군이고 아군이고 할 것 없이 아연하게 쳐다보았다.

딱 두 사람, 침착한 것은 라이오스와 아렌트뿐이었다.

쿠우우웅!

지면에 추락한 머리를 향해 검은 줄기들이 다급하게 뻗어 나왔다. 하지만 아렌트가 더욱 빨랐다.

방해하는 검은 줄기들을 한꺼번에 베어 낸 아렌트는 추락한 머리에 제 검을 박아 넣었다.

쩌어어억!

호문쿨루스의 두부(頭部)가 순식간에 새하얗게 얼어붙었다.

"하……."

아렌트의 입에서 새하얀 입김이 흘러나왔다. 손끝의 감각이 없어진 지는 이미 오래였다.

그러나 아렌트는 몸을 채찍질해 움직였다.

콰아아앙!

시야를 잃은 호문쿨루스가 제멋대로 날뛰기 시작했다.

쾅, 콰아앙!

주변에 흙먼지가 자욱하게 일었다. 아렌트는 고개를 들었다.

'앞으로 두 번.'

파박!

아렌트가 자리를 박차고 지나간 자리에, 검은 줄기가 지면을 꿰뚫고 치솟았다.

콰드드득!

아렌트는 다시금 적과 거리를 좁혔다. 라이오스가 그의 앞에서 공격을 막아 내며 길을 열었다.

"가라!"

라이오스의 고함을 뒤로 한 아렌트가 크게 도약했다.

그리고 드디어.

푸우우욱.

견습 기사의 검이 적의 명치를 꿰뚫었다.

"……!"

쨍그랑!

뭔가가 깨지는 감각이 손끝에 걸렸다. 핵이 성공적으로 파괴되었다는 의미였다.

호문쿨루스의 전신이 뻣뻣하게 굳었다.

아렌트는 검을 양손으로 붙잡고 서리 어린 손길을 최대한으로 운용했다.

검이 박힌 자리에서부터 점점 새하얀 서리가 퍼져나가기 시작했다.

그리고 잠시 후.

호문쿨루스의 상체가 마지막 발악이라도 하는 것처럼 뒤틀린 모양새로 완전히 새하얀 서리에 뒤덮여 버렸다.

"빌어 처먹을……. 괴물 새끼……."

비웃음을 머금은 입술 사이로 새하얀 입김이 머금었다.

그러나 그것도 잠시.

아렌트는 등 바로 뒤에서 뜬금없는 살기를 느꼈다.

라이오스와 다른 기사들 역시 마찬가지였다. 모두가 반사적으로 고개를 돌리려던 순간.

갑자기 시야가 새하얗게 물들었다.

뭐가 어떻게 된 건지도 알 수 없었다.

모두가 제대로 된 판단을 내리기도 전.

콰아아아앙!

강렬한 폭음이 전장을 뒤흔들었다.

"……."

모두가 움직임을 멈췄다.

체르니온 교의 신관들에 기사들과 전사들, 궁수들, 게다가 심지어는 호문쿨루스까지도.

자욱한 먼지가 걷히고, 그들의 눈앞에 엄청난 참상이 펼쳐졌다.

방금 전 아렌트에 의해 숨이 끊어진 호문쿨루스는 흔적도 없이 사라져 있었다.

대신 그 자리에는 거대한 화약이 터진 듯한 구덩이 하나가 남아 있을 뿐이었다.

리히트가 저도 모르게 입술을 달싹였다.

"……단장님. 아렌트."

충격파로 멀리 튕겨 나간 두 사람은 아무렇게나 바닥을 뒹굴고 있었다.

그런 와중에도 용케 검을 놓치지 않았지만, 의식을 잃었는지, 아니면 이미 목숨을 잃은 건지.

그들은 미동조차 없었다.

펄럭, 펄럭.

아연한 정신 속에 거대한 존재가 날갯짓하는 소리가 들려왔다.

리히트는 고개를 들려 소리가 들려온 쪽을 확인했다.

"……."

그곳에 드래곤이 있었다.

햇살을 고스란히 삼킨 금빛 비늘이 유난히도 도드라지게 반짝였다.

방금 전 전장을 휩쓴 일격은 드래곤의 브레스였던 거였다.

"니케포르……."

르웰린이 신음처럼 읊조렸다.

하지만 넋을 놓고 있을 시간은 없었다.

제자리에서 비행하던 니케포르가 갑자기 날개를 활짝 펼치더니, 급강하하기 시작한 거였다.

표적은 단 한 명.

이제야 가까스로 상체를 일으키는 아렌트 폰 에크하르트였다.

"아렌트!"

제 선배들을 밀친 아서가 급하게 뛰어들었다.

퍼뜩 정신을 차린 라이오스 역시 지면을 박찼다.

"이런……!"

그러나 정면으로 날아드는 드래곤의 속도를 이길 수는 없었다. 활공하는 니케포르의 거대한 입 사이에 금빛 마력이 가득 맺혔다.

드래곤의 커다란 그림자가 전장을 뒤덮었다.

가까스로 도착한 아서가 아렌트를 감싸 안고, 라이오스

가 검을 치켜들어 두 사람의 앞을 가로막았다.

라이오스의 검과 니케포르가 정면으로 충돌하기 직전.

콰드드드득!

갑작스레 나타난 검은 그림자가 니케포르의 목을 낚아챘다.

크오오오오오!

표적을 눈앞에 두고 놓친 니케포르가 커다랗게 괴성을 내질렀다.

난입해 온 검은 드래곤, 렉시온은 그대로 니케포르를 낚아챈 채 하늘 높이 비상했다.

"렉시온 님!"

급히 고개를 든 아서가 외쳤다. 렉시온에게 물린 니케포르가 거세게 발버둥 쳤다.

두 드래곤의 몸싸움에 휘말린 지상은 난장판이 되었다.

그나마 제 모습을 유지하던 광장은 커다란 폭약이라도 터진 듯 완전히 반파되었고, 거기에 휘말린 신관들과 전사들, 그리고 기사들은 쓰러진 채 신음했다.

본체 상태의 드래곤의 존재감을 이기지 못한 자들은 심지어 주저앉은 채 머리를 감싸 쥐고 벌벌 떨기도 했다.

"이게 도대체 무슨……."

다이아나와 자카르 역시 가까스로 몸을 추스르고 상황을 확인했다.

푸른 창공에 대신전까지 감싸는 보호막이 펼쳐져 있었다. 렉시온의 작품이었다.
 그보다 더 위, 구름 위에서는 두 드래곤의 난투극이 벌어지고 있었다.
 키에에에엑!
 검은 날개를 활짝 펼친 렉시온이, 태양을 등지고 커다랗게 울부짖었다.

 * * *

 드래곤들의 처절한 사투에 모두가 몸을 떨었다.
 푸른 하늘은 온데간데없이 사라졌다. 반투명한 방어막 위로 먹구름이 모여들고, 천둥 번개가 내려쳤다. 번쩍이는 하늘이 금방이라도 두 쪽으로 갈라질 것 같았다.
 호문쿨루스가 미지의 존재를 향한 공포를 불러일으켰다면, 드래곤들의 전투는 거대한 자연 앞에서의 무력감을 느끼게 했다.
 후둑. 후두두둑.
 반구 형태의 방어막 위에서 비가 쏟아지기 시작했다. 세찬 빗줄기는 미처 지면에 닿지 못하고, 방어막의 형태를 따라 허공에서 미끄러져 내렸다.
 기이한 광경이었다.
 캬오오오오!

키에에에에엑!

허공에서 울려 퍼지는 드래곤의 포효에, 누군가는 귀를 틀어막고 벌벌 떨었고, 어떻게든 몸을 숨기려 안달이 난 자들도 있었다.

"우엑, 우욱!"

"도망, 도망쳐……!"

본체로 현신한 드래곤의 존재감을 견뎌 낼 수 있는 사람은, 이 전장에 그리 많지 않았다.

입술을 꽉 깨문 다이아나가 호령했다.

"정신 차려라! 싸우지 못할 자는 뒤로 빠져!"

"모두 눈앞에 집중해라!"

자카르 역시 호령했다.

그러자 얼이 빠진 채 있던 기사들과 엘프 전사들이 퍼뜩 정신을 차리고 다시 눈앞의 적에 맞서기 시작했다.

호문쿨루스가 움직임을 멈춘 지금이 바로 기회였다.

한편, 브레스의 표적이 되었던 아렌트는 아서의 품에서 가까스로 눈을 떴다.

"으……."

"야, 괜찮냐?"

아서가 급하게 그의 어깨를 붙잡고 캐물었다. 아렌트는 그의 손을 신경질적으로 뿌리쳤다.

"아직, 안 죽었어요……. 저리 좀 꺼져 봐요."

또렷한 목소리가 들려오고 나서야 아서와 라이오스는

마음을 놓을 수 있었다.

"하아……."

"썩을, 진짜. 이 정도로 뒈지겠냐고. 루체 새끼 앞에서 숨 끊어질 일은 없어요."

아렌트는 움직이지 않으려는 몸을 채찍질해 억지로 상체를 일으켰다.

"망할 드래곤……. 쿨럭! 이제야 나타나다니."

한 마디 뱉을 때마다 입에서 피가 튀었다.

온몸이 부서진 것처럼 아팠다.

가까스로 몸을 피하는 데는 성공했지만, 브레스의 여파에서 벗어나지는 못했다.

하지만 아렌트는 고집스럽게 비틀대며 몸을 일으켜 세웠다.

"함부로 움직이지 마라."

라이오스가 그의 팔을 붙잡아 주려 했지만, 아렌트는 이번에도 손을 쳐내 버렸다.

휘청대는 꼴이 불안하기 짝이 없었다.

머리 위에서는 드래곤들이 혈투를 벌이고 있었지만, 아렌트는 그쪽으로는 시선도 주지 않았다.

"전 갑니다."

"뭐?"

아서와 라이오스의 입에서 동시에 얼빠진 소리가 터져 나왔다. 아렌트의 독기 어린 시선은 불길이 점점 번지고 있는 대신전에 닿아 있었다.

"대신관님을 모시러 가야 해요. 도대체 무슨 생각이신지, 내가 직접 들어야겠어."

금방이라도 끊길 것 같은 목소리로, 아렌트는 고집스레 말했다. 아서가 버럭 외쳤다.

"미친 소리 하지 마! 그 꼴로 지금 어딜 간다는 거야? 얌전히 후방으로 물러나서 쉬기나……."

"선배."

하지만 서늘하기 짝이 없는 음성이 그의 말허리를 중간에 끊었다.

"지금 저 막으시면, 두고두고 원망할 겁니다."

"……."

"단장님도 마찬가지에요. 아까 분명 명령하셨잖습니까. 대신관님을 탈환하라고."

진심 가득한 말에 라이오스와 아서는 아연해지고 말았다. 그들의 답을 기다리기도 전, 아렌트는 비틀거리며 한 걸음 앞으로 내디뎠다.

그러고는 잠시 숨을 몰아쉬더니, 이내 지면을 박차고 빠른 속도로 달려 나가기 시작했다.

"야, 야!"

아서가 급히 그를 뒤따라가려 했다.

하지만 다시 몰려든 구울들이 이내 라이오스와 아서의 앞을 가로막았다.

그리고…….

콰아아앙!

"다이아나 단장님!"

등 뒤에서 커다란 폭음과 함께 비명 같은 외침이 들려왔다. 급히 돌아보니, 다이아나가 바닥에 쓰러져 움직이지 못하고 있었다.

다이아나가 억지로 몸을 일으켜 세웠지만, 충격이 제법 큰지 제대로 중심을 잡지 못한 채 휘청이고 있었다.

그녀 역시 슬슬 한계에 달했다는 게 여실히 느껴졌다.

"……."

라이오스의 얼굴이 딱딱하게 굳었다.

자카르 역시 다급한 상황인 것은 마찬가지였다. 그의 한쪽 팔은 부상 탓에 이제 거의 제구실을 하지 못하고 있었다.

드래곤마저 날뛰는 지금 같은 상황에서 자신이 자리를 비웠다간 어떤 참상이 벌어질지는 불 보듯 뻔한 일이었다.

"젠장!"

라이오스가 드물게도 욕설을 짓씹었다.

결국에는 적을 먼저 처리하고 아렌트의 뒤를 따를 수밖에 없다는 뜻이었다.

"아서, 부탁한다."

결국 라이오스는 다시 호문쿨루스들을 향해 걸음을 돌

렸다.

"나도 최대한 빨리 뒤따라가지."

"하지만 단장님도 부상이……."

아서가 다급하게 그를 붙잡으려 했다. 하지만 라이오스는 단호했다.

"상관없다."

짧게 대답한 라이오스는 아서를 남겨 둔 채 다이아나 쪽에 합류했다. 아서는 그 뒷모습을 아연하게 보고 있을 수밖에 없었다.

하지만 그것도 잠시.

"제길, 제길!"

그는 라이오스를 등지고 아렌트가 멀어져간 곳을 향해 발을 내딛을 수밖에 없었다.

아렌트는 멀리 가지 못한 채였다.

구울들이 다시금 꾸역꾸역 밀려든 탓이었다.

이미 그의 주변에 얼어붙은 구울들의 시신이 가득했지만, 적들은 한 번 정한 표적을 놓치지 않고 끈덕지게 달라붙었다.

"비켜, 이 자식아!"

아서가 버럭 소리를 지르자, 아렌트가 검을 쳐내고 급히 몸을 뒤로 빼냈다. 대신해서 적들 앞으로 끼어든 아서는 단칼에 구울들을 완전히 도륙 내 버렸다.

"제대로 걷지도 못하는 게 뭔 싸움이야! 길은 내가 열

테니까 넌 따라오기나 해!"
"……하여간."
아렌트가 뚱한 표정을 지었다.
"오지랖 하나는 알아줘야 한다니까요."
"네가 지나치게 손이 많이 가는 거라고."
아서가 신경질적으로 대답했다. 그러자 아렌트가 피식 웃음을 터뜨렸다.
"뭐, 그것도 맞는 말이네요."
"……."
낯선 웃음에 한순간 아서가 멈칫했다. 하지만 잠시 후, 아서 역시 씨익 웃는 걸로 화답했다.

* * *

'조금 늦었나.'
렉시온이 살며시 인상을 찌푸렸다.
최대한 서두른다고 했지만, 니케포르에게 일격을 허락한 것이 못내 마음에 들지 않았다.
'저 미친 노인네…….'
연로한 만큼 회복하기 쉽지는 않을 거라 여기긴 했다. 하지만 설마 이성을 잃어 가면서도, 억지로 깨어날 줄은.
키에에에에엑!
니케포르가 날개를 더욱 크게 뻗어내며 괴성을 내질렀

다. 그 꼴을 보던 렉시온은 힐끗 자신이 펼친 방어막 아래를 내려다보았다.

드래곤의 존재감에 괴로워하는 이들이 속속들이 포착되었다.

'쯧.'

검은 마력이 그의 거대한 전신을 휘감더니, 이내 펑 소리를 내며 흩어졌다.

그 자리에는 칠흑의 드래곤 대신, 전신을 검은 옷으로 감싼 사내가 모습을 드러냈다.

"둘 보다는 하나가 낫겠지."

남은 마력이 렉시온의 손에 응집되더니, 거대한 언월도로 모습을 바꿨다.

"이봐, 노친네. 누가 그러더군."

언제나 유들거리며 돌아오던 대답은 더 이상 들려오지 않았다. 피에 젖은 듯한 렉시온의 눈동자에 미쳐 날뛰는 니케포르의 모습이 가득 들어왔다.

"덩치가 클수록 팰 구석이 많은 거라고."

니케포르의 브레스가 방어막을 향해 발사되었다.

콰아아아앙!

어마어마한 섬광과 함께 커다란 폭발이 일었다. 빗줄기가 쏟아지고, 하늘에서는 천둥이 몰아쳤다.

그러나 렉시온의 방어 마법은 꿈쩍도 하지 않았다.

―이……

렉시온은 강하게 몰아치는 니케포르의 용언을 들었다.

-애송이 주제에, 방해하지 마라!

키에에에에엑!

크게 벌린 입에서 엄청난 파동과 함께 포효가 터져 나왔다. 지상의 존재들이었다면 듣는 순간 사지가 찢겨나갔겠으나, 렉시온은 언월도를 한 번 휘두르는 것으로 간단히 막아 버렸다.

"완전히 맛이 갔군."

니케포르의 날 선 동공이 제멋대로 뒤흔들리고 있었다.

'반쯤 폭주 상태다.'

놈이 그래도 약간이라도 자제력을 보일 수 있는 것은, 아래에 성녀가 있는 탓일 터였다.

그렇다면 성녀가 자리를 비우거나, 아군 중 누군가에게 처리되기 전에 니케포르를 어떻게든 해야만 했다.

성녀라는 억제기마저 잃은 니케포르는 그야말로 모든 것을 파괴하는 괴물이 되어 버릴 테니까.

"네 상대는 나다, 니케포르."

렉시온의 주변으로 스멀스멀 강한 마력이 응집되기 시작했다.

"전에 네가 말 한 대로……. 어디 한 번 천박하게 싸워 보자고."

* * *

"최대한 감각을 곤두세워라. 마력 탐지에 최선을 다해."

"잔소리 좀 그만 해라. 지금 그러고 있으니까."

스텔의 말에 워렌이 짜증을 터뜨렸다. 하지만 혼란스럽기 짝이 없는 환경에서 다른 흔적을 찾기란 쉽지 않았다.

산과는 어울리지 않는 혈향이 주변을 끊임없이 맴돌았다. 하지만 그 근원지를 찾는 일은 쉽지 않았다.

"위치를 정확히 찾아야 해. 아마 텔레포트 마법으로만 드나들 수 있게 되어 있을 테니……. 좌표를 알아내야 제대로 접근할 수 있다."

"대충 텔레포트 해 보면 안 되는 건가? 어차피 이 근처라고 했잖아."

"사지가 분리된 채로 생매장당할지도 모르는데. 그래도 상관없다면, 나쁘지는 않겠군."

"……."

워렌이 입을 다물고 다시 수색을 재개했다. 스텔은 짧게 한숨을 내쉬고는 다시 감각을 곤두세웠다.

하지만 일정한 마력 흐름을 찾기란 그에게도 쉬운 일은 아니었다. 니케포르가 본체를 드러낸 바람에 자연의 마력마저도 요동치기 시작한 탓이었다.

그나마 불행 중 다행이라고 할 수 있는 건, 렉시온이

제때 전장에 도착했다는 점이었다.

'억지로 깨어나시는 건 원치 않았지만, 어쩔 수 없는 상황이지.'

그러나 렉시온은 생각보다 일찍 의식을 차렸다.

그는 로저와 아렌트, 그리고 라이오스가 근처에서 전투를 벌이는 소란에 깊은 잠에서 깨어났다. 하지만 아직 회복되지 않은 탓에 당장 움직일 수 없었고, 한동안 더 숨을 죽이고 있어야 했다.

하지만 니케포르가 습격해 오는 등 사태가 심각해지는 것을 알아차리고 결계를 깨고 나온 거였다.

잠깐 상념에 잠겨 있던 그때, 미세한 마력 변화가 감각에 걸려들었다.

"……!"

인상을 찌푸린 스텔이 짧게 말했다.

"따라오도록."

"뭐?"

뜬금없는 말에 워렌이 반응하려던 찰나, 스텔이 거대한 개의 모습으로 둔갑했다. 그러고는 갑자기 산의 내리막을 따라서 맹렬하게 달려가기 시작했다.

"이봐, 잠깐!"

워렌 역시 다급하게 그의 뒤를 따르기 시작했다. 한참 뒤, 간신히 스텔을 따라잡은 워렌은, 그가 한 나무 앞에서 냄새를 맡고 있다는 사실을 알아차렸다.

주변에 있는 다른 나무들보다 확연히 크고 단단해 보였다.

하지만 그 나무도 산사태를 버티기는 힘들었는지, 뿌리가 반쯤 뽑혀 있었다.

"거기에 뭔가……."

무심코 말하던 워렌은 미세한 마력의 변화를 느꼈다.

"피 냄새가 짙군."

풀과 흙냄새만 가득해야 할 곳에 짙은 혈향이 느껴졌다. 그리고 드래곤의 현신으로 엉망이 된 마력 흐름이, 이 주변만 유달리 안정되어 있었다.

결계든 뭐든, 뭔가 마법적 조치가 되어 있다는 뜻이었다.

"여기군."

워렌의 얼굴이 딱딱하게 굳었다. 스텔이 그렇다는 듯한 번 고개를 끄덕여 주고는, 뒤로 몇 걸음 물러났다.

워렌이 그에게 가까이 다가가자, 스텔은 지체하지 않고 텔레포트 마법을 시전했다.

검은 마력이 순식간에 두 사람을 휘감았다.

(배신 기사의 유쾌한 신의 21권에서 계속)

환상이 숨쉬는 공간 파피루스 blog.naver.com/gnpdl7

서생, 제갈현몽은 꿈을 꾸었다
무와 협이 아닌, 마법과 모험이 공존하는 신세계를!

『무림 속 마법사로 사는 법』

제갈세가 방계 중의 방계로서
표국의 문사로 일하던 제갈현몽

꿈에서 깸과 동시에 마법을 깨우치고
비범한 활약을 통해 명성을 떨치며
감당하기 힘든 별호를 얻게 되는데

"무후재림께서 오셨다! 무후재림 만세!"
"앗……아아……."

세상은 영웅을 원하고, 출사표는 던져졌다
고금제일의 마법사, 제갈현몽의 행보를 주목하라!

무림속 마법사로 사는 법

김형규 신무협 장편소설